ROBIN
知更鸟

看见你灵魂所有的颜色

I VARJE ÖGONBLICK ÄR VI
FORTFARANDE VID LIV

我们活着的每分每秒

TOM MALMQUIST

[瑞典]汤姆·马尔姆奎斯特　著

赵清　译

广西科学技术出版社

著作权合同登记号：桂图登字：20-2016-011号

I VARJE ÖGONBLICK ÄR VI FORTFARANDE VID LIV by Tom Malmquist
Copyright © 2015 by Tom Malmquist
Published in agreement with Partners in Stories Stockholm AB
through The Grayhawk Agency
Simplified Chinese edition copyright:
2017 Guangxi Science and Technology Publishing House Ltd.
All rights reserved.
Thanks to the Swedish Arts Council's support on the publication.

图书在版编目（CIP）数据

我们活着的每分每秒 ／（瑞典）汤姆·马尔姆奎斯特（Tom Malmquist）著；赵清译.—南宁：广西科学技术出版社，2017.11（2020.3重印）
ISBN 978-7-5551-0826-9

Ⅰ.①我… Ⅱ.①汤… ②赵… Ⅲ.①自传体小说-瑞典-现代 Ⅳ.①I532.45

中国版本图书馆CIP数据核字（2017）第248249号

WOMEN HUOZHE DE MEI FEN MEI MIAO
我们活着的每分每秒

[瑞典]汤姆·马尔姆奎斯特　著　赵清　译

策划编辑：蒋　伟　付迎亚	版权编辑：尹维娜
责任编辑：蒋　伟	责任校对：张思雯
封面设计：于　是	责任印制：高定军
版式设计：董红红	

出版 人：卢培钊　　　　　　　　　出版发行：广西科学技术出版社
社　　址：广西南宁市东葛路66号　　邮政编码：530023
电　　话：010-58263266-804（北京）　0771-5845660（南宁）
传　　真：0771-5878485（南宁）
网　　址：http://www.ygxm.cn　　　　在线阅读：http://www.ygxm.cn

经　　销：全国各地新华书店
印　　刷：唐山富达印务有限公司　　　邮政编码：301505
地　　址：唐山市芦台经济开发区农业总公司三社区
开　　本：880mm×1240mm　1/32
字　　数：210千字　　　　　　　　　印　　张：10.5
版　　次：2017年11月第1版　　　　　印　　次：2020年3月第2次印刷
书　　号：ISBN 978-7-5551-0826-9
定　　价：39.80元

版权所有　侵权必究

质量服务承诺：如发现缺页、错页、倒装等印装质量问题，可直接向本社调换。
服务电话：010-58263266-805　　团购电话：010-58263266-804

目
录

第一部

孤独时刻

主治医生把卡琳的病床停好。他高声向正在忙着剪开紧身背心和运动胸衣的急救护士通报信息："孕妇。据报告称，孩子状况良好，33 周。5 天前染病，流感相似症状，发烧，咳嗽，昨天轻微呼吸困难，被指怀孕所致，今天病情突然加剧，严重呼吸困难，一小时前抵达妇产科。"

他的双手看起来很有力量，他拧开了一个像龙舌兰酒瓶似的瓶子，继续说道："AST（天门冬氨酸氨基转移酶）未输氧状态下数值 70 多，但输氧后有明显升高，窦性心率 40 到 50，血压140，心率 120。"

助产士在卡琳转移过程中帮忙输氧。她在门口停了下来，小心翼翼地抓住我的胳膊。"您现在的位置是急救中心 B 病房，您是否需要我给您写在一张纸上？"

"不必了，谢谢。"我回答道。

"现在，她会得到很好的治疗。"她说。

"哦，谢谢。好吧，那我走了。"

"好的，谢谢。"

卡琳的胸口贴满了电极片，监视器哔哔地不停尖叫着。"你们现在给她用的什么药？"我问道。

"这你得去问派尔-乌洛夫。"急救护士回答说。

"他是谁？"

"是我。"主治医生高声喊道，然后接着说，"你太太现在用的是特治星和达菲，止痛药和镇静剂，还有一些其他的，所有输液架上的那些都是药物，不过我们现在没时间解释给你听，等时机成熟，我会为你做详细情况介绍。别担心，现在把你太太交给我们吧。"

"那孩子呢？"我问，但是没有得到回答。

我坐在地板上，背靠着墙，旁边是一个装有废弃注射针头和针管的垃圾桶。我紧紧抱着卡琳的羽绒服，但是，我又不得不扔下它，冲了出去。我看到在灯光刺眼的走廊尽头，有一块残疾人专用厕所的标识牌，便向那里跑去。我来不及关门，就一边吐，一边尿了出来。我用自来水漱口，却还是感觉嘴里有异味冒出来，我用洗手液把舌头洗了一遍。

我回去的时候，B病房的白色大门是关着的。我敲了敲门，向里面张望。一名急救护士坐在卡琳分开的大腿之间。他肌肉健硕的双臂上有类似佩剑图案的刺青。卡琳戴着氧气面罩，旁边是氧气瓶，她闭着眼，这张脸突然令人感到陌生至极。护士戴着橡胶手套，不停地捏着卡琳的阴唇。他看到了我，便放下导尿管，站起身来，走到我面前。他的眼神空洞洞的。"很抱歉，请您在外面等候。"他说。

"为什么我得在外面等？"

"有些情况下可能会比较敏感。"

"对谁？"我问。

"对病人。"

"病人？"

"没错，病人。"他回答说。他盯着我，却不敢直视我的眼睛，目光落在我一侧肩膀上。

"我和她一起生活了十年，而且那是我们的孩子。"

"可有些情况还是会比较敏感。"

"那你单独一个人和她在一起就不敏感了？"我问道。

他挡在路中间说道："很抱歉，我不得不请您在外面等候，等里面一切安排好之后，我会请您进来的。"他说完，并没有碰我，只用身体把我挡了出去，然后关上了门。

电梯对面有一台自动咖啡售卖机。我往里面投了十克朗，却忘记了往机器上放杯子。咖啡溅得四处都是，还流到了地板上。我从一辆清洁手推车上取来纸巾，手忙脚乱地擦拭起来。正当我从口袋里翻找新的硬币时，主治医生从急救中心走了出来。他低头看着抵在肚子上的一个文件夹。

"你居然还没晕倒？"他问道，他原以为我会笑，但我并没有。他接着说道："你太太情况不太好，很严重。"

"不是肺炎吗？"我问。

"肺炎也可以相当严重。"他回答说。

"可以治好的，对吧？"

"多数情况下吧，但并非百分之一百。"他说着，走进了电梯，按了其中一个按键，冲我点点头，补充说道，"我们有新的确切消息会马上通知你的。"

我坐在 B 病房外的一把椅子上。走廊的每一寸都是灰蓝色的：塑胶地板、踢脚线、墙壁、防撞条，甚至送饭的手推车。我身后有三扇窗户，看不到外面，夜色把玻璃变成了镜子。我站起来，敲了敲那扇白色的门，我等了片刻，然后又坐了下来。

过了一会儿，那名急救护士走了出来。我仔细看了看他的文身，是某种战争图案。

"我现在可以进去了吗？"我问。

"不能。"他回答说。他从柜子里取了一样东西，然后又返回病房。

我拿出电话，回了几条短信，在走廊上来来回回踱步，直到双腿累得走不动为止。我又去敲门。那位女急救护士把门打开了。

"嗨，不好意思打扰了，不过，我为什么不能进去呢？至少给我一个能明白的理由吧，我知道卡琳想要我陪在她身边。"

"难道没人去找过您吗？"她回答说。

"那我就不会站在这儿了。"我说。

"真对不起，请进吧，卡琳已经好一点点了。"她说完，执意要帮我拿一杯咖啡和一个奶酪三明治。

"谢谢，我什么都不想吃。"我说。

卡琳发现了我，一只手朝我挥了一下。护工松开卡琳的氧气面罩，用湿棉签轻轻涂抹她的嘴唇和舌头。卡琳大口地喘气，尽管如此，她好像还是很高兴摆脱了满是汗水的氧气面罩。我走上前去，抓起她的手。

"亲爱的，他们给你打了吗啡，剂量应该足够，你不会疼的。"我说。

她指指肚子。

"没问题的，相信我，一切都会好起来的。"

她竖起大拇指。

有文身的男护士正在打电话，他坐在观察室里，那里有一扇窗户正对病房。他有一张俊美的脸，浓密的头发经过了仔细的梳理，肌肤光洁。我抱起卡琳的羽绒服。主治医生背对着我，正等待一位同事的操作，那位同事拖着一个类似除颤仪的东西。看上去，他是来自特护病房的医生，沉默寡言，有点儿深藏不露的感觉。他快速检查了一下卡琳的胸腔，然后对主治医生说："我们需要立刻给她做一个螺旋 CT。"

"很严重吗？"我问。

他朝我做了个无奈的表情，然后转过身对卡琳说："我给你检查了一下，卡琳。我觉得，听起来你好像感染了严重的肺炎，或者是栓塞。现在我没办法做出确切判断，我们必须先给你拍个片子看看。"

"你能再详细说一遍吗？"我说。

主治医生开口回应了我，但是眼睛却看着卡琳。"肺炎或者血栓，也许两样都有，至少现在我们是这么判断的。我们给你用了所有可能需要的药物，用以治疗有可能引发你呼吸困难的疾病，但是，这种情况很严重，年轻女性，即使怀孕，也不应该出现这样的呼吸症状。"

我尝试与卡琳对视,去捕捉她的目光,她却向上凝视着天花板,不是那种想要将自己封闭起来、拒绝与外人对视的眼神,她的目光看起来更像是发现了什么东西。我也朝那个方向看去,却只看见了灯管,以及白色的房顶,惨白惨白的,连一道裂缝都没有。

医生冲我怀里抱着的羽绒服撇了撇嘴。"走廊那边有衣帽柜,你可以用。"

"不需要的,这是卡琳的。"

"不过,你还是可以考虑借用一下那里的柜子。"

"不需要的,不过,还是谢谢你。"我说完,在病床边坐了下来。

卡琳被推进一扇类似防空洞大门的铁门里。她剧烈地咳嗽,咳得胸部从病床上抬了起来。我在一张桌子旁坐下。沉闷的嗡嗡声透过墙壁传出来。大约过了半小时,有位医生探出头,询问我是不是卡琳的亲属。

"出什么事了吗?"我问道。

谢顶的他,戴着椭圆形眼镜,自我介绍说他是放射科医生。他说话结结巴巴的。他告诉我,可能会需要一些时间,因为卡琳呼吸困难,无法平躺。

"好的。"我回答说。

"嗯,也就是说,你知道,可能会比预想的时间长一些。"

"好,谢谢。"走廊里闷热,令人喘不上气来。我脱下夹克衫,拿出手机。接电话的是斯文。

他听我说完，然后问道："医生怀疑是肺炎？"

"没错，他们正在给她拍片子。"

"好的，汤姆，谢谢你打电话告诉我们。"他说。

没过多久，斯文又打来了电话。

"嗨，斯文。"我说。也许是丽勒摩尔让他打来的，我猜，她肯定在利丁岛的联排别墅里不安地踱来踱去，直到斯文感到，他不得不给我打这个电话。

"很抱歉，我又打电话过来了。"他说。

"斯文，刚才是我先给你们打电话的呀。很抱歉。我之所以说抱歉，是因为你给我打电话过来，非要说抱歉。"

"哦，没事没事。"他回答说，"我们想知道一些有关肺炎的细节。"

"我已经把我知道的都告诉你了。"我说。

"我明白，"他回答，"不知道我们现在过去一趟的话，你那里会不会不太方便。"

"没问题。不过，应该没什么要紧的，斯文，她只是肺炎。"

"你们在哪儿？"他问。

"南部医院。"

"南部医院哪里？"

"我现在不太记得了，我妈妈把我们送到产科。我不太清楚，好像在地下层，这里牌子上写着放射和造影中心。"

"她在那里应该只是拍个片子，你还记得科室的名称吗？"

"不记得了。我先确认一下，然后给你发短信行吗？"

"好的，谢谢。"

"我想，出门的时候我好像忘记关电磁炉了。"我突然说道。

"你说什么？"

"我给她烧水沏茶，我肯定忘了关电磁炉了。哦，斯文，我得挂了，我必须给妈妈打个电话，她有备用钥匙。"

主治医生在 B 病房等着我。他着急找我谈话。他把门边按压瓶中的消毒凝胶涂在粗糙的双手上。他身上的一切都是灰色的，除了白大褂。他还带来一位医生，他向我解释说，她是妇产科医生。她站在一台移动超声波设备旁，正在把设备安装到病床边。

医生在空中甩了甩手，让手风干，然后说："卡琳，我们刚刚拿到了拍的片子，还有血液检查的初步诊断结果，情况看起来不太好。"

卡琳出奇地平静。我抚摸着她的双脚。

主治医生向前探了探身子，以便看着卡琳的眼睛。"你能听见我说的话吗，卡琳？"他问道。

卡琳点点头。

"很好，我与南部医院和卡罗林斯卡大学附属医院[1]的血液专科医生进行了会诊，他们都是血液病专家。你的白细胞数量在急剧增加，很可能是患上了急性白血病。"

---

1 KS, Karolinska Universitetssjukhuset, 瑞典卡罗林斯卡大学附属医院, 瑞典最权威的全科医院。（译者注，下同）

卡琳看着我，我听见她微弱的声音。

"亲爱的，我在这儿。"我双手捧着她的脸颊说道，"卡琳，宝贝，没事的，我保证，不会有事的。"

卡琳挥了挥手。透过氧气面罩，我尝试读懂她的嘴唇动作。"她想知道孩子怎么样了。"我说。

卡琳竖起了大拇指。

"我现在优先考虑的是卡琳。"主治医生说。

"孩子在子宫里很安全，得到很好的保护，即使是白血病也没有问题。"妇产科医生插话说。她有一头棕色的长发，小鼻子高高的。主治医生在一旁，她好像有点儿不自在，直到他走出病房，她才放松下来。

她把超声波探头放在卡琳的肚子上做检查。"是个活泼的小女孩，看起来很不错，她很好，我看不出有任何问题。"她边说，边用纸巾把涂在卡琳肚子上的凝胶擦干净。到了门口，她转过身，好像要说什么，但最终只是站在那里，就那样久久地看着卡琳。

"谢谢。"我说。

她犹豫了一下，但还是回答说："目前，他们对白血病的治疗做得非常好。"

"谢谢，非常感谢。"

一根白色线头从卡琳病号服的领口处垂了下来。我把线头塞好，又整理了一下她的刘海。她出了很多汗，浑身都湿透了，她猛地拉了一下我的手。"怎么样？还好吗？"她问。

"你问我？"

她点点头。

"亲爱的，我当然很担心，但现在别说话，集中精力呼吸。"我说。

在一辆手推车上，我找到了一张塑封的紧急出口标识图。我用它来当扇子。卡琳感觉空气的扰动很舒服。我不知道自己站在那里给她扇了多久，直到她张开嘴。她的嘴一张一合的，我听不清她在说什么。她听上去有点儿像是在说"利乌"[1]。她想要摘掉氧气面罩，但被我阻止了。她呻吟着，用力地喘气。

"亲爱的，你想说什么？"我问。

"洗礼，命名。"她说。

"好的，好的，你想给她取名叫利乌？"

她摇了摇头，紧接着说："利维亚。"

"利维亚？"

她点点头，抬起了手腕。

"利维亚。"她说。

"好的，利维亚。"我回答。

呼吸机开始鸣叫起来。一位急救护士冲了进来。"出什么事儿了？"她问我，然后她向值班室喊道："病人用力过度。"

主治医生不慌不忙地踱了进来。他好像在嚼什么东西，他把东西咽下去，清了清嗓子，双手背在身后，站在监控仪前。"她现在身体供氧水平还不错，到目前为止她似乎还有自主呼吸的能

---

1 Liv，利乌，瑞典女孩名字，词义为"生命，生活"。

力。如果未来情况并无好转的话，我们不得不给她插入喉管。"

说完这些，他又面向卡琳说道："对不起，很抱歉我们这样谈论你，我们不是故意的，只是习惯所致。情况是这样的，卡琳，你还是很难给自己吸入足够多的氧气，未来我们可能必须将你麻醉，用呼吸机帮助你呼吸。"

我建议斯文把车停下来，请他让丽勒摩尔听电话。"我们在出租车里呢，稍等一下，我这就把电话给丽勒摩尔。"他回答说。

听到丽勒摩尔低沉的声音，我变得紧张起来。"嗨，我们刚刚得到一个消息。"我说。

"嗯。"

"我想先打个电话给你们，情况不太好。"

"嗯。"她回答。

"我想最好还是在你们到这儿之前，先打个电话给你们。"

"嗯，很难说出口，对吗？"

"不是肺炎。"丽勒摩尔那边一声不吭，安静极了，我不得不问了句："你在听吗？"

我回到病房的时候，主治医生坐在病床边的一张凳子上。"我刚刚跟你妻子说了，孩子对她来说是个巨大的负担，现在，她的身体正在全力应付高血压，而且她的血乳酸水平太高了。"

他又转身看着卡琳说道："我刚刚和卡罗林斯卡大学附属医院的重症监护部通过电话，我们会在明天一早就进行剖腹产手术，将婴儿取出，卡罗林斯卡那里的资源能够更好地帮到你和孩子，今夜我们就会给你进行呼吸插管，一点儿都不疼，你会进入睡眠状态，就像经过一个漫长的工作日之后，舒服地沉沉睡去一样。"

"她要转院吗？"我问。

"是的，卡罗林斯卡的特护病房一有床位，就立刻转院。"

"为什么要对她进行麻醉？"

"这是最好的方式，对卡琳和孩子都是如此，在剖腹产手术期间，她也得接受麻醉的。"他说。

卡琳试图回应，但最后放弃了，只是摇了摇头。她把双手放在肚子上。

"我明白，卡琳，现在你说话很困难，我理解为，你明白我的意思了。"主治医生说。

卡琳处于半昏迷状态，呼吸情况更差了，偶尔，她会睁一下眼，挠一挠面罩下的脸，如果我停止给她扇风，她就会焦躁，四处摸索我的手。

"亲爱的，我的胳膊已经麻了，我没力气再扇了。"我说。

她伸手去摘氧气面罩的时候，我都没有力气去阻止她。她猛地吸了一口气，急促地说："爱你，一切。"

一个护士连忙走了进来，说道："怎么了？"

卡琳竖起了大拇指。

"你不可以把氧气面罩摘下来。"她说。

"她知道。"我回答。

*

丽勒摩尔穿着她打麻将时常穿的家居服，斯文穿着他那件老式西装，他们一起穿过走廊，走了过来。我感到斯文汗涔涔的宽阔胸膛抵到我的胸口。丽勒摩尔似乎对我拥抱他们感到有些尴尬。她有点别扭地侧身朝向我，探头看着病房的门。她想知道他们是否可以见见卡琳。

我走在他们前面，来到病房门口。"亲爱的，你父母来了。"

卡琳看起来很害怕的样子。

斯文停在门口，丽勒摩尔等了一下，但还是决定进去。她轻轻拍着卡琳的腿，嘴里一遍一遍重复着："宝贝女儿。"

卡琳开始抽噎起来，她歇斯底里地挥舞着手臂。

丽勒摩尔惊呆了，然后说道："我们在外面等。"她迅速抓起斯文的胳膊，把他拉了出去。

卡琳拽我的衣服，看着我。

"亲爱的，我懂，你不用说出来。我觉得，他们也明白。我去跟他们说，你很高兴他们能来。"

我出来的时候，斯文和丽勒摩尔刚刚在急救中心餐厅外的沙发上坐下来。丽勒摩尔用一张纸巾捂着嘴。

"还好吗？"我问道。

"没关系的。"斯文答道。

"上次也是一样的。"我说。

"谢谢，汤姆，我们明白。"他说。

"这里有什么东西在响，我其他声音听不太清楚。"丽勒摩尔说。她坐下，站起来，又坐下。"什么东西在响？"她问道。

"也许是里面的洗碗机。"斯文说。

"这里有好多东西都在响。"我说。

"不对,是别的东西,很大的声音。"她说着用力摇了摇头。

我在他们身边坐下来。斯文研究了一下沙发罩的图案,确定上面是随风飘散的蒲公英种子。丽勒摩尔又使劲摇了摇头,说道:"是狗叫。"

斯文双手交叉,放在大腿上,问道:"他们说是哪种类型的白血病?"丽勒摩尔狠狠地瞪了他一眼。"哦,对啊,他们现在应该还不知道。"他接着说了一句,冲我点点头。

"他们只说是急性的。"我说着,看了一眼丽勒摩尔,"你还好吗,丽勒摩尔。"

"对不起,我只是受不了医院,而且还有什么东西一直响个不停。"她说着站了起来。她从包里翻出一盒润喉糖,递给我,又递给斯文,然后,她用手捂住耳朵,沿着走廊走远了。

主治医生站在床尾,妇产科医生在做 B 超,监控利维亚的情况。"亲爱的,我不会离开你,不过,今晚,就今晚,我必须得回家一趟,去取点儿东西就回来,然后我会一直陪在你身边。我很快就回来。"我说。

卡琳看了看门口,然后看看我。

"你爸妈坐在外面的走廊上。"我说。

她摇摇头。

"他们明白的,亲爱的,别担心,我还告诉他们,你给孩子取名叫利维亚。"

她竖起了大拇指。

我站在洗手盆旁，卡琳冲着我动了动嘴唇。我没有听见她说什么，但我看到她说："晚安。"

"晚安，亲爱的，我很快就回来。"我高声喊道。

主治医生把手放在氧气面罩上。看起来，他好像往输氧管的阀门里注射进去什么东西。卡琳合上了眼睛。这时，主治医生一边看着他的手表，一边高声数数："一、二、三、四、五……"我离开病房的时候，他还没数完。在电梯前，我突然掉头往回跑去。急救中心的门锁上了，我不停地按门铃。卡琳的一个急救护士给我打开了门。"你忘了什么吗？"

"是的。"我说着从她身边挤了进去。

"她睡着了吗，一切都还好吗？"我问道。

"她睡着了，一切都很好。"产科医生回答说。

"好，谢谢。"我说完，用指尖轻轻地抚弄了一下卡琳的耳朵。她全身青紫，胳膊上的针孔旁有一些血渍。"明天就要对她进行化疗了吗？"我问。

"我不知道，你要明天去问卡罗林斯卡的血液科医生。"主治医生回答说。

窗户上的百叶窗已经放了下来，但是那个小透气窗还开着，透过那扇小窗，我能看见直落入奥斯塔湾的峭壁，还有灯塔上的导航灯与黑夜里船上红色、绿色闪烁不停的标识灯。我扫视了一眼病房。在监护室里有三位急救护士，一位护工。我进去的时候，他们都不说话了。

"你们看见卡琳的羽绒服了吗？"我问。

护工走到一个衣柜前。"是这件吗？"她问。

"没错，就是这件，谢谢。"

"赶紧回家休息休息吧，你需要睡眠。"

"好，我会的，谢谢，可我想先确认一下，你们有我的电话号码吧。"

护工转身去看电脑，她有着一头稀疏的紫色头发。她报出了我的手机号。

"没错，谢谢。"我回答说，"我希望，你们一旦得知卡琳什么时候转院到卡罗林斯卡，就第一时间打电话给我。"

"我们会的。"她说。

"好的，谢谢。"我回答。

丽勒摩尔在南部医院正门前的水池边等候。她站在那里，盯着明镜般的水面出神。她的一只手放在腹部，做着轻轻的、缓缓的抚摸动作。环路上汽车呼啸而过的声音不时传来，除此之外，周围一片寂静。

"出租车马上就来。"斯文说完，把手机放进西服上衣的内兜里。

"几点了？"我问。

"快四点了。"他回答。

在出租车里，我紧紧搂着卡琳的羽绒服，把头靠在冰冷的车窗上，看着车窗外的柏油马路、井盖、路缘石、人行道、行人安全岛飞逝而过。下车后，在沿台阶返回丛林路的公寓前，我对他们说："一切都会好起来的。"

妈妈刚把车停在索尔纳的卡罗林斯卡大学附属医院外的公共汽车站旁，我便跑了出去，她喊我，我没听到。我径直跑到咨询台，要了一张医院平面图，向工作人员确认具体位置。接着，我飞快地穿过门厅，沿一条通往大厅的二十米长的走廊跑着，跑过小卖部、两部运送住院病人的电梯，以及一个楼梯间，然后右转穿过一扇自动门，继续沿内院向前跑。

我与两位戴着手术帽的医生同乘一部电梯，一下电梯，便按照指示牌的指引，冲向手术中心。我经过一扇敞开的铁门，跑过一排绿色的墙柱，在绿得刺眼的塑胶地板上飞奔了四十多米后，来到一条丁字形走廊的尽头。我仔细阅读指示牌，右转朝急救中心的方向跑去。我沿着落地窗奔跑，右侧是医院的花园，以及贴着白色条纹壁纸的墙壁。

我又穿过一个百米长的走廊，终于在一部可视电话前停了下来。我按了按键，铃声响起，通过猫眼，我试图往里面看。一个男人的声音传来："早晨好，有什么可以帮您的吗？"

"你好，我太太，她从南部医院乘救护车转运到这里，她怀孕了，他们要给她实施紧急剖腹产手术。"

"她要来重症监护部？"他问。

"是的，F21区。"我回答。

"她叫什么名字？"

"卡琳·拉格洛夫。"

"稍等。"他回答说。

我等了不到两三分钟时间,那扇宽大的门便自动打开了。穿着白大褂的医生走了出来,他身材高挑,一头浓密的黑发整齐地向后梳着。他做了自我介绍,但我注意到,他目光游离,始终不愿直视我的眼睛。他说,我太太刚刚才到,他们把她安置在了1号病房,那是个单人间。他强调说,其他的事情他一概不知。

"那谁知道呢?"我问。

"只要他们将她安置好了,就会有知情人来通知你。"他回答说。

"她还好吗?"

"他们现在正在'安装'她,一旦'安装'好,就会出来接你进去。"他说完开始往里走,接着回头看了我一眼,好像希望我跟他一起进去。"你了解重症监护室吗?"他问。

"什么意思?"我问。

他边按密码开门,边对我说:"在重症监护室的都是需要特别加强护理的病人,我们有13张床位,有专业的医生和护士。"他打开灯。

"哦,好吧。"我说完,往室内看去,这是一间二十多平方米的房间,一张沙发、几把椅子、一张躺椅、一张圆桌和一个简单的小厨房。

"嗯,你看,这里虽然比不上华尔道夫酒店,但总比没有强。"他说。

"什么时候进行剖腹产手术？"我问。

"不好意思，我不知道。首先，你太太的生命体征必须稳定下来，医生才能对她进行治疗。"

"我得在这里等多久？"我问。

"不好说，也许一小时，我不知道，不过你也不是非要待在亲属休息室里啊。"

"我没事了，谢谢。"

"好吧。"他说完便离开了，把我一个人留在了门口。

房间里有一台壁挂电视机，与这个房间相通的还有一个小一些的房间，那里有一张双层床和一个小卫生间。朝向走廊的窗户纱帘是拉上的。还有几个用过的咖啡杯，一只装满皱皱巴巴纸巾的纸篓。我在桌边坐下。面前是一盆塑料的虎尾兰，一片叶子上被人粘了一块口香糖。我决定出去到走廊上透透气，但我意识到，门上有密码锁，而我不知道密码。我也不知道其他还有什么地方可以等候。我站在门口左顾右盼。一位医生从特护部的大门里走出来。

"劳驾？"我说。

她瞟了我一眼，径直走了过去。她步子频率很快。我喊她，她停下脚步，转过身来。

"你有这扇门的密码吗？"我问。

"你为什么没有呢？"她回答。

"哦，我是被人放进来的，但他没给我密码。"我回答说。

她从胸前的口袋里拿出一个小笔记本，翻了起来。"1221。"

她说。

"好，是年度和部门编号，如果我没猜错的话？"

"我没想过这个问题。"她回答说。

"这能帮助我记忆。"我说。

她狡黠地眨了一下眼。"孕妇是你太太吧？"她问。

"嗯，她怀孕了。"我回答说。

她凑近过来。如果不是眯起的眼睛四周的皱纹，我会以为她只有十几岁。她靠近我，站在我身边说："我自己也有一个女儿，她早产一个半月。你应该很庆幸那是个女孩，早产的女婴比早产男婴无损伤存活的概率要高很多。"

妈妈从小卖部给我买了份沙拉，机器剥皮的虾仁浸在千岛酱里。"别着急，你吃得太快了。"妈妈说。

"我一辈子都没换过一块尿布。"我说。

"你会学会的，就连你爸爸都学会了。"她说着站起来，看着我继续说道："孩子，你找我什么事来着？"

"我觉得，我忘记关电磁炉了。"我回答说。

"噢，不，汤姆，你昨天也是这么以为的，可是电磁炉明明就是关着的。"

"该死，我现在觉得我没关。"我说。

"昨天，我放下手边所有的事情冲到你们家，可是炉子关得好好的。"她说，"可你想让我说什么？你想我再回家检查一下？"

"也许这样最好。"我说。

妈妈突然朝门口背过身去，就在此时斯文和丽勒摩尔走了进来。妈妈整理了一下开衫和长项链说道："丽勒摩尔、斯文，该说什么好呢？"他们和妈妈拥抱，询问托马斯的身体情况。"不太好。"妈妈回答。

斯文和丽勒摩尔沉默不语。我注意到，妈妈有些紧张，担心自己说错话了。

"你们竟然能找到这里。"我说。

"并不难，你路指得不错。"丽勒摩尔说。

妈妈打不开电视，她按了半天遥控器。丽勒摩尔询问我是否已经见过卡琳了。"还没有，他们正在对她进行安装呢。"我回答说。

"安装？"她说。

"他们就是这么说的。"我回答。

妈妈戴上挂在脖子上的老花镜，翻阅起《快报》来。

"妈妈，你能看得清吗？"

"问题不大。"她说，随后又补充道："你是不是还想让我回家看看炉子？"

"不用了，别管它了，应该只是我有点儿神经质罢了。"说完，我走出房间，来到走廊上。

我继续向前走，直到看见一张长凳。一位医生踩着滑板车快速从我身边经过。如果此时卡琳看到我坐在内窥镜手术室门口一把没有靠背的长椅上，她会希望我怎么做呢？我找出卡琳最要好的几个朋友的电话——卡罗、约翰娜和乌丽丝。"嗨，我是汤姆，你现在说话方便吗？"

我回去的时候，斯文正靠在沙发上看平板电脑。丽勒摩尔坐在桌边，正在手提包里翻找着什么。"你妈妈说，她要去你们家检查一下电磁炉。"她说。

"好，我说过，她不用跑这一趟的。"我回答说。

"曼斯在来的路上。"丽勒摩尔说。

"是吗，那他从约勒布鲁过来，还是……"

"他坐下一趟火车过来。"她回答说。

我在一把椅子上坐下来。

"有位医生来过。"斯文说。

"是吗，好吧，医生想说什么？"

"卡琳的各项指标都相当稳定，他们计划下午就给她进行剖腹产手术。"

"好吧，不错，谢谢，但以后我希望所有消息都先通知我，可以吗？"

"可你当时不在这儿啊。"丽勒摩尔说。

"没错，但这没有关系，我们希望这样。"我说。

"我们？"她脱口而出。

"我和卡琳，当然了。"我回答说。

"是吗，可他进来找你时，你不在，我们以为有什么很重要的事情。"

"好吧。那我再重复一遍，这是卡琳所希望的：消息要先通知我，也可以说，通知我和卡琳。这些我们昨天已经谈过了。"

敲门声响起，丽勒摩尔浑身一个激灵。"斯文。"她瞪了斯文一眼，示意他去开门。斯文站起身来，而我已经来到门前。

敲门的护士说起话来很腼腆，也略显生硬："你们在等着进去看卡琳·拉格洛夫吗？"

"是的，没错，要进行剖腹产手术了吗？"我问道。

"哦，不，还没有，我只是来通知你们，如果你们愿意，现在可以进去看卡琳了，稍后，你们也可以见到负责卡琳的医生。"她说。

我看着斯文和丽勒摩尔。

"汤姆，你去吧，我们在这里等。"斯文说。

护士打开了与 1 号病房相连的风压消毒室的大门，此刻我停下脚步，低头看着自己的双手。我张开手指，努力想要记起卡琳的脸，但总有什么东西一直模模糊糊的，总有一部分缺失。我意识到，认识卡琳是很多很多年以前的事情了，这种感觉令我很不舒服。

"你要进来吗？"护士站在敞开的门前问道。

我抬起头。我最先看到的是氧气管，浅蓝色，管子很像玩具的某一部分，垂在卡琳的氧气面罩和呼吸机之间，呼吸机与卡琳上下起伏的胸腔同步发出规律的"嘎啦嘎啦"声，然后，我看到卡琳赤身裸体，只在胸口到小腹之间盖着一条小毯子。我看到她的双腿之间，医生已经把阴毛剃掉，从尿道伸出一根导尿管，她的眼睑看上去如玻璃般透明。

"进来吧。"护士说完，打开一张床单盖在卡琳的大腿上。

她拍了拍卡琳的手，跟我说："我刚刚和你太太说过，你们就要做爸爸妈妈了。"

"她知道的。"我回答。

"我的意思是说，就在今天，很快，你们就要成为爸爸妈妈了。"

"噢，噢，好吧，谢谢。"

她拿来一张凳子，放在床边，我坐下来。另外一名护士站在那里检查输液架。房间的右侧角落里坐着一位医生，正在往电脑里录入东西。窗外的街对面，一栋砖砌建筑高高立起，有着排成一条直线的三个窗口和漆黑的地基。我认出了那栋建筑。"是放射科大楼吗？"我指着那栋建筑问道。

"没错，你认识那里？"护士回答。

"嗯，十年来，我爸定期去那里检查。"

"哦，是吗。"她说完站在我身边，也向窗外看去。

"天气可真好，春光明媚，应该到花园里去吃午餐才对。"她说。

那位医生尖下巴，棕色头发，留着扁平的刘海，戴着四方框的小眼镜，握手的时候很轻柔。他看上去有点儿羞怯。"我是约翰·佩尔松，"他说，"特护部的主治医生，卡琳重症监护期间，她由我全权负责。"

"好的，我是汤姆。"我回答说。

"这里只有你一个人吗？"

"我是病人最近的亲属，或者你们想怎么称呼这种关系都行。"

"就我所知，卡琳的父母也来了吧？"

"卡琳本人希望，所有信息都要先通知我，再由我转达给她的父母和朋友。"

"好，明白了。那好吧，我建议我们先坐下来，立刻和血液专家谈谈，卡琳是由他来负责治疗的，给孩子接生的妇产科医生也会参与进来。"

"好吧，听起来不错，现在立刻开始？还是……"

"没错，就现在，还是说现在不太合适？"

"现在，没问题，谢谢。"

医生带我穿过走廊，走得很慢很慢，径直进入一间类似办公室的屋子，他称之为"阿特拉斯"房间，那里有电脑、打印机、摆满医学书籍的书架和一摞一摞的打印纸。血液专家已经在房间里等候了，他结束了手机通话，自我介绍名叫弗朗兹·卡梅尔，是血液中心的教授兼主治医生。他有一头乱蓬蓬、浓密的灰色头发，脖子皱皱巴巴的，双目慈祥。

除了佩尔松和血液专家，房间里还有见习医师和麻醉师。见习医师坐在一张书桌前，手插在衣兜里。麻醉师斜靠着门框，嘴里嚼着口香糖。我被告知，见习医师是1号病房护理团队中的一员，麻醉师负责剖腹产手术的麻醉。

"我们还差阿格奈塔，剖腹产手术由她主刀，但我觉得，我们可以先开始。"佩尔松说。

我坐在一把椅子上，低头看着椅面上的布，是浅蓝色的牛仔布。

佩尔松以同样平静的声调继续往下说："汤姆，你太太病得很严重，她病情恶化得很快，这也是我们决定进行剖腹产手术的原因，孩子情况良好，我们担心的是卡琳。我们现在的所有努力都是为了她能活下来，即使是极小的介入治疗都有很大风险。可以说，卡琳的多个内脏器官已经不堪重负，重症监护的情况在很多方面都不乐观，最突出的问题就是她无法给自己供氧，另外，在血流量和血压之间也存在着不平衡，体内乳酸水平 15，而且还在持续上升，这对一个躺着的人来说是非常非常高的。"

血液专家插话进来："这样说吧，这个数值是运动健将体力透支，瘫倒在地时体内的乳酸水平数值。我们普通人在户外行走时，体内的乳酸水平是 1 或 2，因此，这里说卡琳的身体已经不堪重负其实是很保守的说法。"

"什么意思？"我问道。

血液专家回答说："嗯，这意味着，你太太有孕在身，她病得很严重，如约翰所说，乳酸水平、血流量和血压不平衡，这些都暗示着一种病——脓毒血症，也就是常说的败血病，但我们不会臆测卡琳的身体状况是否与这种病有关。"他在努力寻找合适的说法。

"我希望你们越诚实越好，我现在想听全部真相。"我说。我注意到，血液专家对我不停地在椅子上扭来扭去有些恼火。

"是的，我们非常诚实，也必须这样。"佩尔松说。

"她能挺过去吗？"我问。

佩尔松胳膊肘架在桌上，神情严峻地看着我。"汤姆，我们所做的一切都是为了救活卡琳，但说句实话，正如我前面提到的，她的情况不容乐观。"

"有多不乐观呢？"

"我们已经通知叶克膜科室做好准备了。"他回答说。

"我听说过这个名字，但仅限于此。"我说。

"叶克膜是体外膜肺氧合的简称，那是一种新兴的心肺辅助仪器和治疗方法，我们在卡罗林斯卡有一个专门的中心对患者进行叶克膜支持治疗，我们不会过度治疗，没有人愿意采用这种治疗，但毫无疑问，这次情况危急，叶克膜是备选方案。就我个人从血液专家的角度来看，我们必须赢得时间，和这种类型的疾病竞速。"血液专家解释道。

"是白血病，对吗？"

"没错，是的。"他回答。

"她得的是哪种类型的白血病？"

"如果你能停下来一会儿，不再这么把椅子转来转去的，我就能听清楚你说的话了。"血液专家不悦地说道。

"好吧，对不起。"我重复了一遍我的问题。

他低头看着脚上的运动鞋，鞋子码数很大，鞋带系得紧紧的。他低声嘟囔着："嗯，这种类型名叫 C92.0 型急性髓细胞白血病。"然后他提高了声音，"不过，就像我刚才说的，我们必须赢得时间，现在就进行剖腹产手术，然后我们必须进行介入治疗，减少病人体内超高的白细胞数量，也就是白细胞数量，这是白血病引起的。这一步完成之后，希望明天就可以开始进行化疗，这需要时间，而我们根本就没有时间。"

我把手放在脑后。

"汤姆，我明白，现在需要接收、消化的信息非常多。"佩尔松说。

"一周前，我们去儿童保健中心产检，医生说她看起来一切正常，两天前我们还在一起看电影。"我说。

血液专家垂下目光，看着桌子。"那时确实应该看起来一切正常，病情恶化很快。"他瞥了我一眼，"我无法想象，就在你们即将为人父母之际，发生了眼前的这一切，唉，太可怕了。"

见习医生递了张纸巾给我。"谢谢。"我把纸巾缠绕在手指上。

"髓细胞白血病在人与人身上表现出的症状存在一定差异，就你太太的情况而言，病情的快速恶化与妊娠肯定是有联系的，但正如约翰所说，我们所做的一切都是为了能救活卡琳。"

我打断卡梅尔。"化疗有副作用吗？"

"化疗有副作用，没错，不过不像以前那么厉害，我们已经研制出药物可以消除副作用了。"

"好吧，这样最好。"

"有件事你还是要知道，即使化疗能够产生预期的疗效，未来复发的风险也很高，以后的生活会很艰难，伴随着很多很多治疗，但那毕竟是活着。但说到现在，事情还没到那一步，卡琳就躺在外面的病房里，我们会尽一切努力让卡琳康复。"佩尔松补充道。他抬起头，目光越过我的肩头，"剖腹产的主刀医生来了。"

门口，站着一位身材壮硕的女人，她有一头栗色的头发，发丝软软的。她喘着粗气，汗流浃背的样子。

"我有事耽搁了，不好意思，我猜你是孩子的爸爸吧。"说着，她迈步走上前来。她握手很有力度。"阿格奈塔，我是妇科主治医生。"她并未放开我的手,继续说道,"由我来为你太太进行手术,孩子很健康,但你太太病得很重。手术本身并不复杂,但考虑到各种因素,当然就不是那么简单了,比起普通手术,这次会有很多重症监护人员参与进来,除此之外,并没有什么不一样的地方。"她终于松开了我的手,"你有什么要问的吗?"她看着我,等着我开口。

"我希望手术的时候我能在场。"

"你在旁边的房间里等候,事后,护士会把孩子抱出去给你看,新生儿科的医护人员在场,他们会照顾孩子的,你女儿早产超过一个半月,你太太应该妊娠 33 周零几天。"

"是的。"我回答。

"很好,你知道得还不少。"她把手放在我肩头,"那我们过一会儿见,汤姆。"

"可我还是不太明白,为什么我不能待在手术室里呢?"

她的眼睛看着麻醉师。"你得待在旁边的房间里,那里有一扇看向手术室的窗子。"

"所以说,我不能和卡琳在一起喽?"

"亲属不进手术室陪伴。"

"我现在真的不想离开卡琳。"

"你能通过那扇窗子看到你太太,一直以来都是这样的。"然后,她解释说,自己必须得走了,还有另一台手术在等着她。

麻醉师的眼睛在银灰边框的眼镜后面眨了眨,他把口香糖吐到纸篓里。"我这就去看看我能做点儿什么,你别走远了,到时候,我们会有人来带你过去。"

"非常感谢！"我说。

他对其他医生点点头，然后离开了。

血液专家向前探了下身子，看起来好像要站起身来。"我明白，这些信息给人的感觉足够多了，甚至有点儿太多了。不过，你还有什么想问的吗？"

佩尔松殷切地看着我。

我低头翻着笔记本，试图读懂在刚才的匆忙中自己都记下了些什么。

我坐在 F21 区的走廊里。这时，麻醉护士伸过来一只瓷釉般光滑的手。"啊哈。"她说。

我站起来。"出什么事了吗？"

"我叫雅勒，我来接你，带你去手术室。"

"剖腹产？"

"是的，剖腹产。"

"现在？"

她用手摸着一对白色的耳环。"对，就现在，你可以跟我来，在那边，走吧。"她脚踩一双迷彩洞洞鞋，走起路来轻快地一蹦一跳的。术后康复部门由一个很大的病区组成，里面有隔断墙隔开的二十来张病床。"请在这儿稍等，我去确认一下指示灯是不是绿色的。"说完，她走到病区中间，和一个戴着类似游泳镜的人交谈起来。那人好像是这个部门的负责人。她用手比画着，两个人都转过头来看我。他低下头，拿起电话听筒。她回到我身边，低声说："有点儿麻烦，每个医生都有自己的地盘儿。"她走到一间储物室前，向我招手。她在架子上找了半天。"这件应该合适。"说完，她递过来一件深蓝色的手术服和一顶绿松石色的手术帽。然后，她站在手术中心急救手术室的两扇大铁门前等我。穿着手术服让我感到很不自在，感觉自己就像个装扮起来的孩子，手术帽是最糟糕的，戴着它，我感觉浑身难受。

"我非得戴这个东西不可吗？"我问道。

护士边回答，边退回到术后病房："手术室必须是无菌环境，不过好像没那么糟糕吧？"

"也就是说，我能跟着一起进手术室了？"

"对，没错。"

"陪在卡琳身边？"

"对，没错。"

"非常感谢。"

刺眼的日光灯映射在明晃晃的塑胶地面上，在走廊里形成一条中分线。走廊两侧摆放着明黄色的垃圾桶和装急救物品的小推车。

她停下脚步说道："这里是 2 号急救手术室，我们要进到里面去。"

"我还来得及去趟洗手间吗？"

"没问题。"她指着走廊尽头的角落，"向右转，那里有员工卫生间，你可以借用一下。"她在我身后紧接着喊道："你不用跑。"

但我只尿出一两滴来。我拉上拉链，避开镜子，站在洗手池旁，把手指伸进喉咙里，发出野兽般的声音，但胃里什么都没有，只有几声干呕。我把手术帽摘下来，把脸打湿。在2号急救手术室前的门厅里，有一个洗手池，我又重新把手洗了一遍。我给双手涂上消毒液，麻醉护士为我拉开门。"别忘了帽子。"她说。

我把帽子戴上。这时，整个病房扑面而来，钻进我心里——明晃晃的手术灯、升降病床、墙壁淡淡的浅蓝色调、地板上矩形和菱形的图案、带轮子的不锈钢小推车、输液架、监视器、正在为手术做准备的将近二十位医生和护士制造出的大城市律动般的快节奏，还有卡琳。她躺在手术室正中间，肚子被一张绿色的帘子遮住，帘子挂在两个带轮子的活动支架上。她和我一样，也戴着同样恐怖的帽子。

"你可以坐这里。"麻醉护士说。

"好的，谢谢。"我在卡琳的左手旁坐下来。她的左臂放在一个包裹着尼龙垫布的金属扶手上。

"握着她的手吧。"

"好的，谢谢。"我小心翼翼地把我的手钻进卡琳的手中，我的掌心全是汗。

在我右侧，麻醉师站在一台监视器前，打着电话。他快步走上前来，拍着我的肩膀说："嗨，你好。"

"我能碰她吗？我会不会破坏什么？我觉得，我的手在发抖。"我问麻醉护士。

她低头看了看卡琳的胳膊，转身问麻醉医生："他握着她的手应该没问题吧？"

麻醉医生的目光从眼镜框上方飘过来。"没问题，胳膊在那儿放得好好的，她已经被固定好了。"他看着我，又说道，"你当然要握着她的手才对。"

帘子后面的医护人员都戴着口罩和那种盖住耳朵和脖子的手术帽，就像巴拉克拉瓦头罩，只露出一部分脸来。其中一名手术护士环顾四周后说道："好，我们现在开始倒计时，手术准备开始。"

主治医生答道："阿格奈塔·阿维德松，妇产科医生，妇科主治医生，我今天要进行的治疗是紧急剖腹产手术，一方面基于产妇的身体状况——刚诊断出白血病，另一方面在于我们担心血液循环问题产生的废物和异物会导致孩子呼吸困难。产妇从昨天开始被注射了镇静剂，人工呼吸机插管辅助呼吸，未完，稍后继续。"她重新回到自己的准备工作中。

手术室里的人一个接一个做着自我介绍，护士、护理人员、助产士、医生。我开始不安起来，担心自己也必须自我介绍，不得不戴着这顶滑稽的手术帽站起来介绍自己，暴露我此时已经处于崩溃的边缘。我很有可能会被抬出去，被迫与卡琳和利维亚分开。直到轮到麻醉医师，他介绍说我是孩子的爸爸，这时我才平静了一些。

我身后，抢救室的门旁，站着一个穿白色制服的人。他是这里唯一没有穿手术服的人，只戴了手术帽。他有着高山速降滑雪运动员的身材——挺拔的姿态、有力的脊背、稳健的双腿、结实的肩膀。轮到他的时候，他说："我叫霍尔格·金奇，体外膜肺氧合科室医生，病人从昨天开始突发急性呼吸困难，我在这里预备，以防病人紧急需要使用体外膜肺氧合进行全面换气。"

一名护理人员站在我身边，高声朗读卡琳的身份手环。我听见从手术室的另一端传来一个声音，要求重复身份证号码。多名护士走上前来，朗读手环上的信息，更多的声音从房间另一端传来。

"我忘了一件事。"麻醉护士小声说。她手里拿着一只口罩。"把这个戴上。"

我努力想要戴上口罩。

"这个位置应该在耳后。"她说着，帮我从缠在脖子上的橡皮筋里挣脱出来。

戴上口罩，我的呼吸困难起来，呼吸声盖过了手术室里的一切声音，如果我想听清周围人说的话，就不得不屏住呼吸。

有人喊道："术前清洗完成，消毒确认。"

我握紧卡琳的手。麻醉护士把一杯水放在地上。"谢谢。"我拉下口罩喝了一口水。

主治医生在谈论手术过程中可能出现的失血问题，这时，她蹲下身子，询问我："你怎么样？"

"我只是头痛欲裂，不过没事，谢谢。"我回答。

"你想要片扑热息痛吗？"

"不用了，没事，谢谢。"

"好吧，有需要就告诉我。"

"谢谢。"我想要将手上的汗在衣服上擦干，却感觉只是在一层塑料上乱抹了一通。

手术护士提高声调："是否所有人都同意在必要时共同协调解决方案？"

大家异口同声说道："是。"

主治医生说："手术开始时间14点21分，今天……"她目光在搜寻着什么。

护理人员在一阵沉寂之后说道："3月20日。"有人笑了。

"对，一个人工作太多，就会出现这种情况，没错，3月20日。"主治医生说。

麻醉护士急忙走到一个泵支架前，拧开一个黑色的盒子，然后调整了卡琳臂弯上的一根导管。麻醉医师说："好的，雅勒，这样看上去好多了。"

一只手放在卡琳呼吸面罩上的护士说道："咳嗽，带血清痰。"

卡琳的身体开始颤抖，并不厉害。我看不见，但我的手能够感觉得到，那像是微微的震颤，轻轻的拉扯，同时也穿过我的身体。我听到他们在帘子后面说话，金属碰撞发出当当声，还有嗖嗖地吸起东西的声音，我把卡琳的手攥得更紧了："我在这儿呢，亲爱的。"

我向前俯下身体，闭上眼睛，然后听到稀稀拉拉的掌声和一声哭喊——尖厉、可怕，却又是那么美好、持久，那么洪亮。我听出了主治医生的声音："时间14点35分，可以记录为出生时间。"我站起来，却没有松开卡琳的手。

主治医生抓着利维亚的双腿，看起来就像正拎着一只血淋淋的猎物。"不知道这位爸爸现在能否听见我说的话，孩子不哭不是好兆头，这次好极了，你的孩子声音洪亮，没错，你女儿很棒。"

　　我还来不及弄明白到底发生了什么，也不知我怎么就突然追到新生儿科的医护人员身后。他们中有一个人把利维亚用白毛巾裹好，抱起来。她粉扑扑的，身上黏黏的。另外一个人推来一辆小推车，上面放着一只盛放胎盘的弯盘。麻醉护士跟在我身后走了出来，到了门口，她指着忙碌的医护人员说："这是新生儿科的护士，那是助产士，氧气瓶旁边的是儿科医生。"

　　他们把利维亚放在一块床板上，确切地说，应该称之为新生儿复苏台。利维亚通过一个绑在她头上的装置获得氧气。儿科医生戴着蓝色塑胶手套，在听听诊器。"心脏听起来不错。她确实是个很棒的女孩，恭喜。"她说这番话的时候镇定自若。其他人也都附和着。

　　"我猜，你们对所有人都这么说。"我说。

　　"没错，但并不是每一次都是真心实意的。"儿科医生说。

　　在 20 厘米长的浅青绿色的脐带两端有两个止血钳。护士看着我，问道："我可以抱你一下吗？"

　　"好。"我回答说，她过来拥抱了我。

　　"你们给她起名字了吗？"她问。

　　"利维亚。"我回答。

　　"利维亚，真好听，孩子的爸爸是否想亲手剪断利维亚的脐带呢？"

　　"会弄疼她吗？"我问。

"不会，这只是血管和结缔组织，就像剪指甲一样。"她说完递给我一把手术剪刀。"不对，这里，你剪这里。"她边说，边指给我看。

我剪了下去，她鼓掌表示祝贺。

"汤姆，有人找你。"麻醉护士说完朝急救室门口使了个眼色。

我转过身，看到麻醉师，他在门后摘下口罩，透过门上的那扇窄条玻璃窗向我竖起了大拇指，但那时我还没弄明白他就是麻醉师。那一刻，我恍惚觉得，那是卡琳，有那么短暂的一瞬间，我差点儿喊出来："一切都很好，亲爱的。"

助产士拿起湿漉漉的胎盘。脐带像古老的中国水墨画里的树干一般，带着通向枝条和树冠状腹部的血管。她指着脐带说道："可以理解为什么它会被称为'生命之树'了吧？"

"是的。"我回答。

"你想保存它吗？"

"保存？"我大吃一惊。

"是啊。"她回答说。

"不用了，谢谢。"

"你好像被吓着了，我通常都会问这个问题，有些人想要吃掉胎盘。"

"你开玩笑呢？不了，我可没有吃胎盘的瘾。"我说。

"不是，不是你，这种时候，吃胎盘的是妈妈，据说吃胎盘有很多好的效果，能激发产奶，平衡荷尔蒙。没事，我只是问问。"

"哦，是吗，我完全不知道。"说完，我俯身看着利维亚。"我能拉着她的手吗？"我问。

"可以，当然没问题。"儿科医生回答说。

利维亚的手泛着淡淡的红色，那么小，还握不住我的一根手指，浅红的指甲，那么那么小。

儿科医生斜眼看着我。"我可以说，就早产一个半月的孩子而言，你们的女儿很壮实，但她还是需要住进新生儿特护病房，以帮助她存活。"

周围一片漆黑，只有利维亚的暖箱上方有一盏刺眼的灯。她的脸不漂亮，不可爱，消瘦，却有些浮肿，皱皱巴巴的，皮肤皲裂，看上去像一个疾病缠身的老人。那个健康的卡琳在她身上毫无踪影，好像卡琳的血液病已经将她蚕食。她躺在尿布上，头上戴一顶浅柠檬黄色的帽子，鼻子上贴着一条硅胶带，一根氧气管绕过她小小的头顶，给人感觉有点儿像太空面罩。

"我们要用食管给她喂雀巢早产奶粉。"护士说。

"哦，是吗，那是什么东西？"我问道。

"这是一种类似母乳并额外添加了营养元素的奶粉，如果你想了解更多的信息，可以自己谷歌一下。"

"那应该没问题，只是我手机不能上网。"我说。

"听起来很明智，我觉得，现在所有人都在不停地摆弄自己的手机。"

"主要是因为我没钱交上网费。"我回答道。在我们说话的时候，利维亚很安静，偶尔她会突然转过头来，好像在寻找什么似的。

"你女儿在肚子里的时候，你和她说过话吗？"护士问。

"嗯，应该说过。"我回答。

"那时你怎么做的？"

"我怎么做的？"

"她能辨别出你的声音。"她指出。

"哦，是吗，不，我可不觉得。"我说。

"可我相信，我在这儿工作有一段时间了，也学到了一点儿东西。"

"是吗，好吧，真不错。"我边说，边打量着利维亚。

"她对我们的声音没有这样的反应，她在听，很明显。"她说。

另外一名护士离开病房另一侧的保育箱，走上前来问道："你是紧贴着肚子和她说话的吗？"

"是的，不过多数情况下我应该是在唱歌，那会让利维亚的妈妈感到平静。"我说。

"想想看，我们在肚子里的时候接受能力就已经这么强了。"她说。

"没错，太不可思议了。"另外那个护士附和道。

"抱歉。"我说完，赶忙离开病房来到走廊上。

在卫生间的镜子前，我发现，我身上还穿着深蓝的手术服，头上还戴着手术帽。我把这一整套东西都扔进了洗手盆下的垃圾篓，然后坐在马桶盖上。我拿出电话，15 个未接来电，妈妈的 1 个，爸爸的 4 个。我看短信，回复了其中几个。当我回到病房的时候，利维亚在睡觉，右脚已经缠上了绷带。

"我不得不把她的脚给绑上，一个主意很大的小姑娘，你想抱抱她吗？"

"那她不会醒吗？"我问道。

"她肯定愿意在爸爸怀里睡一会儿。"

"好吧。"护士拿来一件她称之为哺乳衫的衬衣。"必须是无菌的才行。我们这里只有这个。"

"好，没问题。"我脱下 T 恤衫，穿上那件柔软的套头衫，衣服的开口一直到肚脐位置。她把利维亚放在我的胸口前。过了一会儿，我向护士招招手。

"嗯，怎么样了？"她问道。

"她呼吸太快了，你觉得她会醒吗？"我说。

"不会的，没问题，她看上去很适应这样呢。"

"哦，是吗，好吧，但会不会太热呢？我怎么感觉都快热死了。"

她把手放在利维亚的脖子上。"没事，她睡得很好。"

"有人找你。"另一名护士看着走廊说道。

是急救室的麻醉师。"嗨，你好。"他说，"我只是想说，卡琳的各项指标似乎都有所好转，她已经回到加护病房，准备进行透析了，我觉得，你可能想知道这些。"

"非常感谢。"我回答。

他把手上涂好消毒液，然后走上前来。他用一根手指抚摸着利维亚的背。"天下无双。她睁眼了吗？"

我转身看向护士，她说："孩子的爸爸是你啊。"

"我觉得，她好像还没睁眼呢。"我回答。

"等到她眼睛睁开的时候，那简直无与伦比。"他说。走出病房的时候，他冲着我竖起拇指。只有爸爸和卡琳会经常这样朝我竖起拇指。

护士有点儿诧异地看着他的背影："可不是每天都有其他科室的医生像这样过来拜访的，不过，也许你们认识？"

"不，不认识。"我回答。

在 1 号病房，一袋卡琳的血挂在血液透析机里。血被抽出来，又被灌注回身体。进行操作的医生看上去灰蒙蒙的，就像南部医院的主治医生，不过身材像我和爸爸一样瘦骨嶙峋。

当我问起这台机器时，他变得兴奋起来。"把干净的血液和身体产生的废物分开，就像拉伐先生发明的离心机一样，就是那个把奶油从牛奶中分离出来的人。"

"是吗，好吧。"我回答。

新生儿科的一名护士给利维亚拍了一张照片，并且把照片洗了出来，还加了塑封膜。照片上，利维亚躺在育婴箱里，戴着氧气管。她遗传了她妈妈的嘴唇，朱红色，有着清晰的唇弓，照片下面用记号笔写着："利维亚，2012 年 3 月 20 日。"

我在寻找一个放置照片的地方，护士打量着我。"稍等一下。"她说完伸手从矮柜里拿出来一卷外科手术用胶带。她建议我把照片放在病床后面的那一条横向铝板上。

"那卡琳就看不见利维亚了啊。"我提出异议。

"是不行，那这儿呢？"她说着拉过来一盏阅读灯，指着灯上可弯曲的灯臂问道。

我调整了灯臂的位置，把照片贴在上面，这样照片就正好位于卡琳的斜上方了。我在凳子上坐下来，把手放在卡琳的手腕上。"嗨，亲爱的，我只想来告诉你，利维亚很好。"

眼角的余光里，我看见佩尔松穿着浅蓝色的制服站在那里。"你能和她说说话挺好的，我通常会推荐家属这样做。"他说完，看了看照片。"恭喜你喜得千金。"他补充说。

"谢谢。"我回应道。

"汤姆，有几件事我能和你说说吗？"

"出什么事了吗？"

"没有，别担心，是关于你的。"他回答说。他蹲下身子，双手像牧师似的放在腹部。

"我有过类似的经历，当时我本人跟你现在的处境很像。"他说着同情地眨了眨眼睛。

"是吗，好吧，非常感谢。"

"有三件事，你需要记住，只有三件事，三件非常重要的事。"他说完变换了一下姿势，用同样严肃的语调继续说道，"第一，睡眠，你需要睡觉，否则你撑不下去；第二，吃饭，你不可以忘记吃东西，要吃东西，否则你撑不下去；第三，只要有机会，就尽可能多地离开医院，否则你会疯掉的。"

我在新生儿科的电梯厅里遇到了大卫。他满头大汗，气喘吁吁，双手抖个不停，和往常一样，那是一种先天性神经疾病。不过奇怪的是，遇到陌生人的时候，这种症状就会自动消失。那时，他会自信满满，谈笑风生。他带了个玩偶给利维亚，是他在来的路上买的。他从塑料袋里把玩偶拿出来，像在掏一个新奇罕见的物件一样。护士把玩偶放在育婴箱上的架子上。

"谢谢，大卫，真漂亮。"我说。

他坐下来，我怀里抱着利维亚。他向护士提了几个问题。

护士随后问道："你自己也有孩子？"

"一个女儿，几周前刚满两岁，汤姆是孩子的教父。"他回答说。

"大卫，对不起，太尴尬了。"我说。

大卫哈哈大笑起来："你要是能记得自己的生日，那我肯定会生你的气的。"他转身对护士说："3 天后汤姆 34 岁生日，他肯定忘了。"

"卡琳其实在几天前问过我想要什么礼物。"我说。

大卫用手指弹了弹烟灰，手在刚剃过的光秃秃的脑壳上摸了摸。他表情严肃或神情落寞的时候，看上去活像一只海豹。

电梯对面是新生儿科的家属陪护室。与重症监护的家属陪护室不同，这里宽敞明亮，内部设施也很丰富：一组大的薄荷绿沙发配椭圆形的茶几、一台平板电视、两张长条餐桌、吧台、洗碗机、冷柜、冰箱、洗碗池、多个微波炉和一大堆玩具。我过夜的房间就在厨房的隔壁，一张床和一个储物柜，就是房间里的全部了。房间面向内院，能看到被高高的砖砌建筑围住的灌木丛、大树和路灯。

大卫已经躺在了沙发上，用笔记本电脑工作起来。"卡琳现在怎么样了？"他问。

"没变化。"我回答。

"卡琳的父母见过利维亚了吗？"

"还没有，他们也没见过卡琳呢，他们当然想要和她在一起待会儿。我跟他们说了，明天他们可以去看她，但我感觉，这是对卡琳的不忠，她只想要和我在一起。"

"好吧，不过，你难道不觉得，他们见不到卡琳会很崩溃吗？"

"她不是个孩子了，大卫，我们才是一家人。如果他们也在场，会让人感觉怪怪的，该死，她现在住的那间破病房好像也已经变成了我们家的一部分。"

"可不管怎么说，那也是他们的女儿啊。"他回答。

"那是我的卡琳。"我答道。

"对，这一点没错。"他回答说。

"必须是我的决定，我和卡琳的决定，我知道这对卡琳来说也很重要，她希望只有我一个人陪在她身边。"我说。

"汤姆，我了解你，我知道这很难办，这一切糟糕透顶了，但我觉得，如果你让他们见见她，那绝对是件好事。"

"没那么简单，大卫。"

"好吧，可是到底是什么不简单？你们的关系应该还不错吧？"他说。

"是的，我们关系挺好的，但是大卫，现在，我不想再谈论这个话题了，我太累了。"我回答说。

"你让他们见她是好事，卡琳肯定也会这样觉得。"他说。

我坐在大卫身边。他摘下耳机。"你今晚能在这儿过夜吗？"我问。

"如果你愿意的话，当然可以，不过我得先和克里斯蒂娜商量一下。"

"谢谢，大卫。"

"可我呼噜打得山响啊。"

"没关系。"我回答。

"汤姆，去睡吧，我必须得工作一会儿，如果我不能在这儿过夜，那我也会待到你睡着了再走，不会让你一个人的。"大卫侧身躺着，看着我，"该死，你可真累坏了，汤姆，你眼睛里都是血丝。"

"上周末，卡琳一边给脚指甲涂指甲油，一边看着萨拉·西尔弗曼的喜剧表演哈哈大笑，该死，这一切发生得太快了，我理解不了。"我说。

"是啊，确实难以置信。"

"她在笑。"我强调说。

"她喜欢西尔弗曼吗？"

"她在笑。"我又重复了一遍。

十二点一刻，我溜达到重症监护病房，和卡琳道晚安。电梯喇叭里的女性声音播报"零二楼"，或者"零零楼，入口层"。我快步走出电梯。在 F21 区，我询问放我进去的医生是否能给我那道门禁的密码，因为每次都要按门口的对讲电话，而且总得一遍又一遍地重复我来干什么，这太麻烦了。"我总感觉我在打扰你们。"我补充说。

"我不能把密码告诉亲属，这是规定，但你并没有打扰我们。"他回答说。

然后，我被拦在了卡琳的单人病房外。"我们在给她换床单，你很快就能进去了。"护士说。

"她还好吗？"我问。

"我们只是要给她擦洗一下。"她回答。

"约翰承诺过我，除了外科手术时间，我可以随时和她在一起。"我说。

"很快，你马上就能进去了。"她说完，关上了门。

我在病房与走廊连接的消毒间里站了片刻，然后来到走廊上，但我又急忙转身走了回去。我敲了敲门，打开门，迈步走进了房间。"对不起，我完全理解你们的工作和你们的操作规程，但在南部医院，我曾经被关在病房外面，我他妈的不想再有一次这样的体验了。"

两位夜班护士无言以对。

我继续说："剖腹产的时候，我就陪在卡琳身边，相信我，我以前见过她的屎。"

我坐在床边的板凳上，调整阅读灯的角度，让利维亚的照片出现在她面前。护士打量了我一会儿，但很快就又恢复到工作状态。她们一次抬起一条腿，撤走一块黏糊糊的床单，用湿纸巾给她清洗。

我顺着卡琳的刘海儿抚摸着她的额头。

丽勒摩尔站在亲属陪护间的小卧室门口，穿着一件洗得褪色的睡衣。她说，她刚刚吃了一片安眠药。她已经铺好了床，把拉斯·努列的《一个戏剧家的日记》放在了枕头上。

"你怎么样，丽勒摩尔？"

"我试着看看书，但不行，看不下去。"她回答说。

"我理解。"我说。

"斯文和曼斯在利丁岛。"她说。

"哦，好啊，曼斯能来真好，能见到他真不错。"

"高特兰岛樱桃庄园的画廊里有一个房间名叫'利维亚之屋'，卡琳也许是从那里得到名字的灵感。"她说。

"我不知道，她以前从没提起过这个名字。"

"她喜欢那家画廊。"

"是的，她喜欢那里。"

"奥斯卡的太太名叫利维亚，那个女演员。"

"是的，哦，不，我真的不知道，丽勒摩尔。"

"是个好听的名字，利维亚，利维亚·拉格洛夫。"

"是啊，利维亚，给人的感觉孩子就应该叫这个名字似的。"丽勒摩尔手里握着一个灰色的仿麂皮小垫子，也就鸡蛋那么大，看起来像个针插。她紧紧地攥着它。我低头看着那个东西。

"你在做针线吗？"我努力挤出一点点笑容问道。

她也低头看了看那个小垫。"噢，不，这个东西应该叫压力球。"

"是吗，好吧。"

"也许有点儿荒唐可笑，我散步的时候，手里已经开始拿着这个东西了，捏着它很舒服，感觉有点儿像卡琳小时候的手，那时，我经常送她去上学。"

"卡琳小时候在哪个学校读书？我居然不知道。"

"爱巢学校。"她回答说。

"是吗，好吧。"

丽勒摩尔藏在门后说道："晚安，汤姆，有事就打电话，我电话一直开机。"

"我也一样，丽勒摩尔，晚安。"我回答说。我等在原地，直到听见她锁上了门。

我学着喜欢上了卡罗林斯卡医院楼道里的塑胶地板，它有着亮晶晶或是雾蒙蒙的白色，让人想起人造冰面。孩提时代，我曾希望整个胡丁厄区都被冰覆盖。我对冰河时代很着迷，我幻想着一个新的冰河时代的到来，这样我就可以在任何地方滑冰了。穿上冰鞋的我无比强大，速度比鸟儿还要快。

以后我要避免坐电梯。我想要能够滑着走，走得远远的，无论是出于我自己的意愿还是我不得不走的时候，我都想要逃离。在电梯里，我被迫与镜子或者形形色色的人关在一起。他们与卡琳或多或少都有些相似的地方，有时仅仅是一个手臂的动作或声音中的某个声调。但她就在那里，就像平时一样，在电梯里，站在我身边，而她不认识我，她不知道我是谁。

利维亚的暖箱不在 15 号病房了。我拦住一名昨天刚认识的新生儿科护士。"利维亚，她不在这儿，她在哪儿，出什么事了？"

护士小声回答道："她很好。"

"那她去哪儿了？"我忍不住喊出声来。

"她不需要继续住在新生儿重症监护病房了，她不再需要辅助呼吸了。"

"好吧，但你们可以把我叫醒啊，我的房间就在那儿。"

"对不起，请您原谅，我们当时肯定是觉得没有这个必要，我们只是把您的女儿搬到走廊前边稍远一点儿的地方去了，我们是一大早就搬的，她现在在9号监护病房。"

"9号病房在哪儿？"我问。

"沿着走廊一直走到新生儿科，穿过入口区，病房就在右手边。"

"好，谢谢。"我说完拔腿就跑。

新生儿科门前的地板上赫然写着一个大字"停"！还有一行小字写着"洗手"。天花板上悬挂着一块大牌子，上面用瑞典语和英文两种语言写着"请洗手"。我遇到的那名护理人员走路不慌不忙，说话轻声细语，额头上长满了粉刺，火红一片。这个科室所有工作人员的一举一动都悄无声息，带着一种令人宽慰的平和。

利维亚的暖箱在窗边。病房的那个区域还有另外两个育儿箱，在旁边紧邻的病房里还有四个育儿箱。其实，这里就是一个大病房，只不过被一片开放区域和一个小信息台给隔开了。利维亚的暖箱上放着一块毛巾。

"我打算马上就给她喂吃的，你也许想要亲自动手？"护理人员问道。

"谢谢，可我必须得去重症监护病房，利维亚的妈妈还躺在那儿呢。"我说着，拿起了毛巾。

"利维亚的妈妈怎么样了？"她问道。

"我不知道，或者说，并不好。"我回答。

利维亚四仰八叉地躺着，嘴里叼着个黄色的奶嘴，穿一身粉色的连体服，戴着一顶白色婴儿帽，帽子上有两个类似小熊耳朵的装饰。

她打量着利维亚。"医生今天或者明天会来看她。"

"你们从哪儿弄来的衣服？"我问。

"我们这里自备的都是这样的衣服。"

"利维亚的妈妈对玫粉色有点儿过敏。"我指出这一点。

"我只随手拿了几件，如果你愿意，我可以给她把衣服换了。"她回答说。

"你最好能把帽子换换。"

"你们如果有自带的衣服，那当然可以用自己的衣服。"

"算了，没关系，别管了，我刚睡醒，有点头昏脑涨的，这样就挺好，谢谢。"

她把头探到暖箱上，用鼻子闻了闻。"有点儿味道了，我觉得，你也许想亲手给她换尿布？"

"可我不知道该怎么换。"

她抬起利维亚的腿，指导我该怎么做。我太累了，什么都不想，只是按照她说的去做。

她看了看尿布向我解释说："那种东西叫胎便，就是小婴儿在妈妈肚子里时，肠道中产生的粪便。"

"哦，是吗，好吧。"

"这是你第一次换尿布？"她问。

"我不想保存这块尿布。"我回答说。

她看上去有些发蒙，她看我的眼神好像被吓着了。她把尿布扔进了门旁的垃圾篓里。

佩尔松刚巧从 1 号病房出来，差点儿和我撞个满怀。"嗨，你和你女儿怎么样啊？"

"还不错，这一夜。这边情况怎么样？"

"乳酸水平还在上升，这不是我们希望看到的，我们在努力使它降下来。"

"好吧。"我回答。

"这很可能是白血病的原因，我们今天要给她进行 X 光扫描，排除其他原因。"他说。

我掏出笔记本回答道："卡琳的爸爸以前是学医的，我要怎么和他解释呢？"

"我不太明白你的意思，你可以把我对你说的话都告诉他，如果他愿意，他也可以直接和我谈。"

"首先得由我和你们谈话，这是卡琳所希望的。如果我说我岳父是医生，我也许就会得到更清楚的回复。"我说。

"我们对你没有任何隐瞒，汤姆。"他回答说。

"好吧，我也觉得没有，但你们肯定会选择某种方式来表达你们所知道的一切。你们会说杯子是半满的，而不是半空的。"

他看上去若有所思，双眼望向走廊。

我继续说道："只有一杯正在被倒入水的杯子才会被称为半满的，而如果杯子里的液体正在消失，那么它就是半空的，这该死的没有区别。我希望你们和我交谈的时候使用正确的术语，而不要给我解释这些术语，把我当成一名医生来和我对话，这是我唯一的请求。"

"我觉得，我明白你的意思，但我们不允许，也不会去猜测。"他说。

"这也是我的意思，那么，我要怎么和卡琳的爸爸来解释呢？"

他低头看着地板。"卡琳有严重的慢性乳酸性酸中毒，而且乳酸水平极高，这我已经和你说过了。我明白，现在信息量太大了，我很愿意再重复一遍。我认为，这次发病是急性白血病的并发症，但也极有可能与急性感染有关，我们今天就开始化疗。汤姆，你妻子病得很严重，无论短期还是长期来看都是如此，我们现在正在尽最大努力帮助卡琳康复。"此外他还顺带提到了发音类似ARDS，或者也许是英文发音的RDS这个词。

护士用橡胶头棉签给卡琳滋润唇部，她仔细打量卡琳的脸。"好了，卡琳，现在我就不再打扰你了。"她说。然后她看见了我，大声说道："嗨，进来吧，我得直言不讳地告诉你，剖腹产手术后卡琳子宫出血，妇产科的医生已经来看过了，这些情况得让你知道。"

"好的。"我回答。

"也就是说，出血没什么异常，你不用担心。"

"好的，这样的话我就知道了，谢谢。"我坐在板凳上。

她看着利维亚的照片说："我不得不说，你女儿真的很棒。"

"是啊，谢谢。"我回应道。

"利维亚，很好听的名字。"

"确实，谢谢。"我说。

她笑了，我也笑了。她把一只手放在卡琳的手臂上。"卡琳，你有一个很棒的女儿，一个很棒的丈夫，他一直都陪在你身边。"

卡琳看上去比我昨天见到她的时候体重增加了足足有40公斤。我得知，造成这种情况的原因是医生尝试将大量的血浆、碳酸氢钠和葡萄糖等液体输入卡琳的循环系统，而如今这些液体大部分都淤积在卡琳的皮下。在那张薄薄的被单之下，卡琳看上去像一只巨大的水母。她的右臂下有一张支撑的垫子，无名指上戴着一个血氧饱和度监测仪。

"对不起，这个仪器必须戴在无名指上吗？"我问。

护士显得有点吃惊，询问我到底是什么意思。

"这有点儿象征意义，我个人觉得。"我说。

"啊哈，你是不是在想结婚戒指？"

"是的。"我回答。

"戒指通常是戴在左手的。"她说。

"对啊，该死，就当我没说。"

"卡琳的随身物品都已经被锁在一个柜子里了，你是不是想问这个？"

"好吧，谢谢，不过她没有结婚戒指。"我说。

她再次冲我微笑。

见习医师坐在电脑前写着什么。键盘旁边放着一本打开的词典。我翻阅着我的笔记本，我的记录很潦草，有些蝇头小字，歪歪扭扭的，几乎看不见，有些字却苍劲有力、方方正正。

"安德士，很抱歉。"我对他说。

见习医师朝我转过身来。他似乎为我能叫出他的名字而感到不好意思。

"RDS。"我用一种陈述而不是提问的语气说道。

他站起来，双手插兜，走上前来。"只能寄希望于自愈。"他说。

"寄希望于？"

他回答的时候，看起来有点迟疑。"这种病只能自愈，你应该和约翰讨论这个问题。"他说完又坐下，继续写东西。

"安德士，再打扰一下，我需要一遍又一遍地听你们的解释，RDS 到底有多严重？"

他把胳膊肘放在桌上，转身面向窗户回答道："很严重，绝大多数患者都已经患上某种严重的疾病了，那是一种肺部的感染发炎，伴有组织液外渗和肺大泡，炎症会造成身体损伤、水肿、肺积液。"这时他看着我，继续说道："这个病确实很严重，特别是由白血病引发的。"

我记录下来，问道："这个病到底叫什么名字？"

"急性呼吸窘迫综合征，ARDS，以前我们称之为肺休克。"

"给人感觉，现在化疗变得非常重要。"

"没错，我们希望化疗能够转变病程，我们今天已经开始进行化疗了，但化疗不能治疗ARDS，而我们希望你太太自身足够强壮，能够自愈。"

返回新生儿科的路上，我在亲属休息室停下来。斯文和曼斯坐在沙发上聊天。丽勒摩尔坐在餐桌旁翻阅《晚报》。

我在一把扶手椅上坐下来。"我打算给你们更新一下信息。"

"哦，是吗，好的，谢谢。"斯文用腹腔里发出的低沉声音回应道。

我开始或多或少地给他们念笔记本上记的东西，尽可能地把我所知道的解释给他们听。丽勒摩尔盯着地板，斯文纠正了我几个医学术语的读音。曼斯向斯文询问问题。他有着和卡琳一样高高的额头，不过他的头更大一些，像公牛的硬脑壳。他们在手机和平板电脑上联网搜索。

"我希望你们对我一直限制信息的扩散给予理解。"我说。

"我理解。"斯文回答。

"卡琳应该没有办法预料到这一切。"曼斯说。

"或许她可以预料到，不管怎么说，我打算让你们今天去见见她，我已经打过招呼了，他们知道你们会过去。"我说。

曼斯紧接着说道："如果我没理解错的话，我们今天可以去看望卡琳，只能待很短的时间，然后就不能去了，对吗？"

"亲爱的曼斯，别介意我拿莲娜做例子啊，如果躺在里面的是她，而她在被麻醉之前说过'只有你，曼斯，其他任何人都不行'，那你也会像我现在这样坐在莲娜的父母面前吧？"我说。

"我们明白。"斯文说。

后来，曼斯在走廊里喊住我。他拥抱了我。"我不想我们之间不和。"

"我没觉得我们不和。"

他再次拥抱了我。"汤姆，不管出了什么事，我们都在。"

"谢谢，曼斯。"

"我打算今晚带妈妈回利丁岛，她昨夜一整夜都没合眼，她随时可能晕倒，你知道她会是什么样子，她把一切都归咎到自己身上。"

"好，好的，很好，带她走吧，我只是有点儿累，曼斯。"

"是啊，我知道，现在一团糟，谢谢你能让我们去见卡琳，妈妈确实有这个需求。"他又一次拥抱了我，"合适的时候，爸爸妈妈想去看看利维亚，对他们来说，在这种情况下还能有点儿积极的事情发生是件好事。"

今天早晨碰到的助产士在新生儿科的入口处看到了我。她挥舞着一把钥匙说："我们给你安排了一个房间。"

她乐不可支，这令我不得不问："很难弄到，是不是？"

"不难，不过这里的房间其实是给那些产后需要恢复的妈妈准备的。"

她走在前面，来到一扇熏衣草色的门前，门上镶着圆形雕花玻璃窗，挂着一块牌子，上面写着"家庭病房1号"。我往里面看去，距离四格的大窗户外约三米处有一堵光秃秃的红色砖瓦墙。

"我能在这里住多久？"我问道。

"多久都没问题，一周或两周，直到你女儿可以回家。"

"好吧，即使利维亚的妈妈那时还在医院？"

"这个问题我回答不了。"她说。

"好吧，谢谢。"

"但是，如果有人从分娩部门过来，需要这个房间，那我们就得给你另找房间了。"她说。

我走进房间，四下看了看：独立淋浴、卫生间、一张病床，病床上方有吸氧装置，墙上固定着一张可以放下来的折叠床，几把椅子、可以储存奶粉和母乳的冰箱、留言板和母婴操作台。她把钥匙留给我，先我一步去了监护病房。有人在利维亚的育儿箱上贴了一张塑封的纸，上面写着"利维亚·拉格洛夫，妈妈：卡琳，爸爸：汤姆"。

另一位助产士将一把带脚凳的扶手椅拉到育儿箱前。我脱下T恤衫，坐了下来。"你以前做过吗？"她问。

"我知道必须无菌，不过也只知道这么多，我从来都没有用喂食管给孩子喂过吃的。"

她抱起身上只包着尿布的利维亚，在我身上放一块毯子。她往一根针管里放入奶粉，将针管与利维亚鼻子里的喂食管连接在一起，然后说道："每分钟往里面推一个针管上的黑色刻度线那么多，如果推得太快，她就会呕吐；如果推得太慢，她就会哭喊。注意，不要让喂食管里进气泡，否则她就会肠胃胀气。"

"好的，我觉得自己听明白了。"

我的体重直线下降，我以前就很单薄，现在已经能看见肋骨了。我的皮肤苍白得可怕，布满了血管和粉刺，阳光已经有超过一年的时间没怎么晒到我了。利维亚使劲地在我身上闻来闻去。"躺在这样的人怀里一定不太舒服，但这就是我的全部了。"我低声对她说。

她的耳朵贴在我身上，睡了将近一个小时，然后，助产士来了，询问我情况如何。"很好，我觉得，但她还在睡觉。"我说。

她看了看那支装满奶粉的针管，说道："她睡觉的时候你也可以喂她吃东西。"

"哦，是吗，好吧。"

她用手握了一下针管。"牛奶已经凉了，我们肯定得重来一遍了。"

回到 1 号家庭病房，我拉下墙上固定的折叠床躺了下来。我看着房间另一侧的病床，床上用品一应俱全，整整齐齐。我来到窗前，右侧斜上方，漆黑的铁皮屋顶之间露出灰蒙蒙的天，左侧斜下方，伸出一个摆放着艺术品的碎石子平台，巨大的玻璃彩蛋在一个小水洼一般的镜面上堆得高高的。我听见 2 号家庭病房里飘出电视节目的声音。

卡梅尔带着两名见习医师来到 F21 区这间狭小的房间里。一张桌子和四把塑料椅占据了整个空间，雪白的墙壁光秃秃的。那两位年轻的女士似乎有点怕我，她们在与我握手时，保持着微妙的距离，很细微，却仍能被察觉到。卡梅尔询问我是否可以让她们也参与谈话。

"当然。"我回答。

"你怎么样，汤姆？"他问。

"我该怎么回答才好呢？嗯，好吧，还可以。"我说。

"用不着医生，随便什么人都能看出你现在很艰难，你肾上腺素急剧飙升，书中描述的所有症状你都有，瞳孔扩大、动作加快、眼神飘忽不定。"

"怎么听起来和我正常的时候一样呢，不然我听了这些真会生气的。"我回答说。

"汤姆，我说这些，主要是为了提醒你不要把自己忘了。"

"我明白，谢谢。"

卡梅尔的头转向一边，和见习医师解释了几句，他用一根圆珠笔在她们的文件夹上指指点点。天花板上日光灯的光冷冰冰的。

"我已经有心理准备，卡琳可能会有不测。"我说。

卡梅尔抬起头看着我，把圆珠笔放进胸前的口袋里，说道："还没到这个地步。"他重新向后，身体靠回椅子靠背上。两条深深的川字纹把脸颊与下颌划分开来，脖子上留有剃须后沾在皮肤上的血渍。他挠了挠嘴角。"正如约翰昨天所说，卡琳现在躺在重症监护病房，没错，病得很严重，但她还有生命，她还活着。汤姆，我不知道，后面还会发生什么，是否真的有人能为生活中所发生的事情做好准备。"

"好吧，我重新组织一下语言，明确一下我的意思，我选择将卡琳会有不测作为出发点，这样我就能有心理准备。现在，没有什么事情比'出乎预料'更吓人的了，我不想这样，我也承受不了，这是对情势的最后一点点控制，而我对此却无能为力。"我说。

他把胳膊肘支在桌子上，看上去有些好奇。"你的职业是康复治疗师一类的吗？"他问。

"什么？"我脱口而出。

"这种职业并不罕见。"他接着说。

"卡琳以前病倒过，就是这个原因吧。"我说。

他低头看着塑料文件夹，拿起一本厚厚的病历，快速翻阅浏览起来，他时不时看看两名见习医师，说道："AVM脑血管畸形，形成栓塞，那是在20世纪90年代，所以她应该有以前的病历记录，没错，是在2001年。"

"她长囊肿的时候我在，那是2004年。"我说。他在病历中寻找起来。"囊肿出现在伽马刀的疤痕处。"我补充说。

"是采用外科手术摘除的吗？"他询问。

"是的，进行了手术切除。"我回答。

"这个手术是在卡罗林斯卡做的吗？"

"是，主刀医生名叫马萨，囊肿很大，长得非常快。"

"塔维·马萨？"

"是，他是脑外科医生。"我说。

"塔维非常厉害，我们是同学，没错，哦，不，现在她又得了这种病，可怜的女孩，不过，孩子还挺好的吧？"

"嗯，她挺好的，谢谢。"

"卡琳的父母呢，他们什么反应？"

"他们还处在震惊中，但他们可以彼此照顾。"

卡梅尔重新将病历放回文件夹里，说道："我以前说过，现在让我再重复一次，治疗这种类型的血液疾病，我们必须赢取时间。"

此后他说的话，我以前都听过了。他们坐在我面前，围成半圆形，手放在桌子上，就好像他们已经准备好，一旦我晕倒或是扑向他们时，随时可以抓住我似的。

病房里的护士正在更换床单。她们注意到，我正在研究卡琳身上留下的她们手指的压痕。

"她的皮下液体太多了，这时，就会出现这种情况。"其中一名护士说。

我从塑料袋里拿出一块橙色的小毯子。

"新生儿科的助产士说，我可以把这个东西放在卡琳身边，它曾经和利维亚在一起，上面带着利维亚的气味。"我说。

她们看上去很惊讶，面面相觑了一会儿，但还是帮我把小毯子放在卡琳胸前呼吸机硬邦邦的导管下面。

"你拿到安眠药了吗？"她询问。

"是的，谢谢。"

"很好，你需要睡眠。"她们更换了氧气面罩，调整好呼吸机。

佩尔松站在门口，穿着便装：牛仔裤、防风的夹克，手里拿着深棕色皮公文包。他仔细观察了一下卡琳，用目光迅速地与护士们打了个招呼，说道："心脏超声检查的结果出来了。"

我看着他，感觉有什么地方不太对劲，于是问道："出什么事了？"

"卡琳心脏过劳，我们已经给她用过药物治疗了。"他说。

"现在又轮到心脏了？"

"这么说吧，体内的一切都是息息相关的，一个器官开始罢工，那么其他多个器官也随之拒绝工作的情况并不罕见。"

"严重吗？"我问。

"她患有所谓的右心室增大，右心室向外拉伸扩大，不能正常工作，这也会对左心室造成影响，我们现在已经给她用过药物了。"他说。

"什么药？"

他似乎对我的问题感到很吃惊，却还是像往常一样平静地回答："左西孟旦，这种情况下会用这种药。"他放下公文包，摘下眼镜，用衣襟擦起镜片来。

他刚说完，那名迟迟没有离开的护士便说道："汤姆，如果你走的时候，我来不及回来道别，那么晚安了，希望你能睡着。"说完，她抱着床单离开了病房。

"你记录给你岳父看？"佩尔松问。

"不是，我想等卡琳醒来之后讲给她听。"我回答。

"不过，卡琳有权调阅自己的病历。"他说。

"这我知道，但那是你们的版本。"我指出。

他狐疑地瞟了我一眼。"一直不停地记啊记啊会令人感觉压力很大，汤姆，你还需要休息、吃饭、睡眠，有机会就尽可能离开医院。"

"可我还有一个孩子也在这里，我不能离开医院。"我回答。

他戴上眼镜，一边往外走，一边说："到公园散个步，每天一次，这你总可以实现的。"

我绕路走回新生儿科，在艺术品前停了一会儿，我从 1 号家庭病房里看到的那些巨大的玻璃彩蛋在黑暗中亮晶晶的，一块铜牌上写着艺术品的名字：致妈妈。

斯特凡带来 12 块寿司。我坐在家属陪床上吃寿司的时候，他打量着我的运动鞋。我盯着窗外的砖瓦墙。"这鞋有股恐怖的臭汗脚味儿，阿汤。"他说。

"我觉得，没人会在乎的。"我回答说。

"你还带了别的鞋吗？"

"没有，我没有其他鞋子可换。"我说。

他用流水冲洗鞋垫，然后把鞋垫放在窗台上晾干。"利维亚，老天，她太可爱了，阿汤，她像你，你的嘴唇。"

"我觉得她像卡琳，特别是嘴。"

"没错，也像她。"他说完，在病床上躺了下来，"医生给你开的什么药？"

"我不知道。"我回答。

"能给我看看吗？"他说着伸出手来。

我把还带着一部分锡纸包装的药片递给他。他打开床头灯。

"该死，硝基安定。"他说。

"怎么了？"

"这就是我的病人称之为无酒自醉的东西，力道够劲，阿汤。"

我不喜欢这个昵称，但斯特凡是唯一一个这么称呼我的朋友，他还是我认识时间最长的朋友，我们还是婴儿的时候就认识了。当他说"阿汤"时，是一个我听了整整一生的声音在叫我。我躺在家属陪护床上，我太累了，没力气起来倒水。我把安眠药干嚼吞了下去。

斯特凡在我身后高喊："快跑，阿汤。"

他快速跟在我身后，手里拿着我的运动鞋。我按了大门的对讲电话。斯特凡上气不接下气。

"把鞋穿上，阿汤。"他把鞋放在地板上，用手抓着我的手臂，支撑着我。

在 1 号病房里，我看到白色、浅蓝色和绿色的制服，斯特凡用两只手扶着我，在光滑明亮的白色地板上，在病床的金属床腿旁，我看到了利维亚橘色的小毯子。我认出那个在 2 号急救室曾经出现过的结实、直挺的脊背。我或者斯特凡中有一人喊道："出什么事了？"

金奇朝我们转过身来。"我们感觉力不从心。"他回答说。

一名护士给我搬来一把椅子。"我几个小时前刚吃过一片安眠药，现在完全不在状态。"我对护士说。

"好吧，待在这儿，我来搞定，坐着别动。"他说完转身离开了，不久他拿着一个带吸嘴的银色小袋子回来了。袋子里的东西是啫喱状的，甜甜的。"很好，把这个吃下去。"他按住我的肩膀说道。他有着四方形的健硕身体，看起来体重不轻，他的头发打着卷儿。他很像我曾经的一个曲棍球教练。

我听到斯特凡的声音："阿汤，我在外面等。"

佩尔松在我面前坐了下来，他在便服上匆匆忙忙随便套上了一件白大褂。他的嘴唇和眼周布满了皱纹，他抓住椅子，向后靠去。"汤姆，很好，你能这么快过来，卡琳的病情在半夜恶化了，一开始是循环方面，然后是呼吸方面。"

"好吧，好吧，严重吗？"

"汤姆，我们不能再等了，要马上进行体外膜肺氧合治疗。"他拍了拍我的手臂，补充道，"这次情况很艰难。"

"好吧，谢谢。"护士递给我一杯橙汁和一个奶酪三明治。

他站在我身边，一边轻轻地捏着我的肩膀，一边低声地自言自语："该死，该死。"

金奇抓住我的手，和我打招呼。"我明白，她是你太太。"

"是，她是我的卡琳。"我回答说。

"霍尔格，体外膜肺氧合科。"他说。

"我叫汤姆，对不起，我现在头昏脑涨的。"

金奇放开我的手，目不转睛地盯着我，好像他从我的眼睛里发现了什么似的。

"他几个小时前服用了一片安眠药。"护士插话说。

"但你明白你在哪儿，发生了什么事情，对吗？"金奇问道。

"我知道我在哪儿，但不知道发生了什么。"我回答说。

"你太太患有累积性乳酸性酸中毒，氧供给 95 的情况下血氧饱和度 90，严重低血糖，尽管已经用药治疗，血压仍然过低，血液动力恶化，我们现在担心，红细胞也有细胞溶解现象。"

"对不起，我他妈的一句也听不懂。"我说。

他摇了摇头回答说："汤姆，应该道歉的是我，我此前在这里听你说，你想要细节信息，现在这种情况完全不适合，是我的错。好，这么说吧，你太太现在情况非常糟糕，所以我们体外膜肺氧合科的人来了，好吗？"

"好的。"

"现在，我们需要把你太太转移到体外膜肺氧合科，必须立刻就做，不能等，针插入腹股沟和颈部，我们接管所有的氧气交换，然后，把你太太推到我们那里去，好吗？"

"好的。"

"这一切肯定令你感到无法理解。"他的目光越过眼镜的上边框看向我。

"我们到这里的时候，我得知体外膜肺氧合科在 B 层。"我回答说。

他把双手放在我膝盖上说道："你现在正身处地狱最黑暗的地方。"

"谢谢你这么直截了当。"我回答说。

他站起身，回到围坐成一圈的医生那里。两名穿着手术服的医生走进病房。护士拿走了我的杯子。

"这两位是？"我问他。

"这位男医生是体外循环治疗师，他是专业操作叶克膜的，这位女士是手术护士。"

他们推来了一种四轮小推车，上面有一台电脑，从某种程度上有点儿像血液透析机，但更复杂，上面有电线、泵、柱体容器、监视仪、显示器。有位医生高声说道："准备开始插针。"

我仔细打量着走廊裸色的吊顶和矿物棉隔热板，在旁边的病房门口站着一个男人，他穿着与卡琳的护士们类似的制服。他盯着我看。"家属不允许这样待在走廊里。"他最后说。

"好吧，可你是谁呢？"我问。

"这有意义吗？"

"我以前没见过你。"我指出。

他挠了下脖子，向走廊上又迈出了一步，斜眼看着1号病房。"那里面的是你太太吗？"

"可你是谁啊？"我问。

他似乎感到羞愧起来。不管怎么说，他不安地耸了耸肩膀，摇了摇头，他解释说，他在这里额外打一份工。但房间里的声音打断了他的话，见习医师、金奇还有两三个人走了出来。当我再去看他的时候，他已经消失不见了。

金奇手里拿着一部内线电话，一边打电话，一边冲我眨眼睛。他走到我面前说道："真的非常抱歉，我们体外膜肺氧合科没有位置了，我刚刚得知这个消息，不过也不是特别可怕，我们和TICC联系好了，他们那里有位置，他们也经常治疗叶克膜科的病人，非常抱歉。"然后他走开一些，接听一个电话。

"你能站起来了。"见习医师说。

"是啊，可是我几个小时前吃过一片安眠药。"我回答，"现在，我感觉头上像戴着一个潜水头盔似的。"

"也许不仅仅是药物的作用？"他指出。

"TICC？"我问。

"对，胸外科重症监护室。"他回答。

"胸心特护？"

"没错，心肺一类的。"他回答说，然后又补充道，"他们那边的医生很厉害，对一个在瑞典工作的医生来说，那是最令人向往、最有威望的科室之一，不知你是否明白我的意思？"

金奇来到我们俩中间，用内线电话敲打着手掌说道："我们得穿过地下走廊把病人转移过去，这是唯一的办法。"

"这里距离胸心特护应该有一公里的路。"见习医师说。

金奇说话的时候看着我："转移可不是儿戏，我们必须推着你太太的病床穿过一道道地下走廊，带着体外膜肺氧合机、医疗药品、氧气，一切的一切，胸心重症监护室在医院的另一端。"

"听起来挺远的。"我说。

"不仅如此，最重要的是不能撞上任何东西。"他说。

就在金奇担心电梯和涵洞里狭窄的走道和角落时，斯文迈着大步从走廊的另一端走了过来，略微奇怪的姿势使他走起路来一颠一颠的，脚底下像装了个弹簧。他差点儿被一台地板抛光机给绊倒。他没看见我。斯特凡跟在他身后，张开双臂像要给我一个拥抱。

斯文既不打招呼，也不做自我介绍，他直接滔滔不绝地讲起一篇曼斯在互联网上找到的文章，内容是关于在治疗患有代谢性疾病的儿童乳酸性酸中毒过程中使用二氯乙酸盐的实验研究。我抓住斯文的胳膊。他沉重的身体似乎岿然不动。

"那我们正好看了同一篇文章。"金奇回答说。

斯文还想继续谈论二氯乙酸盐，但我注意到，金奇开始不耐烦了。斯特凡不知道他该怎么做才好。

"我觉得，他们能控制局面，斯文，他们现在正在尽一切力量救治卡琳。"我说。

斯文似乎没有听到我的话。斯特凡和一名护士帮我把他引开一点。我走出几米之后，发现斯文自己选择离开了病区，于是我转身回来。

"你现在可以进来了。"见习医师朝我喊道。

病房里热得让人冒汗。体外膜肺氧合注射针是透明的，一根挂在卡琳颈部锁骨之上的地方，一根从腹股沟处出来。它们很粗，像花园里浇花用的皮管子那么粗，一定有好多升血流过这里。

我俯下身子，从医护人员的大腿和臀部之间挤过去，捡起利维亚的毯子，抖了抖，把它揣进后裤兜里。

"这位老公，我猜你想要跟我们一起走吧。"金奇喊道。

"是的，谢谢。"我回答。

"你现在精神好点儿了吗？"他问道。

"好点儿了。"

他请我帮忙抓住插进卡琳腹股沟里的针管。"使劲攥住这个，千万别松手，如果我们撞到什么东西，碰到这根针管的话，立刻就完蛋了。"针管带着人体的温度，暖暖的。

金奇控制着病床穿过走廊，同时他还拿着插入颈部的针管，针管用胶带被或多或少固定在了床边。一名护士拉着一个输液架，同时另一只手按着卡琳的氧气面罩，另外一名护士推着体外膜肺氧合机。病床周围四处悬挂着各式各样插着导管的袋子。护士小心翼翼地将体外膜肺氧合机从电梯门和氧气管之间挪进电梯，却发现自己无法进入电梯。他正要跑向楼梯间，金奇大声喊道："等一下。"

护士冲了回来，用手臂挡住电梯门。

金奇站在病床的轮子上，身体斜倾在卡琳病床上说道："我们按不到电梯按钮，你得跑到地下走廊层，在那里把电梯按下去。"

电梯终于停靠在医院的地下走廊。电梯门打开，护士满头大汗出现在电梯口，连连抱怨自己的体能太差。他缓慢地将体外膜肺氧合机挪了出去，然后开始拉着病床往前走。

"停下！等等。"金奇高声喊道，他抬起险些卡在病床和电梯井之间的导尿管。地下走廊是粗糙的水泥地面，路上装有防撞护栏，有些地方地面向下倾斜，有些地方向上倾斜，但多数情况是向下的。有些通道极为狭窄，我们差点就无法通过，另外一些则像国道一样宽阔。尽管我们很小心地一步一步向前挪动，每走十米还是要停下来休息一下。金奇瞪大双眼紧盯着每个拐弯处的道路反光镜，汗水从他的两鬓滴落下来，我们不时遇上医生与踩着滑板车的通信员，以及开着明黄色内部运输拖挂车的勤杂工。

"停下。"一名护士高声喊道,输液架卡在了地上的一个接缝里,她的两只手臂被氧气面罩和输液架拉扯着。

金奇扑向输氧管。"该死。"他喊道。

我攥着针管的手已经发白了,手指火辣辣地疼。天花板上布满了通风井、电缆线架,及铜线,气力输送系统的风机发出怒号声。渐渐地,地下走廊变得现代起来,地板像是刚刚刷过漆,呈现出淡淡的蓝色,雪白色的墙壁很干净,还有结实的柱子。我们走过压力室、灾难储备室、会议室、更衣室、蒸汽腾腾的洗衣房、医药和外科档案室,以及写着警示语的防火门,与见习医师和医学院学生擦肩而过,时不时地,有阳光通过天花板上的孔洞射进来,在钢架之间偶尔可以看见蓝天。

走了一个多小时后,地面开始倾斜得厉害,我们必须用身体阻止病床向前滑行,地下走廊又变得老旧起来,钢梁颜色斑驳,铁锈和油漆剥落下来,空气更干燥了,愈加闷热。

在每一个新的通道前,金奇都会按下一个按钮,让警示灯闪烁起来,人们一边闪到两侧避让,一边盯着我们,内部运输车刹车或者倒车避让。金奇几次在通道里高声喊着:"紧急病人转移!"

自从我们离开 F21 部门之后,我一眼都没敢去看卡琳。在胸外科重症监护室对面,有一个开放的垃圾间,那里发出一股难闻的气味,一些棕色的污泥流到地板上,又流入下水道。电梯间很小。金奇和护士在左右挪动病床和机器这一冗长的过程中嘴里不停地咒骂着。那位推着体外膜肺氧合机的护士把身子探进电梯,按下了电梯按钮。"祝你好运,汤姆。"他在电梯门关上之前说道。

　　我却不知道他的名字。我没有看过胸牌，也没有问过他。我为此感到羞愧，也为没来得及说声谢谢感到羞愧。

　　"你太太会得到很好的救治。"电梯里的护士说。

　　"谢谢，可我们还没结婚呢。"我回答。

　　"是吗，我以为你们已经结婚了呢。"

　　"我们原本打算在利维亚出生前结婚的。"我说。

　　"你们女儿的预产期是什么时候？"她问。

　　"五月初。"我回答。

　　两名医生和两名护士在四楼迎接我们。在一扇黄绿色的铁门上写着"欢迎来到胸心重症监护室"。

　　"有人能帮帮我吗？"我问。

　　"我来吧。"一位医生答道。

　　直到这时，我的双臂才一下子瘫了下去。我一路小跑，跟在病床旁，此刻，我才敢去看卡琳。指甲、发色、耳朵、眉毛、睫毛、鼻子，还有右鼻孔旁那个小小的疙瘩，这些是仅有的与原来一样的地方。但这就够了，这就是卡琳。

　　"这个部门名叫N14，我们要去2号病房。"其中一位医生对我说。

　　我在笔记本上记了下来，却没有停下脚步。在一道长长的、没有窗户的走廊上，我站住了，我负责拉着门，五名医护人员帮忙把卡琳用硬质床单从现在的病床抬到特护病床上。

　　卡琳的头冲着一扇大窗户，窗子半开着。我第一次看到她腹部的伤疤。那名帮忙在地下通道运送卡琳的护士把原来的病床推到走廊里。床单上的东西看起来像是排泄物和血液的混合物。她看着我。

"谢谢。"我说。

她拥抱了我。

负责卡琳的医生肯定有两米高,有着一双兴奋的眼睛。他在卡琳和一台电脑之间跑来跑去,他的胸牌上写着"图比亚斯·萨克斯"。他的声音浑厚有力:"告诉我,情况怎么样。"

"体外膜肺氧合和氧气情况良好。"有人回答说。

一名护士掐了一下卡琳的上臂,高声喊道:"严重水肿,管子和针的插入处有出血现象。"

他张大嘴说:"现在优先处理排水、排水,现在开始,准备战斗!"

在走廊里,我身后两三米的地方,一位胸心特护部的老医生正在与金奇和卡梅尔说话。他们围成一圈。能见到卡梅尔令我很高兴,我主动打招呼,冲他挥挥手,他则完全沉浸在交谈中。他给人灰蒙蒙的感觉,看起来很疲倦。

萨克斯撩起盖在卡琳髋部的毯子,研究插入腹股沟的针。"我们必须校正静脉套管,我们必须把流量增加到五升。"他喊完,匆忙回到电脑前。

我躲在门后,通过内嵌着钢丝网的双层玻璃窗看着室内,我不知道萨克斯张大嘴巴是在高声对 2 号病房的人喊话,还是在打电话:"大剂量血管加压素,循环极端不稳定,多脏器衰竭,所有针管插入口和黏膜处大面积出血,原则上来说,病人快不行了。"

*

"阿汤，你在哪儿呢？"斯特凡在电话里问。

"我想要回到利维亚那里，可我找不到回去的路。"我回答说。

"你在哪儿呢？"

"我跟着卡琳，然后我就在这儿迷路了，我就在这儿，我正坐在这儿。"

"阿汤，你是在胸心重症监护室吗？"

"是，我正坐在这儿，在科室外面。"

"阿汤？"

"没事，我只是有点儿累。"

"卡琳怎么样？"

"不太好，很糟糕。"

"等我一下，我跑过去，我还有一分钟就到。你还记得你在几楼吗，不用回答，等我。"我听到斯特凡喘着粗气，我还听到他在碎石子地上短跑健将般的脚步声。"阿汤，我找到了，坐在那儿别动，我现在看到停车场了，应该没错，我最好还是先问问。我觉得是这里，没错，胸心重症监护室，就是这儿，我听见你的声音了，阿汤，你不需要回答，我听见你了，我们回头再聊，阿汤，坐那儿别动，我几秒钟后就到。"

新生儿科的平静、助产士缓慢的动作、轻声细语的讲话声、毛绒玩具、洋娃娃、在微波炉里温热的带着蜂蜜甜香的奶粉、暖箱里传出的孩子咯咯的声音、入口处贴满婴儿和父母照片的公告栏, 还有装饰得如幼儿园一般的走廊, 这一切都是可供喘息的空间。我瘫坐在扶手椅上, 双腿搭在脚凳上。利维亚闭着眼睛, 她的胸脯一起一伏的, 有时她的小手还会抓两下。

我被旁边育儿箱里一个婴儿的爸爸叫醒了。他推了推我的胳膊。"喂, 我太太需要哺乳专用椅。"他身形瘦瘦的, 但有一个又大又硬的将军肚。他太太比他小很多, 她盯着我看。

"对不起, 我以为这是把普通的椅子。"我说完站起身来。

"她要在这儿喂奶, 你去坐那边的椅子好了。"他指了指靠墙的两张温莎椅说。

"这把椅子确实是哺乳专用的。"她太太说。

他把扶手椅和脚凳拖了一段距离, 整个病房里回响起噪音。利维亚开始哼唧, 我走到她跟前。她戴着墨镜, 躺在一盏紫外线灯下。我应该睡了不到一个小时, 但在我睡着之前, 她头顶还没有紫外线灯。我把安抚奶嘴拿给她。

那位妈妈在扶手椅上坐下来, 准备通过喂食管给孩子喂吃的, 她老公摆出一副守卫的姿态坐在脚凳上。

我去信息台询问为什么利维亚头顶有一盏光线强烈的灯。助产士回答说: "你女儿的胆红素含量偏高, 她需要每天几个小时的光照治疗。"

"好吧。"我说。

"早产儿会出现这个问题, 并不罕见, 这也是为什么您女儿的皮肤有些发黄。光线能分解胆红素, 分解物会随着尿液排出体外, 不过, 她戴着太阳镜的样子应该很酷吧? 嗯, 是不是有点儿像躺在干盐湖里似的？"她说。

从新生儿科到胸心重症监护病房需要走二十分钟，斯特凡、大卫和哈瑟带着我在地下走廊走了一趟。我来到2号病房时，萨克斯正在电脑上写东西。他没正眼看我。"病人丈夫？"他直接问道。

"嗯？"

"我能和你说几句话吗？"

"好。"我回答。

他带我来到走廊上，低下头，以便我能看着他那双已经处于半疯状态的眼睛。他用浑厚的腹腔音告诉我，即便是最小的治疗都会危及卡琳的性命。

在他说话的过程中，胸心特护那位接收卡琳的老医生——赫尔默·勒温走了过来。他有着双下巴和大大的眼袋。他开口说话时，带着一种抚慰心灵的平和气息："不过，从今天早晨开始，我们还是能看到某些好转，你太太现在乳酸水平是住院以来的最低值，我记得，最近乳酸水平维持在8左右，而且还在下降，我们应该可以预期，明天就可以再次进行化疗了。"

"谢谢，我需要听到一点儿好消息。"我回答说。

萨克斯把身子俯得更低一些，小声说："我听说，所有的信息都要先告知你，然后由你转达给其他人。"

"我应该也承受不起从主治医生以外的任何其他人那里获得各类消息。"我说。

"这一点我们理解。"勒温说。

"这也是卡琳在自己被麻醉之前的愿望。"我说。

"明白了。"萨克斯回答。

2号病房里的声音令人难以适应——发出高频震颤音的体外膜肺氧合机上的膜状物和那些振动的针管，还有呼吸机、透析机、输液设备发出的嗡嗡声，窗外传来轰隆隆的闷响，声音来自一个建筑工地，那里有巨大的深坑以及装载机、起重机和钻床，一面巨大的条幅上写着"我们在此建造未来的医院"。

特护病床四周有高高的塑料边沿，两侧装有嵌入式监视器，病床被升得高高的，这样医护人员就不用伏下身子工作了。假如我坐在板凳上，就会够不到卡琳，几乎看不见她，于是我只能站着。为了不碍事，我不停地移动位置。

一位护理人员拍了拍我的背说道："有人从重症监护病房送来这张照片。"是那张塑封的利维亚的照片。

"我能给它找个地方放吗？"我问。

"没问题，可以的。"他回答道。

我用照片上原来的胶条把它贴在床边一个柱子上。

"为了止血，我们每过一刻钟要进行一次子宫按摩，她现在子宫出血很严重。"一名护士说。

"好吧。"我回答。

护士戴上橡胶手套，扒开卡琳的眼睑。"右眼发红，看上去像鱼眼一样。从泪腺里有血浆流出。"

午夜，在新生儿科，我看见助产士办公桌上的台灯还亮着。我告诉他，胸心特护一名护士表示，把利维亚的毯子放在卡琳胸口上是愚蠢的行为。

"是吗，我怎么不知道呢。"助产士回答。

"利维亚会从毯子上感染什么有毒的东西吗？"我问。

"你想让我去问问我们这里的医生吗？"

"如果可以的话，最好能这样。"

"当然，现在，还是……"她问。

"现在会不会太晚了？"

"不会。"她说完向咨询台走去，动作缓慢，只有新生儿科的员工才会这样走路。她回来的时候，嘴唇几乎动都不动地说："他马上就来。"

我站起来。"很严重吗？"我脱口而出。

"没有，不是的，他说没关系，只不过，他好像有些话想要亲口告诉你。"

儿科医生长得很结实，五短身材，讲话带着德语口音。他要么低头看着地板，要么看着我的手。我得知，他和另外一名儿科医生负责所有与新生儿有关的科室。

他解释说，对利维亚来说，盖一块曾经放在她妈妈胸口上的毯子没有危险。他等着我的回答，看到我没说话，他继续补充道："为保险起见，我明天会给血液科打个电话，没问题，你可以继续交换毯子。"

"谢谢。"我回答。

他向我靠近半步。"我们听过你女儿的心脏，也看过 X 光片了。"

"哦，是吗，好吧，她还好吗？还是……"他用一个小笔记本拍打着大腿根，然后停下来，双手打开笔记本。"你女儿患有'小儿动脉导管未闭'，这是胎儿期一根位于肺动脉和体动脉间的血管，对足月的孩子来说，这根血管会萎缩闭合并且消失，而在早产儿身上有可能会继续存在，血液更喜欢抄近路流经这根导管。用听诊器听的话，有点儿像是一种哨音。"

"好吧，听起来可不妙，我需要为此担心吗？"

"我觉得，你不用担心，这并不罕见。"他回答说。

"好吧，那这种情况下会出什么问题呢？"

"不会有什么特别的问题，但是未来需要监听心脏。如果它并未闭合消失的话，孩子就会有循环问题，不过通常它都会自行消失，实在不行，可以进行手术或者服用药物治疗。"

胸心特护的夜班护士金发碧眼，人很瘦，她长着像鹦鹉的喙一样的鹰钩鼻子。她正在吃橙子。"我说过的，我觉得，这样把毯子换来换去的行为很愚蠢。"

"我问过新生儿科的医生了，没有问题。"我说。

"我是卡琳的急救护士，在这里负责照顾她的人是我，我说这么做很愚蠢，他们那边只管他们的一亩三分地。"

"新生儿科的医生询问过血液科医生。"我说。

她有点儿闹情绪，回答道："随你的便吧，但如果那是我的孩子，我就不会这么做。"她洗干净手，双手擦上消毒液。她把固定卡琳手上针头的胶带撕掉的时候，有皮肤随之从卡琳的手上剥落下来。

我已经学会在地下走廊里认路——被黑色垃圾袋盖住的牌子、

烧焦的消防器材箱、一只似乎在紧急出口牌子上挂了好多年的油乎乎的袜子、丁字路口的刨花板、道路护栏上涂鸦的数字、废旧车胎组成的结实的黑色刹车带，以及一处松动了的电缆梯架。

在 1 号家庭病房里，大卫和我躺在那儿聊天，然后大卫睡着了。我看了一眼手机，将近三十个未接电话，还有同样多的短信。其中 3 个电话是爸爸打来的，他没有留言。

我有一种已经在 1 号家庭病房住了好几个月的感觉，有时我甚至觉得，比这个时间还要长。我已经爱上了窗外的景色，喜欢上了砖墙和黑暗中发出光芒的玻璃彩蛋。我知道，很快我就不得不离开这个房间，带着利维亚回家去了。我害怕那栋公寓，丛林路 46 号。我愿意像现在这样，在一刻钟之内就可以从利维亚身边跑到卡琳身边，反之亦然，我愿意在一天中的任何时刻随时交换她们身上的橙色小毯子，我习惯待在新生儿护士和助产士身边，我甚至开始喜欢家属等候间里的速溶咖啡、楼梯间暗色的水磨石地板、床上面摆放着礼物的蓝绿色木柜子、意大利巧克力、朋友的孩子们为利维亚画的画、瑞典本土品牌 Polarn O. Pyret 的童装、书籍、报刊，以及画着小狐狸和天使图案的明信片。

来到卡罗林斯卡的第一天，我拿到一张医院的平面图，我把它折叠好一直放在牛仔裤口袋里。此刻，我打开床头灯，拿出平面图。一个拇指的距离大约相当于 30 米。我测量着利维亚与卡琳之间的直线距离。

萨克斯和平常一样坐在 2 号病房的电脑前。

"体外膜肺氧合科是不是还没有空位？"我问道。

"不管怎么样，我都不会再拖着她到处跑了。"他回答说。

"好吧。"

"如果我们移动她的话，她就活不了了。"他补充说，然后站起来，舒展了一下身体。他揉了揉眼睛继续说道，"你太太右腿的循环不太好，右脚已经没有温度了，而且有些变色。我们昨天决定，需要采取紧急补救措施，使用一个末梢体外循环导管。"

"好吧。"我回答说。

萨克斯的舌尖抵在嘴角，瞳孔不比针孔大，他按揉着太阳穴说道："这失败了。"

"好吧。"

"动脉血管太小了，而且位置太深，大约5厘米，用超声波看不清，情况很复杂，还有水肿和一大堆皮下组织，我早晨亲自试过，没有成功。"

"这意味着什么？"

"我们打电话叫心血管急救医生过来了，他们下午到，他们会切开大腿来连接动脉血管，如果心血管外科医生也失败了，那我们必须截肢。"

"截肢？"我问道。

"是的。"他回答，说完他给嘴唇涂了些唇膏。

"把腿切掉？"我问道。

"正是，没错，右腿截肢。"

胸心重症监护室的家属休息室小得不能再小了，一把椅子、一张两人座布艺沙发、一个卫生间和一扇拉着纱帘的窗子，我没地方待，站在门口。斯文不停地打哈欠，丽勒摩尔抱着手提包坐在那里。曼斯坐在他们对面，但他站起来，朝桌子靠过去。他把自己的椅子让给我坐。我坐下来。

"乳酸水平好一些了。"我说。

"是的，我们听说了。"斯文回答。他的脸通红，银色的斜刘海旁布满了汗珠。丽勒摩尔用一张在手提包里找到的汽车时刻表给脖子扇风。

"我比较乐观。"我说。

"那很好，汤姆。"他回答。

"妈妈昨晚睡在这里的沙发上。"曼斯说。

"怎么样？"我问。

"我睡眠好一些了。"她回答说。

"他们没有家属陪护室吗？"我问。

"有一间，但那里我一步也不想再踏进去，太可怕了。"她说。

"这里不会有人进来吗？"我问。

"他们在门口看见我就会转身离开。"她回答说。

"你们去看过卡琳了吗？"我问。

"是的。"曼斯回答说。

斯文不停地清嗓子，只要有人对心理分析表现出偏见他就会干咳几声，基本上只要他不赞同什么，他就会干咳几下，还有，他在对重要问题发表意见之前也会干咳几声清清嗓子。"我们此前在卡罗林斯卡只见过卡琳一次，你却有很多时间和她在一起，我能想象，你已经习惯了这样。"他说着，清了清嗓子。

"是，也许是这样。"我回答，"看着自己的女儿躺在病床上，身旁摆满各种机器，这并不是件轻松的事。"

正门是玻璃混合细拱形钢架构成的，透过大门，我能够看到卡罗林斯卡路和北墓地，里面有坟墓、小方尖碑似的墓碑、供人们悼念用的公共绿地、小教堂、光秃秃的老落叶乔木，以及漆黑的铸铁栅栏门。我拿出后裤兜里的医院平面图，选定了一条绕医院一周的确切路线，这么多天过去了，我才开始尝试迈出医院的大门。

我一路沿大楼正面的砖墙和攀缘其上的爬山虎走着。在分子医学中心外，我见到了卡梅尔。他低头踱步，看上去已经深深地陷入了自己的思绪里，在所有行色匆匆的路人中，很难不一眼注意到他的存在。我低下头，目光盯着石板路。我走得很快，却在医院公园旁放慢了脚步。这里枝条纵横交错，似在相互厮杀，装载机和挖掘机轰隆隆地响个不停，简易工棚已经在铺着沥青的小径旁搭了起来。我决定放弃计划好的路线，在公园一座小山上坐了下来。在那里，我能看到一个池塘和医院的背面。

树艺师的电锯周围木屑四溅，木屑随风飘散，落在我身上。空气里弥散着烧焦的木头和油的味道，有可能来自地下走廊。光滑的、铁锈红色的树枝打着转儿从松树上掉落到一辆平板车上。

利维亚被允许转移到我的 1 号家庭病房几个小时。她长了不少肉，脸蛋圆乎乎的，睡觉的时候，藕节般的胖胳膊举过肩头，放在脖子后。我抱起她，把她放在胸前。她的肚脐结痂高高凸起，好像一棵小小的羊肚菌。

一位平日里特别积极活跃的助产士敲门走了进来。她在家属陪床的对面坐了下来。她的身体和皮肤都像极了健康时的卡琳，脖颈粉扑扑的，光洁平滑，身材高挑丰满。"我能打扰你一小会儿吗？"她问道。

"嗯，没问题。"我说，我为自己身上的气味感到羞愧——汗脚、腋臭，还有我呼出的口气味。

"是有关这个房间的。"她说。

"房间怎么了？"我问。

"现在利维亚已经足够健壮了，不需要再继续留在这里了。我知道你太太正躺在胸心重症监护病房，我知道所有的一切，但我们的科室主任认为，家庭病房首先是为那些产后需要恢复的妈妈准备的。"她说。

我把利维亚放回育儿箱。"我已经和科室主任谈过这个问题，他说，只要我有需要，想在这里待多久都可以。"

"没错，他是这么认为的，他在这里的时候他说了算，但他在卡罗林斯卡和德国一家医院之间往来办公。"

"那现在这里谁负责呢？"我问。

"你应该还没见过她。"助产士说。

"好吧。我知道是怎么回事了，她是从资料上来看整件事的，资料上写着利维亚很健康，不需要再继续留在这里了，资料上写着利维亚的妈妈病重。"我说。

"是，我知道，不过她并不归我们科室管，但是，你不需要来说服我，我和你的想法是一样的。"

"我什么时候必须离开这间病房？"我问。

"她没说，这取决于有多少早产的妈妈住进来。"

"我难道不能在附近其他什么地方借住一下吗？"

"我去查查看，我觉得，这附近有房间可以租用，但新生儿科只有家庭病房，客房只能借住一到两晚。"她用一根毛茸茸的发带把头发很随意地扎起来，走到育儿箱前。

在去 2 号病房的路上，我和斯特凡通了电话。他说，医生给卡琳插入体外膜肺氧合针管的时候，我爸爸给他打了电话。很明显，爸爸有叹气、抽鼻子哭泣的声音。斯特凡说自己被感动了，因为以前从未见过或听过我爸爸整个人崩溃。

"他喜欢卡琳，我遇到卡琳的时候，正值他患病期间。"我说。

"他很担心你，阿汤，他一直都在试图和你通电话。"斯特凡回答说。

"他一定是想到了自己的病。"我回答说。

"阿汤，很显然，他是担心你。"

"我在地下走廊里，听不太清你说什么，我们可以晚点再联系。"我说。

"你的声音越来越不清楚了，阿汤。"

"我们可以晚些时候再联系。"我说。

"我听不见你说什么了，阿汤，我先挂了，回头再打给你。"

两个穿工装制服的男人站在胸心监护室电梯外真空吸排车的管子旁，管子与垃圾房的抽吸管道连接，从那里走过的人都用手捂着鼻子。

我掏出电话，想打给爸爸，却在一声铃响后放弃了。我想打给卡琳，想要告诉她，爸爸已经崩溃了。我坐在地板上，又立刻站了起来。我蹲在分配电箱外的楼梯上，因为看东西很吃力，必须得闭上一只眼睛。我站起来，给卡琳拨电话。卡琳的声音在电话里那么近，我觉得自己都能感到她的嘴唇对着我的耳朵。她的声音和我的声音正好形成鲜明对比，我的高而刺耳，而她的宽厚、洪亮，带着共鸣的低音和美妙的高音，那是一种健康、上升的语调，一种催眠的声音，令人精神振奋，却又抚慰人心。此外，她发"r"的舌尖颤音有些困难，那是 2004 年手术留下的一个小纪念，卡琳称之为语言缺陷，对此有些难为情，但这令我忍不住又拨了回去："你好，我是卡琳，请留言，我会尽快回复。"

新生儿科的护士们全身心地投入到在利维亚和卡琳之间交换盖毯的工程中来。她们在标记胶带上写上字，将胶带粘在柔软的毛毯上："妈妈的气味。利维亚的气味。"我在卡琳身上盖了一块新毯子。她看起来好像烧伤了皮肤。胸口上两块圆圆的、红黄色的伤口在往外渗水。"这是怎么回事？"我问道。

医生转过椅子。他坐在萨克斯经常坐的黑色塑料和蓝色牛仔布面的办公椅上。他是该科室中几位年轻的主治医生之一，昨天他自我介绍名叫彦斯·纽格连，同时他还说，他太太在浴缸里开始阵痛时，他吓坏了，直接打电话叫来了救护车。他解释说，他之所以会讲这件事给我听，是因为他无法想象我在目前这种情形下成为爸爸会怎样。他起身去看卡琳的伤口。"伤口看起来比实际严重，那是心脏电除颤造成的灼伤，我们被迫这么做，我们试图控制心率。"他说。

"我当时在场，但我不明白这会造成灼伤。"我说。

"卡琳的腿好些了。"他回答说。

"我听说了，你们不需要截肢了。"我说。

"没错，现在腿部有循环了。"

"好吧，但她整个人都是青紫色的，这和氧气有关系吗？她的手全都是紫的，还有指甲也是。"

"没错，有关系，她血液循环不畅，总体来说，血流量少，她很难维持足够的血压，这就是为什么医生尝试给她加入亚甲基蓝，这有可能导致她身体出现青紫色。"

"好吧。"

他把凳子拿过来，放在办公椅旁。"你有时间坐一会儿吗？"他问。

"有啊，当然有。"我说完坐了下来。

"弗朗兹已经和你谈过现在的情况了？"

"是的，他说，我们要等等看今晚。"我回答说。

他低下头，盯着自己翘起的大腿。"我听说，你很重视我们这边给出的信息。"他说完抬头看着我。"如果我表达得不够清楚，那你可以随时打断我。"他补充说。

"好，谢谢。"

"目前对心肌收缩力的需求有所提高，而你太太完全依靠外部设备来提供心肌收缩，她现在心房颤动、心房扑动、心房性心动过速，乳酸水平似乎停留在 28，pH 值维持在 7.1，尽管我们实施了侵入性的抗酸化措施也没有效果，为了稳定各项数值，我们几乎像工业流水线一样源源不断地给她输入药物。"

"我知道 pH 值是什么，其他的一概不知。"我说。

"嗯，这么说吧，正常情况下，pH 值在 7.35 到 7.45 之间，这是生命的前提条件，即便是对正常值极其微小的偏离，人体也无法忍受。"

"好吧。"

"从细胞层面来看，身体无法在这样的环境下生存。"

"好吧。"

他的口袋开始振动起来。他掏出手机，看了一眼。他站起身，来到输液架旁，背对着我。"嗨，不，我回不了家了，没料到今天这种状况，是，我们晚点儿再联系，不，我们可以晚一点再聊。"他说完把电话放回口袋里。他的手指穿过头发，目光停留在利维亚的照片上。

"每一天情况都时好时坏、反反复复的，你觉得，不会有转圜的可能了吗？"我问。

他转过身看着我说："我觉得，你应该和女儿待在一起，有事情，我们会直接打电话给你，但如果我是你的话，我就会把她的亲朋好友都叫来，预先让他们做好心理准备，卡琳可能挺不过今晚。"他看着我继续说道,"我感觉,你们已经在一起很长时间了吧?"他双手紧紧地掐住两腮。他看我什么话都没说,又回到输液架前,然后走回电脑旁,站在那里写东西。

"上一次她住进了一所康复医院。"我说。

他停下手,坐下来,把椅子向我这边滑动了一些,距离我更近了一点。"我只是在病历上看到过。"

我回答道:"她在那里住了一个月,手术后她身体僵硬,没有办法转头,我们接吻的时候,我不得不站到她面前才行,我们俩都觉得这很好笑。"

我决定绕着医院走一圈,散步到新生儿科去。我抄近路穿过花园,各种颜色的汽车警灯闪个不停,黑暗中一个公共汽车候车亭带来一点光亮。我走在自行车道上,道旁是光秃秃、黑漆漆的树木,我的左眼跳个不停。埃辛格路汽车开过的声音听起来就像大海的涛声,没错,和涛声一模一样,我闭上眼睛,想象自己正光脚走在温德伯格海湾的沙滩上。

我请一位新生儿科护士给我一片治疗头痛的止疼片,然后我得到了布洛芬和扑热息痛混合在一起的药物。很显然,这是他们用来给妈妈们止痛的。我坐在利维亚身边的一把扶手椅上,用升降按钮把育儿箱降下来。我太累了,不敢去抱她。我把手放在她的肚子上。她醒了,轻轻咬着奶嘴,想要把我推开,接着她又睡着了。我小心翼翼地把手指放进她的手里,然后身子向后靠在椅背上。

剖腹产时在场的那位助产士走到我身边问道："头疼怎么样了？"

"好多了，谢谢。我偶尔会有偏头痛，这应该是遗传，妈妈偏头痛，爸爸丛集性头痛。"

"啊，是吗，你也许应该去躺下睡会儿？"

"我会的，但坐在这里感觉很好。"

"是，我明白，哦，我必须得问问你，你经常哼的那首歌叫什么名字？"

"不好意思，打扰到你们了。"我回答道。

"没有，一点都不打扰。"

"《太阳出来了》[1]。"我说。接着我解释道："利维亚还在肚子里的时候我就唱给她听了。"

"是吗，嗯，现在这首歌很应景，春天就要来了。哦，你经常唱这首歌，你喜欢甲壳虫？"

"其实一般般吧。"

"也许这不是你们那一代人的歌曲？"

"甲壳虫是永不过时的。"我回答说。

"没错，你说得对，这是首好听的歌。"

"乔治·哈里森写的，我更喜欢妮娜·西蒙，你听过这首歌她唱的版本吗？"我问。

"没有。"她回答。

---

1 Here Comes the Sun, 甲壳虫乐队的名曲。

"回去搜搜看。"

"妮娜·西蒙？"

"是的。"

"谢谢你的建议，对了，你肯定看到了，我们已经停止给你女儿补充灯光照射了，胆红素水平已经有所好转，她也不像以前那么黄了，所以说，现在她可以准备回家了。"

斯特凡躺在我来到卡罗林斯卡第一天晚上睡的那间客房里，大卫和哈瑟在亲属休息室的沙发上休息，他们睡不着。卡琳的朋友们临时入住了 4 号家庭病房，他们裹着棉被，坐在那里喝茶，他们是卡罗、乌丽丝、约翰娜。就连伊蒂斯和燕妮也来了，但我不知道她们是否会在这里过夜。她们与卡琳在一起有着很多美好的回忆，从儿时一直到现在——出国学习语言的旅行、各种派对、卡琳在《娱乐导航》作为 20 岁戏剧评论人的时光、乌拉圭之旅、名叫伊万的狗、射击路上的别墅和她在北站路的第一套公寓。

亚历克斯和安迪在 1 号家庭病房听音乐。最近两年里，我和他们的交往最多。安迪把西装搭在腿上，坐在扶手椅中，亚历克斯穿着外衣，坐在病床上休息。安迪一边用手机播放山姆·库克的歌，一边告诉我们，目前木星和金星在各自的轨道上运行到了距离非常近的位置，它们看起来就像一个耀眼的天体。

"我和斯特凡以为那是颗卫星或者流星，不知道我们说的是不是一回事？"我说。

"听起来像是一回事，它们发出的光非常亮，报纸上都报道了，罕见的现象。"安迪回答说。

"卡琳的哥哥多大年纪了？"亚历克斯问。

"我们几个月前刚刚参加了他的四十岁生日派对，怎么了？"我说。

"我以前从没见过他，卡琳的父母在做什么？"亚历克斯问。

"他们做什么工作的？还是……你想问什么？"我问道。

"他们一定在地狱里挣扎。不知道他们有没有向单位请长期病假？"亚历克斯继续说道。

"我觉得没有。"我回答说。

"他们一定为利维亚感到自豪。"他说。

"是的。"我回答。

"听斯特凡说，你父亲的病情加重了。"安迪说完，脱下锃光瓦亮的皮鞋，把脚翘在脚凳上。

"他不停地给我打电话，但我不知道该怎么回复他。"

"为什么不呢？"亚历克斯问道。

"我不知道。"

"你们最近一段时间关系不是好多了？"亚历克斯说着解开了牛仔夹克衫。

"是啊，最近几年确实不错，我不知道，我应该是不能去想他在生病这件事。"我说。

"我明白这种感觉，汤姆，这一切多折磨人，谈论卡琳是不是也会很不舒服？"

"还好。"我说完在家属陪床上躺了下来。

"我有一张大卫和克里斯蒂娜婚礼上的照片，特别棒，那时候你还留着胡子，你的大八字胡。你亲吻卡琳，像只小猎犬似的，特别急切、投入，看起来好像要扑到她身上一样。我猜，她会觉得扎得慌，她应该既享受，又不舒服，既想扭头离开你，又做不到。没治了，小猎犬，嗯。"他说。

"我没见过那张照片。"我说。

"我回头发给你。"他回答说。

我夺门而出，跑过走廊，来到楼梯间，飞速下了楼梯。我跑过粗糙的混凝土地面，沿道路防护栏继续向前，穿过胸心重症监护诊室，我按下门上的对讲电话，向左转，跑出三十多米。2号病房的门敞开着。我原本期待一大圈主治医生紧紧围着卡琳的场景并未出现。病房看上去好像已经被抛弃了。除纽格连和一名护士以外，没有其他人。

"汤姆，不会再继续太长时间了。"纽格连说。

"好，还有多久？"我问。

"我选择再继续治疗一会儿，这种情况确实令人难过，很难说，一个钟头也许。"他说。

我把手放在卡琳的脸颊上，用手指抚过她的额头，她出了好多汗。"我能单独和她待一会儿吗？"

"好，慢慢来，不着急。"他说。

护士把特护病床降下来，这样我就可以坐在凳子上握着卡琳的手了，然后，护士为我端来一杯咖啡。换气窗开着，我仿佛看到了埃辛格路上的车灯。那时，我不敢亲吻卡琳，她的头发在风中微微飘动。我真的很想亲吻她。我在几近黑暗的房间里看着她，看她睡衣上绣着的一个植物盘桓在那里。我躺在白色的沙发上，小口啜饮，那是我第一次在卡琳家过夜。面朝垂钓者路的窗子敞开着，公寓里有微微的穿堂风。她在一本书上记笔记，然后把书藏在枕头底下。她往耳朵里塞上一副耳塞，摘下眼镜，对我说，晚安，汤姆，关上灯。我回答晚安。可我睡不着，翻阅着在书架上找到的一部萨拉·凯恩的戏剧作品。在几张书页的空白处，卡琳写了一些东西，那不是一个文学评论者的笔记，更像是个人突发奇想的小心思、写作的灵感，或是一两行诗，那里用蓝色墨水笔写着"鸟的骨架在可可脂鸟食球[1]下耐心地等待"。

斯文和丽勒摩尔在家属休息室的沙发上等候，空气中弥漫着女士香水的味道，他们脸颊凹陷、眼球突出、眼睑红肿，他们看上去苍老、可怜，他们甚至都没有打招呼，只是观察着我的一举一动。

我在他们对面的椅子上坐了下来。曼斯站在我身边，他已经知道发生了什么，他不得不去2号病房接我，带我穿过走廊。

我不知道要怎么开口，于是，我把纽格连对我说的话重复了一遍："卡琳的心电活动已经停止了。"

---

1 瑞典冬天人们给野外的小鸟喂食的一种东西，在动物脂或者可可脂球（比网球大一点的体积）中混入很多鸟食，挂在高处，供野鸟啄食，在瑞典商店里有售。

丽勒摩尔用手捂住耳朵，闭上眼睛。斯文用力摇摇头问道："你说什么？"

"爸爸，卡琳的脉搏是零。"曼斯说。

"卡琳的脉搏是零吗，那她就死了啊。"他说。过了几秒钟，才从他的喉咙里发出一声沉闷的叹息，他垂下头。丽勒摩尔在颤抖，嘴里嘟囔着一些我不太能听懂的话。曼斯在他们面前的地板上坐下来。

看起来，护士好像把纽格连说过的话在电脑上记录了下来，当时他近乎仪式性地走到那些仪器前。"患者 5 点 52 分心跳停止，钾离子持续升高，乳酸水平稳定在 28，体外膜肺氧合一直保持在每分钟 5500 转，流量 5.1 升，继续延续生命的可能性不存在，我选择关闭呼吸机和体外膜肺氧合机。"房间里安静下来，再也没有东西发出声音了。纽格连看了一眼表，补充道："患者 6 点 31 分病逝。"

第二部

推开另一扇门

酒吧里除了我们和吧台调酒师只有不到十个人，调酒师在点单的空闲时段播放史莱与史东家族合唱团的黑胶唱片。穿着西装的男男女女在乌烟瘴气的"下班后酒吧"里构成一幅令人眼花缭乱的画面。

大卫又站回桌边，自顾自地低声笑着。"斯特凡，你还记得松兹瓦尔吗，就那次，汤姆突然呼吸困难起来或者出了什么毛病，就是他站在屋子里张着嘴呼哧呼哧喘粗气那次。"

斯特凡仰头看着天花板上的吊灯，哈哈大笑起来。

"又来了，有完没完？"我说。

大卫抱着大腿，斯特凡把脸埋进手里。"阿汤，我们每次为这个笑你，你都会生气。"斯特凡说。

"我没生气，我只是觉得并不好玩儿。"我说。

"好玩儿，汤姆。"大卫说。

"哦，不，真是太有意思了，阿汤。"斯特凡说。

"好，你们觉得有意思就行，好吧。"我说。

"我们跟你讲过这件事，哈瑟，你一向什么都不记得。"斯特凡说。

哈瑟脸红了，一口气把面前的气泡葡萄酒干掉。

"太他妈有意思了。"斯特凡继续说，"大半夜的，就是那次街头音乐节我们闹得最凶的一个晚上，我们已经在酒店房间里休息了，突然，阿汤冲进来，一丝不挂，高举双手，喘着粗气，大声呻吟，听起来特别病态。他把我们都叫醒，这一切太突然了，我们就瞪眼看着，我们想，阿汤来了，他还没玩儿够呢。"大卫和斯特凡笑得眼泪都出来了。

"那是什么时候的事？"哈瑟问。

"我们那会儿多大？十八九岁吧。"我回答说，然后继续说道，"事情是这样的，我那天晚上吐得找不着北，不知道是被呕吐物还是别的什么东西呛着了，突然喘不过气来。我吓坏了，从卫生间跑出去求救，大卫却只是瞪眼看着我，斯特凡只会咯咯傻笑。"

"哦，不，可是阿汤，那一切太诡异了：看，阿汤来了，赤身裸体，在屋子里乱转，嗷嗷直叫。"斯特凡笑得几乎说不出话来。

"没那么好笑。"哈瑟说。

"没错，谢谢，哈瑟。"我说。

"哈瑟，你当时没在场。"大卫说。

"你要是在，就会跑过来，捶我的背，对吧，哈瑟？"我说。

"没错。"他回答。

"然后，你还会给我嘴对嘴人工呼吸。"

"绝对的。"他回答。

"你够朋友。"我说完，把手搭在他背上继续道，"不像那两个施虐狂。"我做了个手势，不小心碰到了吧台上的一个人。他转过身，冲我摇摇头。"不好意思。"我说。

我听到他对朋友说："这家伙就是个乡巴佬，刚从矿井里爬出来。"他那个朋友看着我，嗤嗤地笑了起来。

斯特凡说："别理他，阿汤。"

我摘下棒球帽，放在桌上，走到吧台前。他穿着一件手工定制的海军蓝西装。我敲敲他的肩膀。他和他的朋友都转过身来。"不好意思，我只想知道，你说我乡巴佬，刚从矿井里爬出来是什么意思？"我问。

他看了看我的运动鞋、牛仔裤，然后又看了看我的 T 恤衫，回答道："回你那边站着去。"

我继续死死地盯着他。

"那个大男孩想激怒你，让你跟他吵架，你听起来可不太爽，我忍不住要笑出声了。哦，不，给他一块钱，他就走了。"他那位朋友说着，拍了拍我的肩膀又说道："我们只是开个玩笑。"他们俩的胡子都刮得干干净净的，有着灰蓝色的眼睛，他们看起来肌肉很发达的样子，而且很胖。

我的目光没有放开他，当我意识到，他开始变得不太自信时，我说道："你害怕我。"

大卫站到我们俩之间大声说："先生们，完全没必要这样。"

我回到桌旁，戴上棒球帽。

"阿汤。"斯特凡低声说。

深夜十二点半，大卫张开手臂，一步一步吃力地走到鹿角街一个建筑工棚前，突然用力猛拉大门。"那不是出租车。"哈瑟在他身后高喊。

后来，只有我和斯特凡有力气去了"人民烤肉串店"。二楼没有人，只有挂着圣诞装饰球的塑料棕榈树，还有阿拉伯音乐。

斯特凡抱怨他一早就被儿子查理弄醒。蒜蓉汁从桌子上流下来。他一边吧唧嘴，一边说道："那应该正是你现在所期待的吧。"他注意到我变得若有所思起来。"阿汤，和孩子在一起有意思极了，真的，只不过不是任何时候都有趣罢了。"

"我主要还是担心经济问题。"我说。

"那本书进展如何了？"

"我必须在五月份之前写完。"我回答。

"那会儿是孩子出生的时候吧？"

"没错。"我回答。

"那是本真正的书吧？不是什么诗集吧？"

"诗集也是真正的书。不过这本不是，这是本小说。"

"你觉得你能写完吗？"

"我没有其他选择，我必须写完，钱已经用光了。"

"是啊，我们已经感觉到了。"他说。

"我知道。"我说。

"没关系，阿汤，等你有钱了，你来请客。可是五月，该死，不是还有半年时间吗？"

"真要写一本书的话，半年时间并不长。"我回答。

"阿汤，你在这上面耗费太长时间了，我只在大学写过论文，我他娘的再也不想重来一次了，当年论文花了我两个月时间，我觉得这已经够长的了。"

在鹿角街和环路交叉的十字路口，我在一辆出租车旁拥抱斯特凡，和他告别，然后我在夹杂着雪花的雨里匆匆忙忙向家走去。回到家，我直接站到了浴室花洒下面。卡琳睡着了。

我从冰箱里取出一瓶白葡萄酒，坐在书桌前。我已经为我的这本书耗了 3 年时间，每天 12 小时。我把警察拍摄的案发现场照片铺开在桌面上，翻阅总计两千页的警察案件调查卷宗，卷宗上已经写满了我的笔记，贴满了带有评论的便利贴。

那是一本有关胡丁厄区一起谋杀案的纪实小说。1991 年 6 月 15 日，一只狗的主人被发现赤身裸体死在奥兰根湖旁的山洞里。胸口到腹部全部被剖开，面部也遭到了严重破坏。当年，胡丁厄的孩子们称之为"洞穴谋杀案"。过了好几个月，一位法医才成功地确认了死者就是胡丁厄区 20 岁的米盖尔。死因：外伤出血性死亡。在伊斯兰教、基督教和犹太教的信仰中，米盖尔（即米迦勒）是总领天使之首，他有时也被称为仁慈的死亡天使，这个名字来自希伯来语，意思是：谁像上帝？

此后，刑警抛出一个理论：米盖尔支付两千克朗雇人结束了自己的生命。某种类型的悲悯谋杀却毫无悲悯之心。死者在克拉拉邮政大楼工作的一位同事被捕，但被胡丁厄法院以缺乏证据为由无罪释放。

有一段时间，米盖尔去胡丁厄医院的心理诊所看病。他被自杀的念头折磨，感到自己非常孤独。他对心理医生说，他有结束自己生命的计划，但缺乏勇气付诸行动。心理医生将其转诊到自我重建康复中心的负责人那里，在那里给他开了 30 片甲硫哒嗪。

康复中心几位负责人留下的病历显示，米盖尔渴望有一个女朋友。他觉得，随着女朋友的到来，这种焦虑与绝望就会消失。但他从来都没有过女朋友。

米盖尔的妈妈在他小时候便离开了他，搬到北部诺尔兰省的某个城市居住。这对米盖尔来说是伤痛的记忆。他没有办法和旁人谈及此事。米盖尔和爸爸的关系不错，但他不喜欢继母。负责人有一段病历记录下了米盖尔和他妈妈之间的一次通话。妈妈要来斯德哥尔摩看望米盖尔，他盼望着这一天的到来。火车到达中心车站，米盖尔在站台上寻找妈妈却没有寻到。一周后，他收到一封妈妈的来信，信中妈妈为没能去斯德哥尔摩感到抱歉。她在信中写道，她不得不帮助一个朋友照看孩子。根据病历记载，米盖尔在 1986 年到 1989 年期间和妈妈没有任何联系。那段时间，他满脑子都是要找一个女朋友的念头。

我猜想，对妈妈的思念令米盖尔焦虑不安，他在内心深处将其转化为一种更容易掌控的对女朋友的渴望。刑侦技术人员认为，米盖尔的赤身裸体是自愿行为，没有搏斗的痕迹，他自己脱掉衣服，躺在山洞里。我研究着山中这个三角形洞口的图片，想象那具赤裸裸、血淋淋的尸体。米盖尔似乎又回到了母亲的子宫里。

"你在工作吗？"卡琳问。她站在客厅里。

"哦，你吓死我了。"我回答。

"我只是起来上厕所，你玩得好吗？"

"挺好的，不过和这种不经常见面的老朋友聚会，总是有好有坏，说不出的感觉。"

卡琳穿着薄透的内裤和一件洗得褪色的黑色睡衣。胸部又沉了一些。"没错，我知道这种感觉。"她说，"一方面，你会觉得有安全感，另一方面，你却被判定为以前的那个你，可那已经早就不再是你了。"

"是啊，人是在不断发展的，对，没错。"我说着一口喝干了杯子里的酒。

"你真的还要再喝吗？"她问。

"我今天遇到一个特别恶心的人。"我回答说。

"噢，是吗，好吧，可你难道要为了这个继续喝下去吗？"

"你就不能问问到底怎么了？"

"好吧。"她说。

"那问吧。"我说。

"哦，怎么了？"

"他评论我的衣服，我和他发生了冲突。"

"和他冲突？"

"他就是个纸老虎，什么事都没有，我是可以放任一切，不计后果的。"我说。

"真高兴我没亲眼看见这一切，似乎只有你和你的朋友们在一起时才会出这种事吧？"

"没错，我觉得是这样，应该是。"我回答。

"你没想过这是为什么吗？"

"我现在还在发抖，我会有大约一个星期不敢上街，那也许会是个犯罪分子，一个恶魔。不知道为什么，我到家之后，在浴室里，突然一阵焦虑袭来，让我直打冷战，抖个不停，我被迫过来工作。"

"为什么呢，你觉得？"

"为了想点儿别的事情。"我回答说。

"哦，可你为什么在浴室里焦虑起来呢？"

"这很重要吗？"

"我就问问。"她说。

"我刚好在浴室里，我很放松。"

"可是为什么在浴室里呢？"

"该死，你为什么紧咬着这个不放呢？也完全可能在床上。"

"好吧。"她说。

"我从来都没打过人呀，我真的从来都没打过什么人，嗯，或者说，在冰上的时候有过。"我把椅子转向卡琳，"你为什么从来都不说你爱我？"

她看上去很吃惊。

"可你看，我的问题对我而言是很重要的。"我继续说道。

"你喝醉了，汤姆。"她说。

"我经常说我爱你。"我指出这一点。

"我爱你。"她说。

"我盼望着当爸爸。"我说。

"太好了。"她回答，然后在靠墙的一把椅子上坐下来，"你们一直在下班后酒吧吗？"

"嗯，喝了一些卡瓦酒，你知道，大卫认识那里的调酒师，他醉得一塌糊涂，还想继续去里什咖啡馆。他什么话都说不出来了，他用手指，我们就明白他想干什么了。"

"他醉得那么厉害？"她问。

"没有，我夸张了，斯特凡和我醉得最厉害，然后是哈瑟，大卫只是太高兴了，还有点儿累，而且他感冒了。"

卡琳把头转开说道："亲爱的，你就不能把这些照片收起来吗？它们令人太不舒服了，我真不明白你怎么看得下去，怪不得你做噩梦呢。"

"这是我工作的地方。"我回答说。

"我们也住在这儿。"她说。

我把照片收拢在一起，在它们上面放了个文件夹遮盖上，说道："我所有的朋友都有孩子了，你所有的朋友也是，太奇怪了。"

"哦？你什么意思？"

"我不知道。"我说。

"你还要工作很长时间吗？"

"不，我主要在思考，我并没有工作。"我回答。

"那也是工作吧，至少对我来说是。"

"我觉得，我不能再这么出去玩了，我来不及了，我还剩下好多呢，你去睡觉吧，我马上就过去。"我说。

卡琳小心地用指甲挠了挠大腿，用一种更低调的声音说道："我想过了。"

"哦？"

"我问过你，但你没回答我。"她接着说。

"问过什么？"

"我碰巧在网上读到一篇有关羊水穿刺的文章，无意中又看到彼得·辛格的一篇随笔。"

"谁？"

"那个哲学家？"她说。

"哦，对，他啊，嗯嗯，我知道。"

"他关于安乐死和孩子的思想？"

"咳，好吧，我没回答的那个问题是什么？"

"我希望，我们可以达成共识，即使孩子有损伤，我们也不要打掉孩子。"

"嗯，可我们已经讨论过这个问题了啊。"我说。

"那我们就达成共识了？"

"我们达成共识了。"我回答。

"我明天不想做羊水穿刺。"她说。

"那我们就不做，不过，你觉得，我会是辛格理论的拥趸吗？我几乎都没读过他的文章。"

"你赞成安乐死。"她说。

"我并没有赞成，但也不反对，现在别管它了，关于肚子里的小东西，我们已经达成了共识。"

"也许现在和你谈论这个很愚蠢，你喝醉了，你也许明天就反悔了。"她说。

"哦，有时候你和我说话，就好像我是个大傻瓜一样，严肃地说，为什么我明天会反悔？"

"不是，对不起。"她回答。

"喂，你等等，你必须听听这个。"我说完便开始在电脑里搜索起来。

她又坐下来。"只要不是关于你那本书的东西就行，我听不下去那个。"

"不是，不是我的书，这个真的很不错。"我回答说。我打开连接电脑的音箱，说道："嘘，长发教授，《大河之邀》(*River's Invitation*)。"

"亲爱的，现在是凌晨三点。"

"嘘。"我说。

"亲爱的，别那么大声行吗？我说真的，嘘。汤姆，行行好，小点儿声。"

"小家伙想要跳舞，来吧。"我说。

"你真是疯了。"我拉着她站起来，她轻轻叹了口气。

"小家伙喜欢这个节奏。"我说。

"不，小家伙睡觉呢，小家伙好几个小时都没动了。"她回答说。

我把手放在卡琳的肚子上说道："好的摇摆就像是个摇篮。"

"你是什么人？"她问。

"你想我是什么人？"

"亲爱的，说正经的，我们明天还要去儿童保健中心呢。"

"说正经的，认真感受，感受你的髋部在摇摆。"我说。

教练亨利·布兰庭和助理教练拉瑟·斯坦斯特罗姆把我抬出冰场，扔在板凳最边缘的地方。"马尔姆奎斯特，你个二百五，你真是无可救药，该死的。"亨利嘟囔着，狠狠地瞪着我。

"那么做确实很愚蠢。"我回答说。

"我没时间说这个。"他说完，赶忙回到换人区的门旁。胡丁厄青少年乙级队的更衣室在桦树草场体育馆绿色的简易房子里。拉瑟把我领到我的位置，墙角一个暖风机旁。我用一把裁纸刀割开绑在护腿板上的胶带。我的右侧小腿肚肿得很怪异。上一次联赛我们与动物园体育协会队遭遇时，其中一个大块头运动员在冰场上直接冲向我进行胸部阻截。我不得不被人用担架抬了出去——脑震荡。他，身高一米九几，比我重四十多公斤。而这一次，我把他扑倒了。他在防护墙旁轰然倒了下去，却又直接站了起来，用球棍打了我的小腿肚。我扔掉手套，一把抓住他头盔上的金属防护条，把他摆倒在冰上，还照着他的小肚子一顿猛打。

拉瑟坐在我身边，盯着我的腿肚子。"该死的，天啊，马尔姆奎斯特，你的确应该把那个垃圾摆倒。"说完，他取来镇定喷雾，"把腿抬起来点儿。"

我躺在地板上。拉瑟抓住我的脚腕，把喷剂喷到我的小腿上，然后用压力绷带紧紧地缠起来，把脚放在长凳上。"这样躺20分钟别动，然后你就可以回家了。"在门口说完这些话，他又回到冰球馆里。

我听到扩音器的声音和看台上传来的嘈杂声，这些声音穿过墙壁传了过来。天花板上粘着烟渍，有些肯定比我的年龄还要久远。

爸爸在等我。他在车胎上熄灭了烟蒂，打开车门。

"妈妈呢？"我问。

"她想要自己走回家。"

"她生气了，是吗？"我问道。

"她害怕你会受伤，很担心。"

"谢谢你等我。"我说。

"我怀疑你可能自己走路有困难。"他回答说。我坐在副驾驶位置。他关上车门，接着说道："咱俩私下里悄悄说，你做得对，他以后再也不敢弄伤你了，他觉得你是难对付的恶棍。"

沃尔玛-云柯斯科尔路 25 号是鹿角街的一条后街。绿色建筑防护网隐约遮住了这座小小的医院，在橡树园妇产中心所在的建筑里，有一个为吸毒和酗酒人员开设的治疗之家——玛丽亚脱瘾中心。在电梯里，总有一小部分人，如果不扶着扶手，便站都站不稳。

"经济问题会解决的，我保证。"电梯里只剩下我们俩的时候，我说。

"是吗？"卡琳问。

"我的作家奖学金一直够用到六月。"

"然后呢？"她问。

"我说过的，我会去找工作。"

"对不起。"她说。

"我明白你的意思，会解决的。"

"希望如此，我会休产假。"突然她停下来，"小东西动了。"我立刻把手伸进她黑色的羽绒服里面。"这一次非常明显。"她说。

"这个小流氓踢自己的妈妈。"我说。

"没有，小东西没踢我，小东西只是动了一下。"

电梯右手就是一扇棕红色的大铁门，上面写着"橡树园妇产中心"。一条"请勿穿鞋进入"的醒目的红色胶带贴在浅色的水磨石地板上。旁边有一个装着鞋套的塑料筐。浅黄色的墙壁，装修得像医院和幼儿园的混合体。

两点一刻了，助产士茜茜还没有来。在候诊室里，我翻看大方桌上摆放的儿童书籍打发时间。在我和卡琳右侧的另外一张沙发上，坐着一个女人，她身边的婴儿汽车安全座椅里有一个小婴儿。卡琳看着那孩子，用力捏了一下我的手。在桌子对面还坐着一个女人，两条腿细得像柴火棍儿一样，她正在琢磨跷二郎腿的时候要把哪条腿搭在上面，或者要看哪一本时尚杂志。她看起来不像怀孕的样子，肯定还不到 20 岁。和卡琳一样，她也斜眼看着那个小婴儿。

"卡琳。"助产士叫道，然后她加了一句，"很抱歉，今天我们人手不够。"她和我握手。

"我以前陪她来过。"我说。

"对啊，没错。"她回答。

助产士 55 岁，小巧玲珑的身形，金色的头发，脸部线条优雅美丽。她的房间里摆满了感谢卡和妈妈与孩子们的照片。她望向窗外，坐回书桌旁时她说道："我们很快就要搬到玫瑰丛路的新址了，眼下还请多多包涵建筑工地的噪音，这对我的打扰应该比你们厉害。"从墙壁和地板传来沉闷的响声。她给了我们很多未来怎么做父母的建议，说话时，她一直看着卡琳，这令我有些沮丧。然后，她冲我笑笑，说道："很多爸爸最初一段时间都感到自己被排斥在外。"她强调这时候仍然要为母亲提供协助的重要性。

"而且对孩子也很重要，我希望。"卡琳插话说。

助产士笑了。"那当然。"她戴上老花镜，目光在电脑屏幕和一个可翻转纸质台历间游移。

"我们不想做羊水穿刺。"卡琳说。

助产士摘下老花镜回答道："哦，不需要，这不是硬性要求，这取决于你。"

"很好，那我们一致决定不做。"我说。

助产士冲我皱了皱眉头说道："我说过了，羊水穿刺不是必须做的。"

"我们不想做。"卡琳说。

"没问题，那我们就跳过这项检查。"助产士说完又把老花镜戴上，看着电脑屏幕。"卡琳，你已经开始服用'力蜚能'补铁了，现在不像原来那么容易疲劳了吧？"她问道。

"好一点点了，也许吧。"卡琳回答说。

"手掌心的瘙痒呢？"她问。

"瘙痒好了。异丙嗪有效。"卡琳说。

"那太好了，现在我们来做个B超吧。"她说着站了起来。

卡琳躺在一张铺了塑料涂层布的床板上，把上衣撩起来，露出腹部。给卡琳看诊的医生经验丰富。一个仪器操控板，上面布满了红色和黄色发光的按钮。助产士挤出一点薄荷蓝色的凝胶润滑剂。她右手操纵探头画过卡琳的腹部，与此同时，左手在旋转一个旋钮。卡琳双脚斜上方的显示器上呈现出一个小小的腹部图像。助产士看了很长时间却什么都没说。

"看上去还好吗？"我问。

"羊水有点儿多，但还算正常。"她回答说，然后她告知我们，这可能是胚胎发育曲线不太正常的原因。

躺得久了，卡琳有些头晕。她想要坐起来。

"男孩还是女孩？"我问。

"现在还不能确定，我最好还是不要主观臆测。"她一边回答，一边捕捉卡琳的目光。

"如果知道性别的话，取名字就会简单些。"我说。

她冲我做了个无奈的表情，递过来一长条 B 超图片。

"谢谢。"卡琳回答说，她看着这些图片，笑了，拿到我面前晃了一下，然后把图片塞进挎包里。

卡琳和助产士预约下次看诊时间，而我站在走廊里的一个淡水鱼缸前。我敲了敲厚厚的玻璃壁，鱼儿们张着嘴，循着声音游了过来。在出口的墙壁上挂着一张宣传图片，标题为"婴儿意外死亡及预防措施"，展示着婴儿不同睡姿的教育图片。卡琳坐在黑白相间的羊皮蒲团上，脱下鞋套。我看着宣传图片。

"上面写的什么？"卡琳问。

"上面写着，不满六个月的婴儿意外死亡是罕见的，发生概率为六千分之一，最佳建议是让婴儿采取仰面朝天的姿势睡觉。六千分之一并不算该死的罕见啊。"

"别这么说。"卡琳回答。

鹿角街上，一辆辆汽车猛踩油门，加速驶过路口，4路公交车和骑自行车的人们来往穿梭。人们躲藏在羽绒服、帽子和围巾之下。这里和以往的冬天没有什么区别，只是现在在修路。挖掘机把沥青路面翻了个底朝天。右侧车道上有一条长长的、两米深的沟，里面被积雪、砂石和冒着热气的管道塞得满满的。道路维修挤占了人行道。建筑物和护栏之间的距离变得狭窄起来，我和卡琳无法并排行走。我不得不走在她身后，一只手搀着她的一只胳膊。12月的太阳强烈而刺眼。有两三分钟的时间，我无法去看卡琳。每次我做出尝试，都会感到炫目，不得不往别处看，或者闭上眼睛。但我能感觉到她，我能感觉到她身上的羽绒服。

我们走进音像店，一只斗牛獒抬起鼻子嗅了嗅，那是店主人的狗。"你好。"我说。

店主正在喝一桶半升的大可乐。"你好，你好。"他回应道。

卡琳在货架之间蹒跚而行。我帮她在收银台旁的一张凳子上坐下来。她先是冲着那只狗笑了笑，后来，它似乎让她感到有些焦虑不安。没有电影合她的胃口。

"维姆·文德斯怎么样，一部关于皮娜·鲍什的纪录片？"我问道。

"可以。"她说。

"你怎么样？"

"累。"她回答。

"亲爱的？"

"没事，我只是有点儿累。"她说。

我付了 40 克朗，租下电影。

店主问道："不要点儿别的了？"

"不了，谢谢。"我回答。

"要袋子吗？"

"不用了，谢谢。"

他打了个嗝，向我们道歉，然后说道："圣诞节后，新年之前的这几天适合在家看电影。"

"好吧，非常感谢。"我回答。

他在我们身后朝我们喊道："节日快乐。"

刚从音像店走出去十来米的样子，卡琳就不得不坐在一个女装店的橱窗窗台上休息一下。下一次休息，是在比西斯广场一棵冰封的樱桃树下的长凳上。空气清冽而通透。

"你怎么样？"我问。

"耻骨联合分离症，我觉得，我一走路就疼得要死。"她回答。

在丛林路上坡之前，我在一个关着门的冰激凌售货亭旁为卡琳找到了一张长凳。不远处，可以看到高坡教堂的砖瓦尖顶。我领着卡琳走上通往我们公寓院子的楼梯，然后进入楼梯间。

卧室很小，刚刚容得下一张双人床。晚上，我们不得不从床尾爬上床。一块横向固定在床架上的狭窄的橡木板被卡琳当作了床头柜。卡琳在上面放了一个装耳塞的铁盒、一只放发圈的玻璃碗、一袋润喉糖、手机、iPod、耳机、一本皮质封面的笔记本和几支细水彩笔，上面还立着放置了几本小说。

我为卡琳按摩足弓，她的脚肿起来了，微微发紫。卡琳一想到生产就会紧张，为自己当初选择了阴道分娩而懊悔不已。她死死地盯着我看，希望如此一来我便能理解她的感受。可我没法想象。其实卡琳自己也想象不出来。

"卡罗和尤利安去参加孕妇瑜伽了。"她说。

"就像谭崔双修似的？"

"你到底上不上心？"她问。

"孕妇瑜伽？"

"可以学习正确呼吸。"她说。

"必须参加孕妇瑜伽才能学会正确呼吸吗？"

"汤姆？"

"卡琳？"

"亲爱的？"

"好吧，好吧，孕妇瑜伽，好。"我说。

"你知道，不光是孕妇瑜伽的事情。"

"是吗，我知道吗？"

"是的。"她回答。

"又来了，你到底想说什么？"我脱口而出。

"你知道我的意思。"她说。

"我认为，我已经很投入了，如果你是这个意思的话。但我还有我的书要写呀，希望能得到一部分预付款，这样后面我就可以不慌不忙地找工作了。"

"或者重新开始写另外一本书。"她插话说。

"可你到底想让我怎么样，想让我辍笔？"

"没有啊，我可没这么想。"她说完目光看着屋外厨房的方向。

"你要把自己怎么想的说出来，这很重要。"我说。

"对我来说，直接把我怎么想的说出来很困难，我性子慢，需要时间，可你一秒钟都等不了。"

"好吧。"我回答说，然后补充了一句，"性子慢，或者说是内向。"

"只要我和你意见相左，你就说我内向。"

"不，你不内向，对不起，你只是自尊心比较强，你说的事情，我会考虑的，试着睡一会儿吧，我一小时后叫醒你。"

"好吧。"她说完把耳塞塞进耳朵，但随后又拿了出来，她几乎是叹着气说道，"我害怕你会消失不见。"

"消失？可是，亲爱的……"

"当然不是身体上的，你最近几年就只是写作、读书，我不想这样生活。"她说。

"卡琳，这件事我们讨论过不知道多少遍了！"

"可为什么会这样？"她问。

"我怎么回答的？"

"我知道你要在 4 月份交稿。"她说。

"在孩子出生之前，没错，后面我就没有时间了。你现在可不太对呀，我辛苦工作，与此同时，我也努力给你支持，我每次都跟你一起去产检啊。"

"你把这当作功劳，这是我们两个人的孩子。"

"我没有把这当成是功劳。"我指出。

"汤姆,你想要这个孩子吗?真心的?"

我从床上站起来回答说:"亲爱的,这是个荒唐的问题。不,你知道吗,这个问题很无礼,我们要分担这一切,你应该相信我,我要写完这本书,然后,如果你愿意的话,我就暂时把写作放一旁。"

"这不是我希望的,我希望我自己也能写作,能写出我自己的书,我没时间和精力去做任何事情,我不想成为家庭主妇,对不起,我只是累极了。"

"会好的,亲爱的,我保证,一年之后一切都会好起来。你会成为一个非常非常棒的妈妈,而且你也会写出很多很多书,我保证,现在试着睡一会儿。"

"我觉得自己既胖,又臃肿,浑身上下充斥着荷尔蒙。"她说。

"亲爱的,来,亲一个。"我说着抱紧了她。

"那你不再犹豫了?"她从我手臂里挣脱出来问道。

"别说了,亲爱的。"我说。

"你说过,你以前很犹豫。"

"是,是,没错,忘掉我以前说过的话,那是以前的事情了,一个人面对改变感到恐惧也许并不奇怪,是不是?"

"我只是感觉太奇怪了。"她说。

"我不再犹豫了。"我说。

"好吧,吻你。"她说完,塞上耳塞。她抬眼去看我粘在阅读灯上的图片,其中一张是她父母寄来的明信片,乔治·拉孔布的一幅画作《蓝色大海，波浪效应》（*Marine bleue, Effet de vague*），图案是翻滚的海浪和布满大团云朵的蓝天，另外一张图片是橡树园妇产中心四四方方的B超图中的一张。在这张B超图上，我们的孩子已经可以看到大概的轮廓了。照片模糊不清，如果我预先不知道这是张B超图，那我根本不会想到图片上的影像是个孩子，它更像是深海漆黑的水域中一群能自体发光的浮游生物。

烤箱里烤着弗略丁奶酪蛋糕。最近两天里，卡琳已经吃了四个。我在读包装盖上的文字。

"嗯，也许没什么关系，不过奶酪蛋糕里有苦杏仁，苦杏仁应该有毒性的吧？"我说。卡琳从沙发上站起来。我接着说："不过量那么小，对小东西肯定没什么伤害的。"

她用手腕抵住太阳穴。"我太天真了。"她叹气说。

"我给超市打过电话了，接电话的人说，他们从来都没有遇到过类似问题。"

卡琳为她还能继续吃奶酪蛋糕松了口气，但她没胃口了，转而吃了整整一罐酸黄瓜，然后说："我看到网上说，只要八个苦杏仁就能导致一个孩子死亡，天啊，说出这句话来，我就会焦虑。"她从衣柜里拿出一个竹篮，里面装着橘黄色的毛线和毛衣针。"乌丽丝打了电话过来。"她说。

"她还好吗？"

"我们打算找一天一起喝咖啡，聊聊天。"

"不错。"我说。

"可我没精力去，我做什么事情都没力气。"

"孕期症状。"

"我感到自己很孤独。"她说。

"那你不能把她请到家里来吗？"我问。

"可以，确实可以，但这样的话要等到年后了，现在我没力气。"

我坐在沙发前的地板上问道："你在织什么？"

"一顶带小揪揪的帽子。"她回答。

"那是什么东西？"

"一顶普通的帽子，但在顶上会收拢到一起。我们看看我能不能织出来吧，我不太擅长织东西，帽子很小，所以应该很快就能织好的。"

我从窗台上拿来维姆·文德斯的纪录片封套，阅读背面的文字。

"如果有人问起谁是你最要好的朋友，你会说谁呢？"她问。

"不知道，我从没想过这个问题。"我回答。

"斯特凡？"她问。

"也许吧，不，现在算不上了，我不知道，我和他认识的时间最长。"

"大卫、亚历克斯、哈瑟？"

"他们都很不错。"我回答。

"安迪？"

"我不认为，他们把我当成最要好的朋友，我真的不知道。你为什么问起这个，你是不是要安排什么惊喜派对？"我问道。

"我现在不知道谁是我最要好的朋友了，约翰娜在乌普萨拉有了自己的生活，她已经有孩子了，卡罗和乌丽丝与艾琳在一起的时候总是在卖萌，显得很浅薄的样子。我感觉，我们已经渐行渐远了。我很爱她们，只是有点儿难过。"她说。

"浅薄是什么样子的？"

"嗯，你知道吧。"她歪着头说道。

"不知道。"我回答。

"那男孩子气是什么样子的？"她问。

"打嗝、放屁、谈论体育和女人。"我回答说。

"我真不该问。"

"不过，说实话，你还是有不少朋友的，卡罗、伊蒂斯、约瑟芬、海莲娜。"

"嗯，我知道，但很少联系了。"

"朋友来了又走，几年后，你也许还能再找回他们，也许不能。你会有新的朋友，你也可以努力和他们保持联系，不是吗？这可能不是你的强项，不过，亲爱的，你为此感到焦虑、难过吗？"

"我只是累了。"

傍晚的斜阳从窗口洒进屋子，光束里，空气中盘旋着无数小颗粒。"这么多灰尘。"我边说，边用手挥去眼前的尘埃，"你以前就说过，你感到很孤单。"

"那时我只是在想较高思想层面的东西。"

"那更重要，不过，你当时到底想说什么呢？"

"我觉得，这和怀孕有关，我只是太累了，筋疲力尽。"她说着放下毛线和毛衣针，"我能说件事吗？你不许生气。"

"听起来让人有点儿不安啊。"

"没有啦，就是我们还从没一起出国度假旅行呢。没错，我们是在夏天一起去过高特兰岛，但那是去我父母那儿，有时候我们也去你父母的乡村别墅，但出国不一样。"

"好吧。"

"旅行让你焦虑，这我知道，我知道你想在你爸爸生病的时候和他在一起。但是，概括说来，我不知道，我只是不想待在这里。"

"如果我们预订一个夏天的旅行，你是不是会感觉好一点？一次蜜月旅行？"我问。

"亲爱的，对不起，我太累了，这令我很难过。"她说完用勺子喝热气腾腾的茶水。卡琳的上唇有着清晰、漂亮的唇线，牙齿轻轻磕碰在金属勺上的声音、小心翼翼地吮吸和一次次沉重的吞咽，这些都令我想起我第一次想要和她产生亲密接触的情景。

"想想看，如果小东西很难缠怎么办，一个小恶霸，唉，太可怕了，见到他，所有其他的孩子都被吓跑了。"她说。

我笑着回答说："我们要不要在必须还回去之前把这个片子看了？"我举着皮娜的封皮说。

"那你想看吗？"她问。

"皮娜·鲍什好像还挺酷的。"我回答。

"我感觉，怎么好像是我选的呢。"她说。

"感觉什么，这就是你选的呀，我从来都不喜欢文德斯。"我说。

"你看过他所有的作品？"她问。

"必须得看过他所有的作品才能评判不成？"我说。

"那样是不是显得谦虚一点儿？"

"我看过的作品太做作了，塔伦蒂诺的东西也一样，太幼稚了，我厌恶垃圾。"

"汤姆？"

卡琳的目光令我把封套掉在了地上。我捡起封套，然后挥了挥。"但这个我还是愿意看的。"我躲藏在封套之后，假装阅读上面的文字，"我觉得，这个应该不错，我对这部片子很好奇，很多舞蹈。舞蹈还是不错的。"

"好吧。"她回答说。

"你生气了，是吗？"我问。

"没有，但你很火大的样子，而且，是你曾经对我说，我要听过一个艺人所有的作品才能发表对他的评论，可为什么这次要区别对待呢？"

"说得对。"我说。

"你想看点儿别的吗？"她问。

"不，我想和你一起看这部片子，不过，如果我喝杯红酒，会不会被轰出去？"

"我说会或者不会有区别吗？"她问。

爸妈家厨房窗外的水银温度计显示零下 10 摄氏度。天拓丛林公园隐藏在厚厚的积雪之下，猎人路上的行人都在倒退着行走，躲避迎面吹来的狂风。卡琳坐在餐桌旁折叠餐巾纸，哈丽特向卡琳那边探过身子问道："我没来得及听明白你上次说的话，卡琳，你说，孩子不怎么踢你？"

"嗯，我觉得是这样，小东西多数情况下都只是在动。"卡琳回答说。

"男孩还是女孩？也许不该问？"亚米说。

"我们还不知道，医院看不到。"卡琳回答说。

"她有 6 个月了。"妈妈一边说，一边给我的杯子里加了些红酒。

"6 个月的时候，孩子的嗅觉就会发育，能够辨别出大人吃的东西，我听说。"卡琳说。

"是吗？"妈妈回应道。

"母亲的气味变得重要起来。没错，婴儿刚一出生，就能立刻辨别出母亲的气味。"哈丽特说。

"听起来还是有点儿奇怪，我身体里有两个心脏。"卡琳说。

"嗯，确实是这样的。"亚米回答说。

哈丽特来到我身边。她手里拿着切菜板问道："汤姆，你费那么大力气在弄什么呢？是虾子沙拉吗？"

"嗯，差不多吧，虾仁、大对虾、薄荷代替莳萝、一点蛋黄酱、酸奶油、海盐、少许葡萄酒、很多很多鱼子酱，还有白洋葱，之所以用白洋葱就是因为听上去比普通洋葱高级，然后，我会把这堆乱七八糟的东西浇在热腾腾的荞麦薄饼上。"

亚米笑了起来。

我听见爸爸的声音从沙发那边传来："你身体怎么样啊，卡琳？"

　　"噢，谢谢，托马斯，很好。我想起来，我刚才只跟你打了个招呼，忘了问你身体怎么样了。"

　　"挺好的。"他回答，然后继续说道，"前几天我醒来，身体很糟糕，我产生了幻觉，以为自己在一艘宇宙飞船里，以为自己被外星人带走了。这时，你的妈妈可爱极了，她帮腔说，她不是外星人，但她感觉自己像个外星人。"所有的人都哈哈大笑，我趁机吻了一下卡琳的脖子。

　　"前菜里有葡萄酒吗？"卡琳问。

　　"别担心，葡萄酒已经煮开了。"我说完，在伯利耶身旁的沙发上坐了下来，恰好介入了一场对话之中。

　　伯利耶伸展着他两米长的身体，从钱包里拿出一张名片，递给爸爸。"只要他不再用小塑料瓶偷偷地带酒进酒吧，他就会一年比一年好。"

　　爸爸斜眼看了一下名片。"他是疯人院里所有人的楷模。"

　　"你们在说谁呢？"我问。

　　"你就不能安静一分钟吗？等我们说完再问。"爸爸说。

　　我站起身来回答道："当然。"我把头靠在卡琳肩上，然后混合了一杯格洛格酒。伯利耶朝我招手。

　　"什么事？"我又回到沙发旁，对他说。

　　他看着我。"汤姆，你有个超人爸爸，那么多手术、药物，然后，他现在坐在这里，看上去比以往任何时候都更加充满活力。"他冲爸爸点点头，"来吧，干一杯。"

　　"一成不变的伯利耶，这句话你说了多少年了？"爸爸问。

"很长时间了。"伯利耶说。

"应该有五十年了吧。"汉斯说。

"如果有谁是超人的话,那就是你,汉斯。"爸爸回答。

"他从事体力劳动,和我们这些脆弱的家伙不一样,我们这些人用放大镜做填字游戏的时候,他却在徒手撂倒公羊,给羊剪羊毛,还能扔干草捆。"伯利耶说。

"汉斯,你不会累吗?你马上就七十了。"爸爸问。

"我早早吃完饭,早早上床睡觉。"他回答。

"每天吗?"爸爸问。

汉斯用手指捻着浓密的八字胡。"动物都不休假的呀。"

爸爸把头向后靠过去。"我儿子像以往一样,混合了一盘不错的 CD。"

"像以往一样,猫王和乔治·琼斯少得可怜。"伯利耶补充道。

我坐在沙发上,喝干了格洛格酒。

爸爸把一只手按在额头上,集中注意力听音乐。"这首歌不错,该死的。"他说。伯利耶似乎感到不太舒服,因为爸爸接着说:"这是首有年头的福音歌曲,这些年很多人都录了翻唱版本,嗯,我们已经太老了。"

"《寂寞的山谷》(*Lonesome Valley*)。"我说。

"我从声音能辨识出来。"汉斯说。

"弗雷德·尼尔和文斯·马丁。和卡琳刚认识的时候,我给她放这首歌来着。我当时可以肯定,伴着这首歌,我们会搂在一起拥吻,可是她却不让。"我说。

"可能这首歌的歌词不太适合约会。"汉斯说。

"严肃点儿，汤姆。"伯利耶说着，像个老古董教员似的抬起食指。

"不管怎么说，最后还是成功了。"汉斯说。

"你该死的想什么呢？"爸爸说着，冲我摇摇头。

"一个人要是太喜欢一首歌，那他就只想自己伴着这首歌跳舞。"我回答。

"你高兴的时候会自己跳舞？"他问道。

"马尔姆，我们已经过时了。"汉斯说。

"我最近一次跳舞是和你一起，爸爸，在你60岁生日派对上，因为我妈没力气把你举起来。"我说。

伯利耶马上插话说："汤姆，你喜欢老歌真不错，可这是CD，让人没法接受，必须得黑胶唱片才行。"他来到爸爸的唱片收藏架前。二十世纪六七十年代的乡村音乐唱片立在一个好几米长的炭黑色实木书架上。伯利耶用他的一双大手拿出一张乔治·琼斯的唱片，吹掉上面的灰尘，把它放在唱片机上，这种感觉真的很独特。"没有什么比这感觉更好的了。"他说完，挺了挺背。

汉斯掸掉牛仔裤上的花生盐回答道："胡说八道，当然还可以更好，让我们干一杯吧。"

亚米从厨房喊道："碧瑟说，饭好了，换上皮雅芙或贝兹的唱片吧，我们这里没人想听那种刺耳的噪音。"

为了配合热菜，哈丽特特地摆上两个醒酒器，里面盛着西班牙红葡萄酒。桌子另外一端，亚米爽朗地大声笑着，弄得伯利耶高喊道："亚米，你既看不见，也听不见，可你的声音十里地以外就能听见了。"

亚米给了他一个飞吻。

伯利耶摇摇头，转身看着我。"你怎么不管管，怎么能让卡琳和这样的朋友在一起？"

"嗨，大家听着。"妈妈打断了谈话，"你们得帮帮我，牛排已经准备妥当，沙拉备好了，奶汁烤土豆也做好了，现在我正在做配菜的酱汁，我有没有遗漏什么？"

汉斯挽起袖子。"我并不想打扰女主人准备大餐，可是，我们是不是应该在杯子里盛点儿蛋黄酱？"

"什么，汉斯，杯子？"妈妈问道。

"对一个派对而言，从来都要准备不少于3升的蛋黄酱。"汉斯回答说。

"即使只有8个人参加的派对也是如此吗？"伯利耶正在和哈丽特交谈，一只耳朵听到了汉斯的评论。

"没错，其他的都是瞎掰，就是要好多蛋黄酱才对。"汉斯回答。

"也就是说，每人能分到将近半升蛋黄酱喽？"妈妈说。

"是啊。"汉斯回答。

"你一贯如此，汉斯。"伯利耶举起酒杯，声音低沉地说道，"你们那边，角落里喋喋不休的家伙们，亚米，没错，说你呢，安静一下，现在我想建议为主人夫妇干一杯，为汉斯干杯，这个老年之后去做农民的前律师，还有哈丽特，我们自己的画家，你们辗转来到斯德哥尔摩，不久就不得不回到梅丽莎岛的家中去，回到动物们身边，身处暴风雪中，绝对世界顶级的，五颗星。还有，汤姆和卡琳，你们居然来参加退休老人的聚会。"

"说的是你自己吧。"亚米喊道。

伯利耶的目光快速扫过餐桌旁的所有人。"卡琳，你不会让亚米把你拉低到她的层次吧？"

卡琳看着我。"我觉得，汤姆和我拉低了平均年龄，我们是不是让这次聚会变成中年人的聚会了？"

"你们嗡嗡地吵死了，能让我把祝酒词说完吗？"伯利耶说。

哈丽特喊道："继续，伯利耶。"

"谢谢，哈丽特，嗯，眼前会是极好的一年，有数不尽的豪华派对和数百万的彩票奖金，哦，不。"他突然停住不说了。他的眼睛瞪得大大的，红红的。"对了，我忘记了，汤姆的前菜，"他叹口气继续说道，"汤姆，四颗星，如果你没有把沙拉里的酒精都煮跑的话，你就能得五颗星。"他转身看着我的爸爸妈妈，说道："马尔姆，超人，碧瑟，女超人，自始至终六颗星。"

"我是整个《快报》第一个打出六颗星的人，这六颗星我给了格伦·海森。"爸爸说。

"马尔姆，那你可就错了，我这一辈子都在给你太太打六颗星。"伯利耶说。

"谢谢，伯利耶。"妈妈说。

"我们不干一杯吗？"汉斯问。

"好啊，汉斯，这是自上次林德弗斯讲述他小时候通过狼吞虎咽进食蛋糕慰藉自己以来，我听过的最混乱的讲话。"爸爸说。

一分钟后，妈妈坐了下来，饭菜都准备好了，妈妈请大家自便。就在这时，出现了一阵巨大的震动，最先从爸爸的脚跟开始，然后穿过他的全身，消失在了花白的寸头中。

"你感觉怎么样，托马斯？"卡琳问。

"糟糕透顶。"他回答道。

"托马斯，你要不要去躺一会儿？"妈妈正要站起身来。

"没事，该死，现在没事了。"他说完，喝了一口水。

"汤姆。"汉斯说。

"嗯，汉斯，除了3升蛋黄酱，你还想要点儿什么？"

汉斯用餐巾擦了擦小胡子，把餐巾放在餐桌上。"我一直在思考一个问题，你不是对文学感兴趣吗，《新年的钟声》是谁写的？"

"丁尼生。"我回答说。

"嗯，嗯。"他看上去若有所思。

"其实，去年有人问我这个问题来着，那时我的回答和现在一样肯定，但却答错了，瑞典版本谁写的，我记不得了。"我说。

"原著叫什么名字？"他问。

"《响吧，狂暴的钟》。"我回答。

"这个名字更好听。"他说。

"响吧，狂暴的钟，向着狂野的天空，向着乱云，向着寒光；这一年即将在今夜逝去。"我援引了几句。去卫生间的途中，汉斯拍了拍我的肩膀。

卡琳用切肉刀切了一块牛排，冲着我做了个尴尬的表情。我拿起她的盘子，去厨房把牛排煎透了。

"对不起，卡琳，有时候我就是没脑子。"妈妈说。

"哦，不，碧瑟，牛排其实没关系的。"卡琳回答。

"还是小心点儿好。"哈丽特说。

"嗯，我也这么觉得。"卡琳回答。

妈妈伸手去够装着小西红柿和橄榄的碗。我给卡琳服务的时候，她一直在观察我。等我重新坐回来的时候，她低声说："卡琳太可爱了，我刚才还跟哈丽特和亚米说呢，她有一种老式的优雅，你真是走运，能够遇到这么好的女孩。"

"也得需要点儿技巧吧，是不是？"我回答说。

"我想过孩子的名字，你觉得伊登怎么样？爱情和知识女神。"妈妈问。

"伊登？"

"没错，伊登，你不喜欢吗？"

"一个侏儒的女儿，又被巨人强暴了？"

"哦，不，你胡编乱造的吧？"妈妈惊呼道。

"是个好听的名字，谢谢妈妈，但我们还不知道是不是女孩。"

"卡琳觉得是，你就听她的吧。"妈妈回答。

我吃了几大口东西，说道："妈妈，你是我最爱的大厨。"

"真的吗？"她问。

"不过你的炖菜最好吃。"我又补充道。

"你是不是希望我做个炖小牛胫？"

我把椅子挪得离她近一点，问道："情况怎么样，妈妈？"

妈妈似乎知道我会问这个问题。"今天早晨，你爸爸说，他还想再活一阵子，他想看看自己的孙子。"

"妈妈，相信我，他会比我们所有人活得都长。"

"好孩子，你和伯利耶一样，太乐观了。嗯，现在我要打起精神，不再瞎担心了。"

狗将鼻子埋在尾巴下面。它在沙发上瑟瑟发抖。妈妈和卡琳一人一边，分坐在它两侧，抚摸着它硬邦邦的短毛。

"是汤姆选的它。"妈妈说。

"嗯，我知道。"卡琳回答。

"人老了，总是爱一件事反反复复说好多次。"妈妈说完看着我，补充道，"你还记得，你对那只猫有多嫉妒吗？"

"我以为你们在说狗呢。"我回答。

"布瑟是唯一一条没有迎上来打招呼的狗吧？"卡琳明知故问。

"对，我们来到弗莱明斯伯格的一位女士家，嗯，公寓整洁、漂亮，在大楼的最高层，一位高雅的女士，但看起来，她身上的衣服好像已经半年没有换过了。她对她的狗比对自己更上心。她推荐我们选那只迎上来打招呼的凯恩梗，否则它就会出问题的。哦，是吗，我们想。然后所有的小狗都跑过来了，它们中很多都已经许诺给了别人，哎呀，它们蹦得老高，嗷嗷嚷叫，它们真是可爱极了。但是，有一只狗，皮毛颜色不太对的小可怜，它还趴在一把椅子下面啃桌腿，那就是布瑟。没办法和汤姆协商，他就想要那只没人要的小狗。"

"如果是我，我也会选布瑟。"卡琳说着，拉过我的手。

妈妈亲了一下狗的鼻子对它说道："每年新年你都这样，是啊，你不喜欢烟花爆竹，嗯，你不喜欢，新年太讨厌了，一只老狗想要安安静静地待一会儿都不行。"

"你累吗，亲爱的？"卡琳看着我问道。

"你还想喝点儿苹果酒吗？"我问。

"我已经喝了4杯了。"她说。

"那里面的酒精含量少得可怜，没关系的，不过，你想喝点儿橙汁吗？"我问。

"好啊，谢谢。"我拿着橙汁回来的时候，她说："我父母问你好，我刚收到短信了。"

"是吗，好吧，太好了，谢谢，也替我问他们好。"我回答说。

"你说，他们和几个朋友在一起？"妈妈看着卡琳问道。

"嗯，他们每年都在同一个地方。"她回答。

"是啊，这我知道，人们总是在重复自己。"妈妈说。

伯利耶拿着一瓶罗塔里酒从厨房探出头来喊道："音乐声太小了，八卦丑闻太少了，连12点都还没到呢。"

卡琳站起来，拉平薄薄的、带有绿色叶子图案的黑色长裙。她把手放在肚子上。

"你感觉怎么样，卡琳？"妈妈问。

"很好。"她回答说。

我调高了音乐的音量，打开电视，调到斯堪森公园新年庆祝现场的直播，给卡琳拿来羽绒服。爸爸坐在阳台上的一把塑料椅子上，身上裹着一条厚厚的毛毯，他和亚米在抽白金万宝路。妈妈又叠了一条毯子，放在爸爸的腿上，然后急忙回去陪着大狗。

"你不冷吗，卡琳？"爸爸问。

"不冷。"卡琳回答说。

爸爸轻轻推了我一下。"去给卡琳拿条围巾来。"

我还没来得及回答，卡琳便说："谢谢，托马斯，这样其实很舒服，里面太吵了，让我浑身燥热。"

"又黑又冷，毫无盼头，简直就是冰河时代。"爸爸回答。

"你只需要再忍一小会儿就好了，马尔姆。"亚米说。

在猎人路上，站着零零星星几群人，手里拿着香槟酒瓶。在我们旁边房间的派对上，人们从敞开的窗户往室外吹彩带卷。

"有人有汉斯和哈丽特的消息吗？"爸爸问。

"妈妈刚收到短信，他们已经平安回到农场了，小路应该很难走。"我回答。

"在他们这个年龄，不应该再折腾一个农场了。"爸爸说。

"我同意你说的，马尔姆。"亚米说。

"听上去，他们过得很不错的样子。"卡琳说。

"他们都不年轻了。"爸爸说。

"汉斯工作太辛苦了，还有哈丽特的风湿性关节炎。唉，他们应该卖掉农场，搬到城里来住。"亚米说。

"他们似乎很喜欢乡下的生活呢。"卡琳指出。

"你说的一点儿都没错。"亚米说完，在阳台栏杆上掐灭了香烟。

　　我靠在卡琳身上，把嘴唇放在她的耳后。云层压得低低的，铅灰色的天空中，已经有五彩缤纷的颜色闪烁起来。空气中弥散着火药的味道。伯利耶来到阳台，咒骂了一句寒冷的天气，在覆盖着一层雪花的悬挂桌上斟了满满一杯酒。

第三部

● 过去的未曾过去

在一进门的脚垫上躺着两封信。一封是来自安斯基德坟墓维护公司的石材广告，上面承诺"质量保证，25 年石材经验"。在随信附上的小册子里，有各种墓碑石材的图片和价格——黑花岗岩：18 050 克朗；蓝晶石：19 500 克朗。另外一封信来自政府监护人监管机构，信上要求我申报"女孩，×××·拉格洛夫"的财产和债务。

我把信封放在书桌上，坐在床上，靠近利维亚的婴儿篮。她正在看一个挂着镜子与玩具青蛙的转动挂铃。它们在午后的阳光里一闪一闪的，日光从朝着丛林路的五扇窗子洒进房间，从法尔克朗茨箱包服务和维修店及陶罐制造人夏娃·雪格连的工作室上方透进来。

大床在我和利维亚从卡罗林斯卡医院返家之前就已经被我和卡琳的朋友们一起移到了起居室。卡琳以前睡在床的左侧。我那侧床头雪白的颜色已经被磨掉色了。我总是睡得很不安稳。以前的卧室被改造成丽勒摩尔和我妈妈的客房，她们两人轮流帮我在夜里照看利维亚。

我和卡琳的书桌中间摆放着一个白蜡木书架，书胡乱摆放其上。卡琳和我的大部分时光都是这样面对面度过的，我们隔着这个书架，写着自己的书。每个月底，我会高声读出账单上的光学字符识别码，卡琳把它们录入电脑，每到这时，我们就会为下个月的经济状况而痛苦不堪，为我们自己的人生选择懊悔不已，深感自责。支撑我们继续写下去的动力是有朝一日能够成为一对靠写作养活自己的诗人夫妇，某种西尔维亚·普拉斯和特德·休斯的幸福版本。

卡琳的书桌下方放着两个纸篓，里面装着被拒的稿件。她在怀孕几个月之后就已经完全停止写作了，耻骨联合分离症和极度疲惫令她灵感全无、灰心不已。一直到二月份，她都在文化宫做小时工，指导斯德哥尔摩的孩子们剪剪贴贴，画画，写字，唱歌，做游戏。在请病假之前，只要是能得到的工作，她几乎都会去干。晚上她基本是累瘫了的状态。上午她出去工作的时候，我很想念她，就连她坐在另外一个房间里看电视剧时，我都会想她——她扭动身体时办公椅发出的咯吱咯吱的声响，吃芝麻饼干发出的嘎巴嘎巴的声音，她思考时发出的轻微鼻息声，拉开又关上的抽屉，毫无征兆就开始运行的喷墨打印机，转笔刀里吱吱摩擦的铅笔，她打字时克制的手指与同样克制的叹息。

我看着利维亚，她睡着了。我把婴儿篮推进厨房，站在橱柜下的梯凳上，继续收拾厨房。在调料架的最下面一层，我发现了一把小钥匙，还没有小拇指的指甲盖大，它太小了，挂在百洁布上摘不下来。我以前从没见过这把钥匙。它太小了，不会是卡琳在健身俱乐部挂锁的钥匙。我把它放在一个铁盒里，与曲别针、橡皮筋一起放进了我书桌抽屉的最里面。橱柜里的大多数东西我都扔进了黑色的垃圾袋：南瓜子、黑藜麦、苹果粉与肉桂粉、葡萄干、爆米花、泡打粉、番茄酱与白豌豆罐头、可可粉、香草糖、核桃仁、杏干，有些保质期居然可以追溯到 2003 年。在研磨胡椒的小罐子旁有一罐草本调味盐，瓶子几乎空了。早晨吃鸡蛋时，我更喜欢放雪片盐或者卡勒鱼子酱，可卡琳不是，她没有一个早晨不用中指敲敲草本盐的小罐子，分出一小份盐来。那声音听起来有点儿像"嗒，嗒嗒嗒"或者莫尔斯电码的 B——一长两短。绿色的标签上，卡琳放置手指的地方，有一块小小的白色的磨损。我把这个盐罐装进一个透明袋子里，用胶带封好，把它放进一个塑料容器。在那里，保存着所有我认为重要之物。

政府监护人监管局的编号写在信件的最上端。工作人员，一个略带鼻音、声音冰冷的男人听着我的讲述，然后打断了我："孩子的身份号码是多少？"

他的语调弄得我开始有点儿结巴起来，我不得不在厚厚一摞材料中翻找，以免说错孩子的身份号码。

"嗯，我们来看一下。"他说。他在认真阅读相关材料，至少给我的印象是这样的。

"她是个婴儿，还不满 4 周，她没有债务，也没有财产。"我说。

"等一下。"他说。他开始嘟嘟囔囔，嘴里振振有词。"女孩，×××·拉格洛夫，这里写着，孩子到现在还没有名字吗？"他说。

"她当然有名字，她是我女儿，她叫利维亚。"我回答说。

"名字是否已经在税务局注册登记了？"他问。

"是的，我觉得是。"

"你觉得？"

"很显然还没有注册登记过，对吗？"我说。

"我不怀疑你说的话，但我们必须从我们现有的信息出发，我在这里能看到的就是，孩子的母亲过世了。"他突然停下不说话了，然后低声补充道，"孩子的监护地址是丛林路46号，没有别的了，所以我必须得联系税务局。"

"可我为什么要申报她的财产和债务呢？"我问。

"孩子应该是登记在你名下的吧？"

"你开玩笑呢？这不是真的吧，我必须为一个才刚刚4周大，既没有财产也没有债务的婴儿申报财产和债务？"

"她没有继承什么吗？"他问道。

"夫妻共同财产分割还没有开始呢，好吗？"我指出。

"那你也要就此进行申报，正如我说过的，我是以我们现有的信息为出发点的。"

"这太荒唐了，实话实说，你没听出有什么问题吗？"我说。

"这就是我们现有的信息。"他说。

"然后，我要向监护人监管局申报'女孩，×××·拉格洛夫'的财产和债务？"

"对，手续就是这样的。"他回答说。

"你不觉得这听起来很白痴吗？"我问。

"我们的职责就是维护孩子的利益，这也是我们努力在做的。"

"是吗？"

"是的。"他回答。

"你现在说的是我的孩子，好吗？"

"我知道，这听起来有点儿官方，但我在这里能看到的就是，孩子的登记地址和你是同一个，丛林路 46 号，这就是我们掌握的信息。我们的职责是，根据我们掌握的信息，确保孩子的经济和司法利益不受侵犯，因此你必须申报财产和债务。"

"现在的情况是，我没钱支付房租，我得不到父母补助金，因为据说我没有孩子。而我不能工作，因为事实上我有一个孩子。"

"对此我没什么可说的。"他回答。

"我想问的是，你觉得监护人监管局在这种复杂的情形下能帮到我的孩子吗？"

"这我回答不了。"他回答说。

"你回答不了？"

"我从我们现在掌握的信息出发。"他说。

"所以，利维亚没有父母？"

"你怎么没明白呢，没人质疑你，你只是必须申报孩子的财产和债务，只需要这样。"

"你自己有孩子吗？"我问。

"无可奉告。"

"你读过卡夫卡吗？"

"我觉得，你应该致电税务局，我这里没有什么可以帮到你的了。"他说。

*

在我的东芝笔记本电脑里的照片上，卡琳与几名我们读大学创意写作班课程时的同学站在一起，她似乎在听他们谈话。这是我给她拍的第一张照片。我右键点击照片"属性"，可以看到"创建时间2002年10月13日，13：04：38"的信息。那是十年前，几乎是我生命的三分之一。卡琳当时后腰不太好，手臂垂在身体两侧，身姿柔软，没有一丁点的冰冷、僵硬。她身上白瓷土色的套头衫上有一朵大红色康乃馨的图案。我对颜色十拿九稳，非常自信。早在那个冬天，我就在斯维亚路上一个创意艺术商店店员的帮助下，开始寻找那些颜色了。我喜欢颜色的名称——塞浦路斯赭石、基础深紫红、焦土橙黄。如果卡琳在校园里与我擦身而过或在教室里坐在我前面，我只需快速扫上一眼卡琳的套头衫，就会认出它的素色。我觉得，那种颜色是在我闭上眼睛或透过紧闭的双眼盯着我胡丁厄公寓天花板上明晃晃的灯管时所看到的颜色。在日记里，我把这种颜色称为卡琳红。

在大学侧翼建筑的连接通道里，卡琳走在我前面。一侧是布告通知栏和一扇扇通往阶梯教室及学术报告厅的大门，另一侧是面向北动物园岛的窗子。她手里拿着一块巧克力，咀嚼的声音和脚步声一样悄无声息。她在一个垃圾箱旁停下来，清理背包，扔掉小票、折叠的广告宣传单和蛋糕托。我来到她身边，询问她是否要去坐地铁。

"汤姆。"她惊叫了一声，然后继续说道，"是的，没错。"卡琳每次从包里拿什么东西出来——润喉糖、电话、润唇膏、日历等，都必须停下来。"你赶时间吗？"她问。

"哦，不，对不起。"我回答。通往站台的扶梯长长的，坡度很陡，我们站在扶梯上，我询问卡琳一项学校的作业——西尔维娅·普拉斯一首诗的翻译。列车进站的刹车声尖利而刺耳，这使得我不得不重复了几遍我的问题。

她回答说，她住在白铁皮塔公园以北。这次交谈变成了一次混乱的对话，最后导致我们约好，或者我以为我们约好晚上电话联系。在誓言路的家中，我一边吃速成通心粉配咖喱番茄酱，一边看写作课程的学员名单——姓名、电话号码、家庭住址和出生年月日。卡琳今年25岁。当晚，我给她打了3次电话。她没有接听。

第二天早晨，我收到她的短信：*嗨，汤姆，你找我吗，我们到底约好干什么来着？*

我们周末在奥登路的一个酒吧见面时，卡琳还带了一位朋友。海莲娜和卡琳一样高，但更苗条纤瘦，一位金发女郎，年轻版的乔伊斯·卡罗尔·欧茨。她已经在《00后》杂志上发表了几首诗。卡琳向她介绍我，说我们在读同一个写作课程。海莲娜对卡琳在写诗感到很吃惊。"神秘的卡琳。"她说。海莲娜穿着时髦，短短的百褶裙，精致柔和的上衣，一条银质细项链。打底裤上装饰着彩色条纹。手包是奢侈品牌。卡琳说，海莲娜和一只无毛猫一起住在雷恩路。

我和卡琳要了桶装啤酒。海莲娜一边喝白葡萄酒，一边用余光瞄着那些穿着昂贵西装，身材高大，黑头发、黑眼睛的男人，那些人至少比我老20岁。她很内向，寡言少语，看上去好像被沉重的思想包裹着。我说话时，她皱着眉头。她的回答有些伤人。

和她相比，卡琳太普通了。她们一起站在马蹄形的吧台前，这时，我能看到她们的臀部，卡琳的看上去有些笨拙。海莲娜是世俗眼光中的魅力女孩，她有一个我希望能伏在上面的身体。海莲娜说她有点儿不舒服，要打车回家。我有些失望。

只剩下我和卡琳在吧台旁。卡琳很聪明，很周到，就像在课上一样，但我此时已经没有多少兴趣留下来和她在一起了。尽管如此，最后还是卡琳首先从钩子上取下背包说道："现在我已经哈欠连天了，我们周一在学校见吧？"

卡琳住在垂钓者路 9 号，公寓的居住面积并不比我在胡丁厄的单人间更大。一间很漂亮的公寓，比我的更温馨、更整洁、气味更香甜、天花板更高、内部装饰也更令人愉悦。卡琳承诺对我写的诗进行评价，一种比课堂研讨更私人化的阅读与评论——是我自己非要送上门的。卡琳坐在床上，斜靠着墙壁。我扔开一个大的装饰靠垫，坐在沙发上，就是现在我们丛林路家中那张斯德哥尔摩白色牛仔布沙发。我们中间有一张餐桌，上面铺着玛丽梅科桌布，还有一瓶我带来的廉价的加利福尼亚红酒。只有我一个人喝酒，卡琳更喜欢绿茶。

一开始，她读得很慢，然后就快了起来，但不是从左到右阅读，而是从右到左、从下往上。她屏住呼吸，把刚刚看完的诗作放在最下面，然后从上面再拿起一张新的。卡琳在写作课上并不经常发表自己的观点，但她对于我和其他人的文章为数不多的评判都非常敏锐。她令我意识到，我自以为是一个优秀的诗人，但事实可能并非如此，这点燃了我的激情，对我也是种挑衅。

"写得不错。"她说着把纸张收拢在一起，眯着眼看着前方。

"不错？"我脱口而出。

"嗯，不错。"她回答。

"我讨厌不错。"我说。

"好吧，写得很好。"

"看起来可不像你觉得很好的样子。"我指出。

"那我应该看上去什么样子呢？"

"我能意识到。"我回答。

"是吗。"她看着地板低声地说。

"不过说实话，你现在的样子看上去就像是在臭鲱鱼派对上说气味闻起来好极了，是不是？我可不瞎。"我说。

她轻声笑了笑。"写得很好，汤姆，我只在几句话下面画了线，我觉得这几句话你可以再斟酌一下，只是一些细节。"

我拿过那沓诗稿，坐下来。

"你和诗中的那个女孩子在一起多久？"

"艾莉，将近五年，怎么了？"

"随便问问。"她说。

卡琳的铅笔标记和画线部分写下的建议弯弯曲曲的，细得像烧断了的灯丝。我把诗放进背包。

"你写她过世的爸爸那部分感情浓烈。"她说。

"好吧，谢谢。"

她摇晃着短袜里的脚趾。"为什么分手呢？"她问。

"我们逐渐淡了，或者，我不知道，我搬到了斯德哥尔摩，而她留在了乌普萨拉。"

"你们在乌普萨拉读书？"

"是，没错。"我回答。

"你是不是最怀念她长长的睫毛？"

"不是，我不知道。"

"读你的诗很容易让人产生这种感觉。"她说。

"好吧。"

"我想，也许你们的关系中还有什么更特殊的细节，更私密一些的细节。"

"睫毛不私密吗？"我问。我感到自己表情不自然起来，我忍不住要打哈欠，眼皮也越来越沉。

"这可能让人觉得有点儿老套，是不是？"她问道。

我把背包拿到大厅，站在她面前。

她看着我问道："你没有失望吧？我希望你没有。"

"别再管那些垃圾诗了。"我回答。

写作课程开始的第一周就有传言说卡琳是大文豪塞尔玛·拉格洛夫的亲属，她在20世纪90年代是《娱乐导航》的主编和戏剧评论员。我提到了这个传言，她回答说，她厌倦了报业。我对她与塞尔玛亲属关系的好奇，似乎只令她感到荒谬。我还是继续问下去。薪水？影响力？我想知道她为什么会在21岁时离开新闻界。她捂着嘴打了个哈欠，站起来，撇了撇嘴。尽管她眯着眼睛，但给人的感觉还是无比友善、真诚、有安全感。我把喝干了的红酒杯放进洗碗池。她看了一眼床头柜上的时钟。

"你们整晚都在谈论卢米埃兄弟吗？"我问道。

"什么？现在我不明白你说什么了。"

"我听说，你正在和一个影评人约会。"

"哦？"

"我只是听说而已，班上有个人这么说的。"我说。

"哦？"

"瑞典国家电视台，高个、很有名气、黑头发、眼睛周围都是皱纹，40 到 90 岁之间，尖鼻子，像条长嘴颌针鱼似的？"

"噢，天哪。"她惊呼道。

"他是从养老院逃出来找你的吧？"我问。

"汤姆？"

"敏感话题？"

"不是。"她回答。

"所以说，你和他见面了？"

"你真是精力充沛呀。"她说着，用鹰一般的眼睛盯着我。

"对不起，我忍不住要问，这和我确实没有任何关系，对不起。"我说着，把脚跟扭进鞋子里，戴上分指手套，"好吧，我们周二见。"

她拦住我。"汤姆，谢谢你让我看你的诗，我觉得诗写得很好。"

"该道谢的人是我，哦，不，我知道，你觉得那些诗写得并不好，我应该成为瑞典电视台的影评人才对，不管怎么说，我都会成熟、会变老的。嗯，没错。我们回头见。"

"好吧，再见，汤姆。"她微笑着关上门。

垂钓者路、环路，我继续沿着约塔路向前走，穿过公民广场，经过波菲尔半圆形住宅楼，向着火车站走去。我没办法不去想卡琳在客厅里喊我名字时的声音，她的辅音发音很快，元音拖得很长，听上去就像是一声叹息。最后一班开往南泰利耶的火车，用了 15 分钟时间，穿越那片总是令我沮丧不已的土地——简陋的公寓楼、联排别墅、独栋别墅，以及高速公路。铁路和 226 省道并行，轨道路基的两侧竖起延绵数公里的隔音墙，就算季节变换，车窗外的景色也不会有丝毫变化。那外面总有一种氛围，能够让我感到身体被掏空，却没有丝毫轻快的感觉。

胡丁厄城区中心最高的建筑顶端赫然立着一个巨大的 H 形广告牌，横着的是一颗蓝色的心，在黑暗中闪闪发光，从几十公里以外就能看到。一看到这栋 16 层高的怪物，我就渴望回到南马尔姆岛去，渴望白山、天拓丛林公园、布兰教堂路那些小巧的艺术家公寓，渴望建筑物上装饰的铁锚、长岛路上的麦克 CD& 黑胶商店、鹅卵石、鹈鹕啤酒屋、夜晚还营业的小卖部、棕熊花园旁戴着苏联老兵帽子的街头艺人，还有玛丽亚广场乌烟瘴气的二手书店。在胡丁厄，晚上十点之后，整个城区都是空荡荡的，寂静无声，只能听到 226 省道上一辆辆汽车不时地呼啸而过。

护士来自医院下属高级居家医疗儿童保健中心，每周上门一次。"怎么样啊？"她边问，边在门厅里取下背包。她上一次站在门口也是这么问的。她有一头卷曲的短发，戴着四方框的眼镜，眼神飘忽不定。她身后的男人换下运动鞋之前不自觉地晃了晃脖子。"这是安德里亚斯·休恩，我们的主治医生。"她说。

他和我握手。"我们在新生儿科匆匆见过一面。"

"对，我记得。"其实我并不记得，但我还是这样回答道。

他低头看着睡在婴儿背带里的利维亚。"噢，看啊，我们的小姑娘在这儿呢。"他说完，手里拎着背包进了房间。他额头高高的，剃得干干净净的脑壳令他一双鼓出来的鱼眼更为凸出，我没办法不盯着那双眼睛看。"你们要搬家吗？"他打量着客厅里一个个黑色垃圾袋问道。

"不是，我打扫卫生呢，这些都是要扔的东西。"我回答。

"我们可以坐下来聊聊吗？"他问。

"当然，当然，请坐。"我指着沙发说。

护士和休恩坐了下来。他们给手上涂上消毒液。我拿来一把餐椅。我一坐下来，利维亚就醒了。休恩解释说，他跟着一起过来是要听听孩子的心脏，然后想跟我讲讲在北欧的黑暗冬天里补充维生素 D 的重要性。"每天五滴，一直到孩子两岁，但我觉得，你此后仍然可以继续给孩子服用，在芬兰，建议人们补充维生素 D 一直到 18 岁。"

"我现在每天给她服用五滴。"我说。

他点点头，我正在用一根手指逗弄利维亚的小手，他盯着我看了一会儿。"我看，你已经渐渐适应了，在新生儿科的时候，你扮演起爸爸这个角色可没有现在这么从容自信。"

"这也许并不奇怪。"护士插话说。

"我也没有别的选择呀。"我回答。

休恩转过身看着护士说:"我有一个三十岁左右的患者,他一开始情况非常糟糕,一年之后,他对我说,他愿意为了自己的孩子站在一列迎面驶来的火车前。"

"我只想说,我之所以适应了,是因为我现在一个人。"我说。

"生活永远都不会像人们所预想的那样。"他回答说,然后他向利维亚伸出双臂,"让我们在小姑娘睡着之前来听听她好吗?"他接过利维亚,把她放在一条腿上,他用舌头抵到上牙膛,嘴里发出逗弄孩子的哒哒声。他双手用力按压利维亚的肚子和脖子,来感觉一下是否有问题,然后他突然拍手。利维亚发出尖叫声。"你看到了吗?"他喊道。

"嗯,看到了,她害怕了。"我说。

"这是惊跳反射,始于人类祖先还在树上生活的时期,幼崽遇到紧急情况会紧紧抓住妈妈,避免坠落或者摔死。"他说。

"好吧,我知道了。"我回答。

他用一根手指挠了一下利维亚的右脚心。她所有的脚趾都随之张开。"这是皮—肌反射。"他说完,观察利维亚的眼睛,他用一根手指在利维亚面前挥了一下,"你有安抚奶嘴吗?"

"有。"我回答。

"能拿过来一下吗?"

我探身从利维亚的婴儿篮里拿起奶嘴,递给医生。他把奶嘴给利维亚,然后笑了起来。"可以考虑生产固定在墙上的奶嘴,如果不知道把孩子放在哪儿合适，那就可以把他们挂在墙上，孩子会因为吮吸反射而待在那里。"

护士觉得他很有趣。

"嗯，这真是太酷了。"他继续说道，"在碰到滚烫的电磁炉时，我们会在几分之一秒的时间里把手缩回来；如果有东西突然袭击我们，我们就会眨眼或闭眼。这太酷了，如果这一类自主神经反射不起作用，那就表明有什么地方不对了。但是这个小姑娘没有任何问题，她发育良好。"他朝护士使了个眼色，护士立刻站起来。他从背包里取出听诊器，挂在耳朵上戴好。护士稳住利维亚的头。他让听诊头缓慢地滑过利维亚光溜溜的身体。"没问题，听上去挺好的。"他最后说道，把利维亚递给了护士。他将听诊器收进背包里，把老花镜架在鼻子上。"我听说，你对你女儿的心脏有些担心，新生儿科的医生应该跟你讲过动脉导管的情况吧？"

"是，他说过。"我回答。

"现在，心脏听不到任何不正常的声音，但孩子很快就会被转诊到卡罗林斯卡医院，那里的医生会做进一步的详细检查，动脉导管没有闭合的问题应该会自然消失。"说完这些，他侧耳倾听着窗外的声音，从高坡教堂传来的钟声。"我也住在一个教堂附近。"

"在城里？"我问。

"利丁岛。"他回答。

"利丁岛教堂？"我问。

"你知道那个教堂？"

"利维亚的妈妈会葬在那里。"

"哦，是吗，那是座古老的教堂，很漂亮。"他冲着护士抬了下眉毛，"我这里都已经检查完了。"

在客厅的五斗柜上放着一个台秤，是居家儿童保健中心借给我用的。它让我想起菜市场里卖肉的秤。我要每隔一天给利维亚称体重，然后把重量记录在一张黄色的健康卡片上。我已经很不情愿地给她称过多次了。

护士拿掉利维亚的尿布，把她放在秤上。利维亚哭喊起来。"马上就好了，小宝贝。"护士说着把一只手放在利维亚的腿上，然后松开，记录显示屏上的数字，"3.5 千克多一点点。"

休恩在看手机，他抬起头来问道："她出生时体重多少？"

"2.5 千克。"我回答。

他把手机装回牛仔裤口袋。"她应该有五到六周的年龄差，不是吗？"

"七周。"护士回答。

"体重增加很不错，你现在给她喝多少奶粉？"他问。

"每次 80 毫升，我看我必须得增加一些了，她半夜总是哭哭啼啼的。"我回答。

"先增加到 90 或者 100 毫升，如果孩子不想喝了，自然会剩下。"他说。

护士给利维亚测量身高的时候，我抓着利维亚的腿。"53。"她说完抱着利维亚坐在沙发上。她在我的健康卡片上做好记录，然后给利维亚测量头围。"不知道你还有什么问题没有？或者你今后是否有什么特殊需求？"我给利维亚换上新尿布时，护士问道。

"应该没有。"我回答。

"没有吗？"

"我也许对带孩子出门这件事感到有点焦虑，我还是非常希望能够在这方面获得一些帮助的，不知道能否有人陪我出门一次，我还从来没有试过自己推着婴儿车带孩子出门呢。"我说。

"这我应该可以帮你。"护士回答。

我把利维亚放进婴儿背带固定好，送他们到门口。"葬礼就快到了，那时我必须带她出门。"

"哪天葬礼？"休恩问道。

"下周五。"我回答。

"你会发现，孩子其实对待死亡比较麻木，我的孩子就在我妈妈的坟墓前跳舞，毫不夸张。"休恩说。

护士盯着他看，想要和他对视，然后她蹲下来，从背包里取出一个浅蓝色的塑料袋，那种塑料袋在新生儿科被用来装废弃的尿布和湿纸巾。"汤姆，这是你忘在卡罗林斯卡医院的东西，你看看对吗？"她问。

"应该是对的，谢谢。"我回答说，我不敢往塑料袋里面看，把袋子直接挂到了衣帽架上，不小心拽下来一个自行车夜行灯和一大沓广告。我蹲下来。在一大堆免费报纸和比萨快餐的广告中，我看到一张来自橡树园妇产中心的通知单，上面的日期是 2012 年 2 月 23 日，标题是"父母见面会，4 月 2 日"。

护士和休恩已经站在楼梯间里了。"好吧，汤姆，有什么事尽管给我们打电话。"

"非常感谢。"我回答。

"那我们回头电话联系外出散步的时间。"她补充说。

"好极了，谢谢。"

休恩冲着我咧嘴笑了起来。"散步也许是你妈妈或岳母应该帮你的。我们高级居家医疗儿童保健中心负责与医疗有关的儿童保健，不过可以从简单的做起，先出门绕着这栋楼转一圈。"

尼尔斯·亚德斯坦说话时带着挪威口音。我以前曾经和他交谈过多次，却从未察觉到这一点。他给我打电话说，我在葬礼上想要亲吻卡琳的愿望无法实现。我只见过他一次，那时我与丽勒摩尔和斯文一起到斯维亚路上的"火"丧葬公司。他长着一张刻板的木头脸，难以确定年龄，五十，也很有可能六十多了。

"为什么不行？"我问。

"就是不行，汤姆。"

"为什么？"

"汤姆，我只是个传信的，你得去问卡罗林斯卡医院，病理科。"

"病理科？"

"对，停尸房就在病理科。"

"我以为，这个难道不是你们和主祭人决定的吗？"

"汤姆，我和病理医生谈过了，他们说不行，我也无能为力，如果你想要一个解释，那你就得去问他们，我不知道他们为什么说不行。"

"这件事并不是由卡罗林斯卡决定的吧？"

"稍等，汤姆，我去拿一下电话号码。"

丽勒摩尔表现得像一位不请自来的客人，她不知是坐下好，还是站着好；不知是说话好，还是不说话好。她穿着宽大的裤子和瓦姆陵牌的长毛绒套头衫，披一条亮闪闪的披肩。从她身上飘来浓重的香水味。

斯文半小时后才到，差点被门槛绊倒。他双臂举在胸前，冲着我做出拒绝的动作。"我保持距离，我就不和你打招呼了，我感冒了，不想传染给你。"他穿着短靴走了进来，又差点在鞋架旁被绊倒。

"斯文！"丽勒摩尔不满地叫道。

他一下子停住，转过身来。丽勒摩尔摇摇头，指着他的短靴。他低头看看脚上的鞋，然后又看看我。"不好意思。"他说。

"没事，斯文。"我回答。

他脱掉鞋，重新走进公寓，嘴里嘟囔着什么。他打开客厅左手边第一扇门，向一个小储藏间里迈了一步，然后转过身来，清了清嗓子。他又打开第二扇，往里面看了一眼说道："嗯，马桶在这儿呢。"

丽勒摩尔在沙发上坐下来。这是她进门以后第三次往手上擦免洗消毒凝胶了，她的提包里随身携带着一小瓶。"利维亚在哪儿呢？"她问。

"这儿呢。"我边回答，边把篮子拉到沙发旁。

丽勒摩尔伸着脖子往下看，她惨白的、几乎僵硬石化的脸裂开来，有了一点点颜色。

在厨房里，我准备好了咖啡和玛丽饼干，放在一个托盘里。斯文从卫生间出来，背着手站在沙发旁。他看了利维亚一会儿，在距离她尽可能远的地方坐下来。"我还是保持一段距离吧，这样比较好。"

丽勒摩尔带了两纸袋童装。"我们收到很多衣服，特别是尤娜给了好多。"她说着，把每一件衣服都拿出来展示一下，"如果你不想要的话，我可以退还给他们，这也没什么奇怪的，不过衣服都挺可爱的。"

"谢谢，只是我已经收到太多太多衣服了，这里就有三大袋子。所有人都给我寄来衣服，我甚至还来不及打开看，便会收到短信，询问我衣服是否收到了。"

"嗯，那是当然。"她说。

"衣服总是不嫌多的，放在这儿吧，谢谢，丽勒摩尔。"我说。

"你该谢谢尤娜。"她继续说道，"我想，你用婴儿车推着利维亚出门的时候，她最好能有一件连体服。"

"当然，谢谢。"我说。

"你要加牛奶吗，亲爱的？"斯文问道，他身子探在小茶几前。

丽勒摩尔撇了撇嘴，长叹一声问道："我们结婚多长时间了？"

斯文笑了起来，回应她："亲爱的。"

丽勒摩尔看着我说："我从来不在咖啡里加奶，但斯文从来都要在咖啡里加奶。"

"我知道，不过我这里也没有牛奶，要加的话只有奶粉。"我说。

"不用了，谢谢。"

"开个玩笑，斯文。"我说。

"没事。"他回答。

丽勒摩尔把衣服收回纸袋里。她带来了《每日新闻》报。她在用便笺标记过的地方把报纸打开，问道："你看到这个了吗？嗯，你肯定看到了，不过你看过报上写了些什么吗？"

"没有，我还没看，但妈妈把这个给我保留下来了。我现在还无法去看它。"我回答说。

"非常理解。"她说，"讣告的外观我们上周在丧葬公司已经达成共识了。讣告最上端我们决定用雨燕的剪影图。"

夏季的时候，在斯文和丽勒摩尔位于高特兰岛的别墅的屋檐下，去年的雏燕会回来筑巢，而且是在同一片屋檐下。我和卡琳自 2004 年以来就在那里过暑假了。卡琳和雨燕之间没有什么奇怪的联系，她只是喜欢雨燕的雏鸟发出的哔哔声，而且对成年雨燕由风儿托起睡在半空中这件事感到着迷。

丽勒摩尔拿出一个记事本，放在茶几上，头也不抬地问道："我们可以确定第 5 区 64 号地了吗？"

斯文从衬衫上掸掉饼干屑，连连道歉，想要用手指把每一块小饼干渣都从地板上捡起来，他的手看起来像螃蟹爪子似的。

"别管了，斯文，我回头用吸尘器吸。"我说完转身看着丽勒摩尔，"我们上次应该已经定好了吧？"

"我只是想确认一下。"她说。

"没问题。"斯文说。

墓碑将选用高特兰岛的石灰石，面向草坪和教堂湾。一开始，我和丽勒摩尔选的是第4区的350号地，旁边是一位女艺术家的墓地，立着一块磨盘石墓碑，位置在碎石小径旁。第二天我们就后悔了。我来到教堂墓园接待处，表示我们想换到第5区64号地，原因是350号旁奢华的石头太多了，而且艺术家的亲属们侵占了规定的120厘米边长以外的空间，况且我们也没有精力为那些侵占空间的羊齿草再去面对冲突了。第5区64号地位于小山坡上一排排精巧的碑石最中间的一排。那个地方终日沐浴在阳光中。细心整理过的碎石子路旁种着成列的枫树和橡树，还有绣线菊、栒子木和樱桃树，海湾停泊的船只的桅杆尽收眼底。

"暂时先在那里立一块木板。"斯文说。

"墓碑什么时候做好？"我问。

"夏天，他们是这么说的，他们必须先去开采石头，然后再去雕刻。"他说。

"应该也不着急吧。"我说。

"不急，应该不急。"他说着看了一眼丽勒摩尔。

"如果能在夏天之前完工就好了，给人感觉，好像这件事会拖很久似的。我希望在我们去高特兰岛之前，墓碑能做好。"她说。

"是啊，亲爱的。"斯文说。

"木板太恐怖了。"她又接着说。

"我倒不这么认为。"斯文回答。

丽勒摩尔用笔尖画过记事本，说道："好，不过我们是不是还能达成共识，不使用棺材盖布。"

"棺材本身就很漂亮。"斯文回答说。

"我在问汤姆。"她说。

"哦，不好意思。"他说。

"你和我之间已经谈过这件事了。"她说。

"是的，亲爱的。"他说。

她咳嗽起来，把脸埋在肘弯里喘着粗气，最后说道："对不起，我嗓子里进了个东西。嗯，我也许比较奇怪，我总是会忍不住去想，棺材上盖着一块厚布，里面会很热的。"

"那就不用棺材盖布。"我回答。

"太好了。还有，教堂播放的音乐你有什么想法？"她问。

"我没有什么特别的愿望，你们从网上发给我的那几段赞美诗和音乐都挺好的，但是，我翻看了卡琳的电脑，她最近一年听得最多的一首歌是《你在我身旁》（*Bist du bei mir*）。"

"是吗？"丽勒摩尔惊讶地说。

"从电脑里可以看出来吗？"斯文问道。

"是的，有数据，她的电脑里存着音乐，要是能放一段她怀孕时特别喜欢听的歌就好了。"

"可以听听那首歌吗？我并不想表示反对，只是想先听听看。"斯文说。

"当然可以，我去拿电脑。"我回答说，然后，我把卡琳的笔记本和外接音箱连在一起，"我看到评论说，这首歌在婚礼和葬礼上都很受欢迎。"这一版是海妮斯唱的：你在我身旁，我会欣然走向死亡，走向安息之地。

斯文拍拍丽勒摩尔的手臂。她站起来，猛地摇了摇头。她走到门厅去，背对着我们，从她手臂的姿势来看，她像是将手腕抵在嘴唇上。斯文已经准备要站起来去她身边了，这时，她说："我一直在想卡琳的那些首饰。"斯文又靠回沙发上。她从上衣口袋里拿出一张皱皱巴巴的面巾纸，重新坐回来。"一部分首饰是我们给她的，还有一部分是她外婆给的。"她说完，看了一眼音箱，继续说道，"歌曲很美，卡琳的品味不错。"她用手绢抵住上嘴唇，"就我所知，卡琳从她外婆那里得到了一只镶嵌孔雀石的银戒指。"

"等利维亚长大了戴上它一定很漂亮。"我回答说。

"丽勒摩尔肯定只是想借用一下那些首饰。"斯文说。

丽勒摩尔插话说："没错，我不会拿走的，这些首饰都是利维亚的。我想，如果我能把这些首饰的渊源记载下来，应该是件好事，类似这种信息会令人感兴趣吧。首饰太容易丢失了，这些首饰中有几件价值不菲。"

"卡琳的首饰盒在衣柜里，我还没来得及看呢，有些首饰是我买给她的。"我回答。

"我考虑的主要是那些她继承的。"丽勒摩尔说。

"你想让我现在给你拿过来，对吗？"我回答。

"汤姆，你现在播放的歌曲叫什么名字？"斯文打断说。他看着我，也看着丽勒摩尔，带着一种我曾从卡琳身上感知到的熟悉的平静。

"《你在我身旁》，主要是卡琳喜欢海妮斯的嗓音。"我回答说。

"是一首很动听的歌曲。"斯文说。

税务局的女官员声音穿透力极强。她的每句话之间都夹杂着嗡嗡的嘈杂声。"我没法对监护人监管局的函件负责，他们一定是在名字还没有注册前就已经把函件写好了。"

"他们称我的女儿为'女孩，×××·拉格洛夫'。"我指出。

"我对他们的操作规程一无所知，在登记注册信息数据库里，她注册名为利维亚·卡琳·拉格洛夫。"她回答。

"监护人监管局说，他们是以你们的信息为依据的？"

"是的，我认为是这样的。"

"我希望，我太太的名字和姓氏都作为我女儿的中间名，卡琳·拉格洛夫要包含在我女儿的名字里，利维亚·卡琳·拉格洛夫·马尔姆奎斯特。"

"这里只有马尔姆奎斯特被否决了。"她说。

"可是为什么？"

"这里写着 a. p. 呢。"

"好吧，可这是什么意思？"我问道。

"她被安置在其他人名下。"

"我不明白。"我说。

"这意味着，她被寄养安置了。"

"我是利维亚的爸爸啊？"

"你们没结婚吧？"

"每次我和有关部门或者银行打交道，他们都会看到我女儿和我不是一个姓氏，于是我就必须解释，我没精力再解释了。"

"你们没结婚，这是我能给你的唯一解释。你们没结婚，情况就会是这样，假如你还没有新生儿父亲身份证明的话。你们应该没开具过这种证明吧？"

"这种证明通常不是在孩子出生后寄出的吗？"我问道。

"你也可以要求此前就开具一个这样的证明。"她解释说。

"我在卡罗林斯卡医院做过一个DNA鉴定，我是孩子的爸爸，我和卡琳在一起生活了十年，此后利维亚一直都由我照顾，难道这些还不够吗？"

"还需要一份你是孩子父亲的法庭判决书。"她回答。

"我排队等这个电话接通等了30分钟，这就是你们税务局要说的吗？"

"年轻人，我没有办法让时光倒流，帮助你搞到一个新生儿父亲身份证明。"

"那你能做什么？"

"别急，稍等一下，让我把话说完。医院会向我们申报一个孩子的出生，我们给这个孩子注册登记，给孩子一个身份号码，然后我们把孩子的姓名登记表寄给孩子的母亲，如果孩子的母亲未婚，那么孩子就会自动获得母亲的姓氏，信息会被保存在我们的人口登记数据库里，这个信息就是其他政府部门用来校准的信息。我不能坐在这里回答有关《瑞典法典》的问题，也不能回答到底什么是对的、什么是错的这类问题。我们现在需要的就是一份法庭判决书，具体操作步骤我不敢回答你，你是否联系过某个地方法院？"

　　所有我不想看的书，或者已经看过不想再看的书，都被我装进了搬家用的大纸箱里。有些书的扉页上写着圣诞祝福或者卡琳的朋友和前男友们的祝贺词。其中两本书是卡琳从鹿角海关图书馆借的——多丽丝·莱辛的《第五个真相》和尼娜·布拉维的《我们的吻是告别》，这两本书至少逾期一个月了，借书证必须去注销，我不得不去办理这些手续。葬礼后，我得去一趟鹿角工厂路25号，告诉那里的人："卡琳·拉格洛夫再也不需要借书了。"

　　我从洗碗池下的橱柜里拿出一块擦地布。客房的门是关着的，里面的声音听起来像是丽勒摩尔正在屋子里翻看报纸。我听不到利维亚的声音。我走回去，把地上的一大片泥水擦干净，一盆浇了太多水的龟背竹正在往下滴水，人们好像也把这种植物叫做亚当的肋骨。我差一点就擦掉了卡琳书桌下的几块咖啡渍。卡琳自从怀孕以来就一直避免摄入咖啡因，也就是说，这些咖啡渍的形成至少早于2011年8月26日——卡琳怀孕第35天。就在那天早晨，她先摆好一瓶兰斯香槟准备庆祝，然后买了一根可丽兰电子验孕棒回家。验孕棒显示，孩子处于第二或者第三周的阶段。

　　我把这几块咖啡渍保留下来，拍了照片，然后从角柜里取来卡琳的咖啡杯，那其实是一只耶夫勒瓷器厂出产的仿古茶杯，金边，表面有菱格纹路。我坐在卡琳的椅子上，想象她是怎样一边在电脑上敲字，一边把咖啡溅出来的，似乎她一下子拿起一杯满满的咖啡，同时又朝书架方向扭过身子。在书架的边框上，我看到一张用透明胶条粘着的 A4 纸，上面是卡琳用绿色水笔书写的略显潦草的字迹：

五月前要采购的物品：

儿童车

婴儿换洗操作台

婴儿床

床单

枕头

被子

童车用雨伞或太阳伞？

母婴包

婴儿背带

贝贝熊

儿童安全座椅

沐浴精油

帽子

宽松运动裤

开衫

套头衫，保暖

连体服

袜子

哺乳胸衣

医院高级居家儿童保健机构的护士给我送来的塑料袋最上方放着一条 H&M 的黑色棉布睡衣。这不可能是卡琳的。在重症监护室的 2 号病房，医护人员把卡琳的睡衣剪开了。这件睡衣上的气味我并不熟悉。卡琳穿过的睡衣和套头衫有她的棕榄香体走珠留下的淡淡松木味，其间还夹杂着某种香水的气味——DKNY、卡罗琳娜·海莱娜、伊夫圣罗兰、伊丽莎白·雅顿，或是清新洗衣间香水，偶尔还有点熏衣草的味道。但最重要的是，衣服上有一种卡琳的香气，卡琳的皮肤与汗液散发出的味道。睡衣不是卡琳的。我把睡衣叠好，放进垃圾袋。

塑料袋里还有两张塑封压膜的纸张，15 厘米见方，那是利维亚的姓名牌，上面有一个守护天使，还有利维亚的右脚足印与右手手印，角落里写着"3 月 25 日"。这两张纸都是当时贴在育儿箱边缘上的。

我躺下来，关上灯，但因为想事情，又在半小时后把灯打开了。在卡琳的书桌上有一个相框，里面放着一张明信片。那是一张浪漫主义题材的铜版雕刻画：一个天使，怀抱一位年轻的女性，在朦胧的天光中缓缓升空。这很像威廉·冯·考尔巴赫的画作《守护天使》，但更黯然、更忧郁。背景是与地平线融为一体的广阔大海，波涛汹涌，浪花卷起泡沫。在一块黑色的岩石上，躺着一个蜷缩成一团的男人。

*

直到 2003 年早春，卡琳才告诉我她有收集天使的爱好。她收集各种材质的天使，瓷质的、木质的、石膏的、用首饰线编织的，还有邮票上的、杯子上的。她坐在自己的床上，我坐在她对面的沙发上，我们这样面对面坐过太多次，我们之间木地板上的每一块结疤我都认得。我以前从未见过卡琳醉酒，她饮酒后唯一有点变化的就是她的耳垂，会微微变红，她每说完一句话就会低头去看领口。

她把一根手指伸进红酒杯，拿出一小块碎屑。"你看过《天使在美国》吗？"她问道，她的整个身体重重地靠在墙上。

"那部关于男同性恋的片子？"

"你看过舞台音乐剧吗？"她问。

"我不知道那是舞台音乐剧，但是电视、电影棒极了。"

"它在斯德哥尔摩公演的时候我看过，他们有一个天使，借助某种缆绳，可以在观众头顶飞行，效果真是无与伦比。"

"你就是因为这个开始收集天使的？"我问道。

"不是，只是当你问起浴室的天使时，我突然想到了这个。"

"你信教吗？"

"我只收集天使。"她回答说。

"有一段时间我收集瓷猪。"

"是吗？"

"我现在不收集了。"我补充说。

她不出声地笑了起来。"我对天使非常狂热，我的朋友们肯定觉得我很荒唐，我有一个挂在天花板上的纸雕塑天使。"说完，她指了指我头顶上的一个钩子，然后继续说道，"所有人给我的礼物都和天使有关，比如说这个。"她的目光落在床头柜上，"我装耳塞的罐子上面有天使图案。"她解释说。

"哦，是吗。"

"绝大多数带有天使的物品都让我处理掉了。天使很吸引人，她们很美，不过她们身上也笼罩着某种悲伤。我和天使之间的关系很微妙，我成长在一个无神论的家庭中，妈妈是哲学老师，爸爸是心理分析师，以前主修的是精神科医生专业。"

"如果一个人是哲学老师或者心理分析师加精神科医生，那么他就是无神论者吗？"我问道。

"我真是疯了，为什么会说这些给你听？"

"他们也许有很好的论据反对天使的存在？"

"我自己就是无神论者。"她强调说。

"你听起来更像不可知论者。"我说。

"不，我是无神论者，或者我也不知道，或者……我就是无神论者，至少我自己是这么觉得的。"

"一个有信仰的无神论者？"

"是啊，太变态了，该死，我觉得我醉了。"她说。

"我妈妈曾经上过成人补习学校，爸爸从16岁就开始工作，我觉得，他们俩都有点儿信仰，爸爸脖子上戴着个十字架，那是他30岁生日时妈妈送给他的。不管怎么说吧，我觉得，我的学术心理恐惧症源于他们，我接受不了学者，我憎恶他们。"

"可你本人就是学者啊？"她指出。

"不，我不是。"我回答说。

"你真是有点儿疯了。"她说。

"我在学校的时候一团糟，我上的特殊班级，我根本懒得理学校，我现在仍然觉得自己是个冰球运动员，尽管我在 16 岁的时候就不再打球了。"

"你打过冰球？"她惊呼起来。

"是啊，我还是个不大不小的冰球球星呢。"

"哇，是吗，我不知道，天啊，在你身上根本看不出来，你不打了吗？"

"嗯，是。"我回答。

"然后就开始收集瓷猪？"

"没错，哦，不是，但我其实学分不够上大学的，我不断去唠叨，还撒了点儿小谎，然后就进去了。"

卡琳笑了，她还没来得及问我这方面的问题。

我继续说道："那你为什么不收集天使了？"

卡琳思考了一会儿，站起来，倒了一杯水。"浴室里、耳塞罐子上和书桌上的天使，是我唯一保留下来的几个，这种收集太荒唐可笑了。"

我走近卡琳的书桌，观察那上面的天使。"是某幅名画吗？"

"我不知道。我问过一些人，但没有人知道。爸爸的一个朋友是美院的教授，我把这张明信片拿给他看过，他觉得这就是《圣经》某个场景的大众化插图中的一幅，一文不值。不过，不管怎么说，明信片是 20 世纪 50 年代的，背面写着呢，我很喜欢它，只要看着它，我的心就会平静下来。"她探过身子，拿起酒杯，喝了一口，又放了回去。

我重新坐下来。卡琳消失在客厅里，听起来她好像是在背包或者袋子里找什么东西。我有些紧张，有点坐不住了，我无法判断，我们只聊了一个小时，还是长谈了整整一夜。

过了好一会儿，她才回来。她用一块绸布擦眼镜，然后戴上眼镜，近距离地研究起自己的指甲来。"我得过脑溢血。"她说完又直接补充道，"在我 21 岁的时候，我到现在还没有被医生宣布完全康复。"

我不知道该怎么回答。

她也没有等待我的回答和我的反应，继续说："我在医院看到一个天使。"她从床头柜里找出一张面巾纸，用舌头把纸舔湿，擦掉一块裤腿上的污渍。

"卡琳，我并不知道你得过病。"我说。

她收拾杯子和小碟子。我想要帮忙，但她让我坐着别动，问我想喝红茶还是乌龙茶。我说不想再喝什么了。然后，卡琳又坐回床上。

"也就是说，一个真正的天使？"我问。

"什么是真正的天使？"

"哦，我的问题太无脑了。"我说。

她形容天使是一道强光，但还是真实有躯体的，有巨大的翅膀。一个太阳精灵。那个天使在夜晚到来，像极了她童年时喜欢的书签上的天使。卡琳说，天使是一种神经现象，是她对安慰需求的心理投射。她又回到电磁炉旁。"可当时它就在那里，就在我眼前，我看到它了。"她说完关上水龙头。她站在我面前，与我保持着一段距离。她身上灰黑色的羊毛开衫盖过大腿，牛仔裤也是灰黑色的，但衬衫是白色的，上面有明亮的木质纽扣。

"你应该把这个写下来。"我说。

"我写了啊。"她说。

"哦，当然。"

"或者你是什么意思呢？"

"不是，我没什么特别的意思。"我回答。

"你说过，'你能感觉到，在我的诗里有某种深度，这让我很高兴。"

"是的，的确有的，我能感受到，你经历过什么事情。我想，你经历过分手。"我说。

"必须就事论事地写下来吗，还是你觉得这些诗太神秘了？"

"你是个诗人。"我说。

"以前从没有人说过我是诗人。"她在思考了一会儿之后回答说。

"你是的。"我说完，抬头看卡琳床头挂着的一张招贴画，那上面是一座色彩明艳的雕像。"我喜欢这个。"我强调说。

"妮基·桑法勒。"她说。

"雕像的名字吗？"

"不是，是制作雕像的艺术家。"她回答。

我知道，卡琳不再和那个影评人见面了。我太累了，不想再保持客套礼貌："嗯，你觉得我今晚睡你的沙发行吗？"

卡琳不知说什么好，显得有些迟疑。

我解释说，末班火车已经开走了，我得等两个小时的公交夜车。"我没钱打车。"我又补充了一句。

她喝着茶，一口一口喝得很急。"可以，当然，没问题。"她说。

"哦，你太好了，谢谢。"我说。

她去了浴室。浴室门关上了。我听见淋浴的声音。她说话的时候，嘴里好像还有牙膏："沙发上有一块红酒渍，其他没什么问题。"

卡琳先我睡着了。我唯一能听到的就是电暖气片里传来的微弱声音。我花了好长时间才找到浴室灯的开关。在洗手台上有一瓶香水，苹果香型的。我打开洗手台上的浴室壁柜，分成四层的玻璃架子上摆着隐形眼镜营养液、滑石粉、卫生棉条、香体走珠、吊带装、指甲锉、喷鼻剂，以及治嘴唇伤口的药膏。

我坐在马桶盖上。浴室墙上，洗手盆的左上方，我看到了那个天使。我第一次来她家的时候就注意到它了，卡琳当时只是小声笑着说："我还没来得及给它上漆。"不过此刻它已被人用很细的刷子描过边了。一对张开的翅膀是耀眼的明黄色，还有大波浪的鬈发、鲜红的心形胸部，从上嘴唇龇出两颗大牙。我研究了它很长时间。然后我扭头去看浴缸，里面有一块黄色的塑料浴垫。卡琳半米长的发丝缠绕在地漏上。

*

　　卡琳的公寓突然让人感觉像是一个寂静的聚集地，有什么东西一直在持续发酵，虽然只有短短一个小时，但这种寂静却超越了一切存在——布满灰尘的窗棂、开裂的白漆、装饰着狮爪的二十世纪三十年代的浴缸、煤气炉上烧黑了的灶眼和铸铁支架、斑驳的灰色石灰石架子上小巧的煮咖啡壶。我拿着手机，坐在地板上，开始打电话，我留了言：

　　嗨，卡琳，还是我，你可以给我打电话，好吧，再见，希望一切都好，好吧，再见。

　　我把卡琳最喜欢的专辑之一推进 CD 播放机，琼妮·米切尔的《给海鸥的歌》（*Song to a Seagull*），以及歌曲《城市之夜》（*Night in the City*）。我站在窗边的炉子旁。

　　卡琳终于回复了：

　　嗨，对不起，我需要时间考虑，真的对不起。

　　我打开窗户的时候，茉莉花丛的枝条伸进屋子里。"你在哪儿呢？"我问。

　　"在动物园岛，我带着卡罗散步呢，这与你无关，汤姆，听上去有点儿老套。"

　　我蹦起来，坐到宽大的窗台上，一阵黄蜂和花蝇的嗡嗡声钻进耳朵。"我更多的应该是惊讶。"我回答。

"嗯，对不起，我觉得，我还没准备好开始一段新恋情，我背负着太多的过去，我需要时间考虑。"

"我不知道该说什么，因为你什么都没说。"我说。

"对不起。"她回答。

"好吧，但我现在还在你的公寓里呢，也许这种情况下我不该在这里等你回来？嗯？"

"对不起，我确实需要时间考虑，厨房的杯子里有一把备用钥匙，就在煮咖啡壶的旁边，钥匙上面挂着一个类似手电的钥匙链。"

"好吧，我应该能找到。"

"你可以把上面的锁锁上，然后从信件投递口把钥匙扔进屋子里。"她说。

"好吧，嗯嗯，不过，我们晚点儿再通电话？嗯？"我问道。

"对不起，我就这样走了，我最近一段时间身体感觉不太好，对不起，你真的很好，汤姆，但这对我来说太快了。"

去郊县火车站的路上，我给卡琳打了个电话，她没接，我又给她留了言：

嗨，卡琳，按照你说的，我从门里把钥匙给你塞进去了。我把牛奶喝了，又买了新的，我还打扫了一下，嗯，算是打扫吧，我把客厅吸了尘，把我自己的垃圾都带走了，我还听了你的琼妮·米切尔的专辑。我明白你的意思，我同意你说的，她的歌比迪伦的有意思多了，我最喜欢的还是《旅行》（*Hejira*）专辑里的《艾米莉亚》（*Amelia*）。好吧，嗯，也许有点儿怪，我忍不住给你买了张光盘，我今天路过音像店，是鲍比·布兰德的《蓝调边缘》（*Two Steps from the Blues*），我猜你没听过他的歌，从第五首《引领我》（*Lead Me On*）开始听起，很好听的灵魂乐，哦，不，最好就只是听听。嗯嗯，这次留言傻长傻长的，抱歉，保重，愿意的话给我回个电话。

*

斯德哥尔摩地方法庭的电话是我在互联网上查到的。我被转接到一个又一个不同的部门，对每个人我都得把话重新叙述一遍：我独自照看一个孩子，卡琳突然病逝。每次他们的回答都差不多："好的，案件编号是多少？"那个最后说我找对人的地方法院实习法官请我稍等，说她一会儿回电话给我。她的声音听起来很年轻，不超过 25 岁，她很认真、很友善。半小时后，她拨打了住宅电话。我在书桌前接起电话并记录下她的名字："娜伊玛"。

"我刚刚打听清楚了。"她说，"从法律途径，你想要成为父亲好像没有什么简便的方式可行，没有捷径可走。"

"好吧。"我回答。

"斯德哥尔摩市政府必须通过南马尔姆区政府申请起诉。"她继续说道。

"这是什么意思？"

"你女儿必须起诉你，而她本人没有办法起诉你，她还是个小婴儿，所以斯德哥尔摩市政府必须替她来起诉。"

"起诉我？"

"并不像听上去那么糟糕，这只是个说法而已，你女儿作为原告，你作为被告。"

"斯德哥尔摩市政府？"

"对，你需要给南马尔姆区社会管理部门的人打个电话，我们必须收到一份起诉书才行，地区社会管理部门必须根据《父母法》第六章第九款第二条的规定向法院申报你的女儿没有监护人。我觉得，应该是由社会管理局建议你来做监护人，你唯一需要做的就是同意起诉书的内容。"

"可我是孩子的爸爸呀，对吗？"

"如果你想代表你女儿全权处理她的问题，那你就必须成为监护人，这是最快的办法。一个父亲身份的法庭判决会拖很长时间，要进行新生儿父亲身份调查，要配备一个观察员，要替你女儿进行针对你的判决陈述，还需要一个判决依据。"

"好，好。"

"也就是说，做出监护人判决比做出父亲身份判决要快得多。"她说。

"我就不明白了，我说了'我是'孩子的父亲，我并没有否认我是孩子的父亲这一事实啊。"

"这没有任何关系，这就是法律。"

"这种垃圾是不是十九世纪起草的？"

"这我不知道。"她回答说。

"男爵睡了女仆，否认自己是孩子的爸爸，逃避负担抚养费？"

"是有一些法律，现在某些部分有待改进。"她说。

"所以说，如果卡琳曾经对社会办公室的某个管理大妈说过我是孩子的父亲，那这些破事就都不会有了？"

"是的。"她回答。

"一个女人的话比法医部门的 DNA 分析结果更可信？我的声音、孩子父亲的声音，就如同狗屎，一文不值？"

"你现在能做的最简便的事情就是让我们收到一份起诉书，这样法庭就可以做出特别指定监护人的判决决定。"

"这简直糟糕透顶。"我说。

"我明白你的挫败感，真的。"

"即使我在法律意义上成为孩子的爸爸，监护人监管局还会要求一个监管人来对我做出的经济决定进行批准或否决，直到利维亚成年。"

"我明白你是怎么想的。"她说。

但我打断了她的话："他们将会对我这个爸爸进行监管。"

"监管可能用词太激进了。"

"他们是在剥夺我做爸爸的权利。"

"我明白你的意思。"

"这件破事里最让我愤怒的是，一张两个人在酒吧里认识不到一刻钟就可以签字领取的结婚证明，竟然比在一起共同生活的十年时间更有分量。难道一纸婚书真的比一个家庭的历史分量更重吗？"

电话里传来子吱吱啦啦的噪音。

"喂？"我高声喊道。

"哦，我能听见你，我在听，很抱歉，在我这个位置，我不能给您任何司法建议。"

"我也没要求你给我啊。"

"我觉得，你应该联系一位在这方面能为你提供帮助的有经验的律师，由于涉及监护人监管局，你能做的并不多，婚姻证明确实就是那么重要。"

我咳嗽了一下，咽下一口可口可乐，说道："卡琳以前也得过病，她脑袋里长了个瘤子，几乎要了她的命，她住院一个月后回到家，那时我曾经向她求婚，那是 2004 年圣诞节，她接受了我的求婚。"

"真的很抱歉。"

"好吧，你说我要想成为监护人应该怎么做来着？"

我在 2003 年冬季的一个星期日搬进了卡琳位于钓鱼者路的公寓。我带去了四个运输香蕉用的纸箱子外加两塑料袋的东西。其余物品我或者扔掉，或者一股脑儿塞进了父母在胡丁厄家中的阁楼储藏间里。我屈指可数的几次接触自己的所有物品，都是因为搬家。这时，我会感到某种与记忆之外的过往产生的联系，哪怕一只橡胶手套、几枚弯曲的图钉，拿在手中都会生出一种无法替代的感觉。

那天晚上我上床之前，先让身体滑进装满热水的浴缸里。我环顾四周。浴室中有什么地方不太一样了。我说不出那是什么，而且不明白我为什么会因此感到不适。我猜想，可能是因为搬家太累的缘故，也可能是因为卡琳对我带来的一面镜子发了一大通牢骚之后，令我有些不知所措。那是一面巴洛克式镜子的复制品。镜框的上端站着一个六翼天使撒拉弗，最下端有一个地狱魔鬼。照镜子时，我苍白、变形的脸就会出现在这两位永恒的神灵之间。卡琳觉得这面镜子庸俗、压抑。我虽然也不怎么喜欢它，但对我来说，这是一个原则性的问题——我不愿整间公寓都被卡琳父母温馨、小资的装饰品味所笼罩。

从浴缸里，我应该可以看见墙上的画。我把身子探出去。卡琳已经把那个天使给覆盖了。她不是用刷墙的滚筒刷的，而是很仔细地用细刷子蘸上白漆画线，覆盖掉了以前红色和黄色的线条。新的白漆比以前的白色墙漆光泽度更好一些。我用手指抠了抠玻璃纤维纱。一定是今天早晨卡琳在我去誓言路收拾东西搬家时弄好的。但我还是能看见那个天使，从某个角度看去，它的线条在屋顶窗的光线下幽幽地闪着光。

利维亚在挑选水果，她用手抓着我的嘴和鼻子，她的手很像卡琳的。我亲了她一下，她不喜欢。她的指甲薄得像纸一样，新生儿科的护士建议我直接把指甲撕掉就可以了，很显然他们就是这么处理婴儿指甲的。可我不行，我害怕把指甲和肉相连的那部分也撕掉了。我小心翼翼地用指甲刀去剪，而且只敢在她熟睡的时候剪。

客房的门后放着利维亚的衣服。抽屉里有很多装着风干熏衣草的小布袋子，那些都是卡琳缝制的。她从她父母夏季度假别墅旁的花圃里收集熏衣草。除了可以防衣蛾，她也很喜欢熏衣草的香味。她把其中一个布袋挂在床柱上，晚上睡觉前，她经常会用手去碾碎一点干花，然后把手指放在鼻子上，心满意足地倒头睡去。

我给利维亚穿上衣服：鸽灰色带膝盖补丁的婴儿裤，同样色系的条纹开衫，衣服尺码 56，还有一顶婴儿护头帽和袜子。衣服散发着淡淡的熏衣草味，但更多的是一股抽屉木板带来的松木味。这些衣服是卡琳在住进南部医院产科的两周前买的。那天下午，她看到我手里拎着食品购物袋站在门口，就停下正在做的事情。她把头靠在沙发扶手上休息，黑色的睡衣撩到了肚脐上。我脑海里闪过一个念头，她刚刚对着肚子说悄悄话来着，没准还凑过去听里面的回应呢。

孩子的衣服放在餐桌上，卡琳把衣服摆放得很漂亮，让这些衣服看上去像一张婴儿的白描画。我拿起衣服看的时候，她在观察我。她说，衣服是她和妈妈前两天去买的。"你喜欢这些衣服吗？"她问。

我当时在做什么？卡琳在给我们的孩子挑选衣服的时候，我在做什么呢？

我用了一个小时才想到要买什么样子的花，又花了一个小时才找到一家出售合适颜色的康乃馨的花店。花店在精品店林立的比尔格·雅尔路上。花店老板和我年龄相仿，他坚持说，那些康乃馨是红色和白色的。这是颜色的简化，听起来简单，但这些花

和我第一次在斯德哥尔摩大学遇到卡琳时她身上穿的衣服颜色相
同。

　　我支付了 1560 克朗买下一百多朵康乃馨。我没钱买更多的了，
这是我账户上所有的钱。那是 2004 年 8 月 26 日，一个周四，我
在法官路坐上 59 路汽车。我把花束紧紧地压在胸口上，压得太厉
害了，有水从包裹花束的纸上渗出来，牛仔裤的裆部湿了，看上
去好像我尿裤子了似的。汽车在索尔纳区的卡罗林斯卡大学附属
医院大门外停下来。我要下车，想要拨开人群冲出去，可我不敢。
我害怕吸引众人的目光。

　　在神经中心的一楼有一个名叫阿米卡的小餐厅，它像一个路
边简易咖啡馆。我在餐厅里把包裹着花的牛皮纸拿掉[1]。身边都是
头上缠着纱布绷带、推着移动输液架、坐着轮椅或者站在助行车
后的病人。

　　在六楼的走廊里，一名护士拦住了我。她穿着白色的木底鞋，
手里捧着个塑料托盘，上面装着一个吃了一半的奶酪三明治和一
个不锈钢水壶。"现在不是探视时间。"她想要捕捉我的目光，
和我对视。

　　"我要去 R16 区。"我说，我尽量用花束挡住裤裆。

　　"这里就是 R16，你要看谁？"她问。

　　"我同居女友，她今天早晨来的。"

1　瑞典人送花的习惯是在送人之前把包花用的牛皮纸找地方扔掉，也不用塑料纸包裹花
束，送花的时候只送花束。

"谁是你女朋友？"

"卡琳。"我回答。

"卡琳什么？"

"卡琳·拉格洛夫，她今天早晨从胡丁厄区的卡罗林斯卡医院转来的，她要做紧急手术。"

她观察了一下走廊尽头的情况，说道："604室，走过食品小推车以后左手就是。她刚刚注射了镇静剂，现在睡着呢。"然后她低头看了看我手里的花束，补充道，"可你现在在神经科，这里不允许送花。"

"今天是她生日。"我回答。

"很漂亮，但你必须把这些花放在外面，这是为病人着想，有些病人会过敏。"

"我能不能就给她看一眼？"我问。

"任何人都不允许带花进入。"她说完用胳膊肘按下了一个门把手，走进一间类似员工休息室的房间。

我站在原地，犹豫了一会儿，然后顺着来时的路返回。在电梯厅里有一个大垃圾桶，它就像一个堆肥容器，里面装满了带有手写卡片的各种干枯花束。我把康乃馨扔了进去。

浴室的壁柜上有一个旧的果酱罐，里面装着半瓶沙子。那是我和卡琳2009年夏天从高特兰岛回家之前，她自己骑车去装的。她解释说，沙子和肥皂混合在一起对身体有好处，能够磨掉死皮。罐子还在那里。我知道，卡琳经常在刷牙时看着它，特别是在冬天的时候。

我打开罐子盖，一股臭气扑面而来，好像有什么东西腐烂了。我把这些白色的沙子过滤、蒸煮，然后把沙子重新倒进一个玻璃罐头瓶子里。我把瓶子放在书架上，这样我在床上一眼就能看到它。

我继续扔东西：生锈的发卡、用过的药膏和香体走珠、还剩一半的牙膏，以及脏了的耳塞。在洗手池下的一个塑料袋里有一个没有打开的盒子，里面装着隐形眼镜、隐形眼镜护理药水和一管隐形眼镜眼药水。最下面有一张发票，卡琳在东马尔姆眼镜店为这些东西支付了 738 克朗。她为了寻找合适的隐形眼镜，出去转了一整天。我想要把隐形眼镜保留下来，给利维亚当纪念品，但我改变了主意，最后把整个塑料袋都扔进了垃圾袋里。

在浴室壁柜书架的中间层，放着卡琳的圆筒卷发梳。有发丝缠在塑料梳齿上。她还没来得及像往常那样，把这些头发拽下来丢掉。我闻着梳子上的气味，把它紧紧贴在唇边。

利维亚还在不停地往我手里排空她的大肠，我的另一只手不敢放开她，因为她很有可能一下子滚下母婴操作台。门铃再一次响起，我不得不用身体把整个桌子推向洗碗池，一边用清水冲掉大便，一边紧紧抓住利维亚的胸口。

牧师穿着机车服，戴着雷朋墨镜，平头，身材不高，胡须花白，脚上踩着一双笨重的黑色靴子。"汤姆？"他摘下太阳镜问道。

"对，没错，还有利维亚。"我回答。

"噢，利维亚，没错，小家伙，你好啊。"他说着抓起利维亚的手，然后伸出手和我握手。

"我叫托塔。"他说。

"对，我知道。"我回答。

"我们上次约的是十一点吧？"

"没错，是的，我在换尿布，到处都是屎。"我回答。

他笑了，脱下靴子，好奇地盯着客厅，说道："我来早了，因此我就在这个地区转了转，这附近环境很好，你们在这里住了多长时间？"他脚上穿着大红色的袜子，悄无声息地往里面走，每到一个门框前，他都会小心翼翼地低下头。

"我们2008年搬到这里来的。"我回答。

"这是一个两居室？"

"对，这里几乎都是一居或者两居，我们搬过来之后听说，这里以前是寡妇住的地方，以某种形式归属于高坡路那边的市民寡妇救济所。"

"是吗？"

"嗯，至少我是这么听说的，我记忆中有人这么说过。"

"汤姆，我对发生的事情表示难过，你们的遭遇真的令人非常悲痛。"

"谢谢，你想喝点儿什么，咖啡？"我问。

"谢谢，不用了，我此前刚刚结束了一次会面，一个洗礼，我已经喝了好多咖啡了，来点儿水就好了，谢谢。"

我打开冰箱，拿出装水的瓶子。

"做牧师的好处就是，可以分享人们生命中的重要时刻。"

他说完接过杯子，没有喝，直接把杯子放在桌上。他打量着沙发，问道："你和孩子是不是坐这里？"

"你坐吧。"我说完拉过一把餐椅抱着利维亚坐了下来。

"年纪大了，不像以前了。"他说完伸直了双腿，舒展身体，继续说道，"像我电话里说的，我经常这样上门拜访，家访是最令人愉快的，在教堂里让人感觉有点儿太正式了。一次毫无保留的交谈，仅此而已。"

"斯文和丽勒摩尔推荐我找你，他们说，是你给卡琳主持的坚信礼。"我说。

"没错，我记得卡琳和她哥哥，卡琳很敏锐，善于言辞和辩论，那时候就很擅长写作了，她很诚实，值得尊重。有一次，她请求原谅，说她想告解，她真的感到羞愧，她告诉我，她接受坚信礼，或许只是想要反抗她所谓的无神论的父母。她心思细腻，善于替别人着想，她是一个愿意等待其他孩子的人，你明白我的意思吗？"

"嗯，卡琳很善良，却并不多愁善感。"我回答。

他拿出一个皮面笔记本，记录下来。"这是你在卡琳身上最容易看到的特质吗？善良？"他问。

"也许吧。"我回答。

"善良本身就是多愁善感的，但善良并不等于多愁善感。"他说。

"我受不了对人做这样的总结，无论好的还是坏的。卡琳从很多方面来说都是我'不厚道的反面'，她能很好地和我互补，弥补我的缺点、我急躁的脾气、我的琐碎、我的怨怼，还有很多很多。相信我，是她令我抛弃这些垃圾，令我负起责任，我只听她一个人的话，她让我喜欢我自己，善良是她所知道的最美的词语之一，嗯，就这个词的意义而言，谁都可以死，但不应该是卡琳。死的人应该是我，应该是卡琳和利维亚活下来，她比我更应该活在这世上，她值得拥有绵长、幸福的一生。"

"汤姆，我理解，这一切令人感觉如长夜般黑暗，因为这就是漫长的暗夜啊。"他说。

但我打断他问道："上帝的道路是神秘莫测的，对吧？"

"我想说，我们人类是在暗房里被冲印出来的。"

"哦，是吗，好吧。"我笑了起来。

"我觉得，这是诗人尼尔斯·福林的话。"他探过身子，抚摸着利维亚的头补充道，"我听说，你在写一篇悼词。"

"对，我还没写完呢。"我回答。

"也许写出来会舒服一点儿？"他说。

"我只是不想把讲话假手于他人。"我说。

"你以前写过发言稿吗？"

"这有什么关系吗？"

"哦，当然没什么关系，我只是闲聊而已，但卡琳是从事写作的人，所有和我交谈过的人都这么说，你本人或许也从事写作？"

"卡琳热爱写作。"我回答。

"你打算自己致悼词吗？"

"不，曼斯有一个朋友是戏剧演员，由她来朗读。"我回答。

"有什么你特别想在悼词中提到的东西吗？"

"我不打算在教堂里骂人。"我回答。

"你要是实在想的话，我这边没问题，不过我不是因为这个才问你的。"他回答。

"一切就绪后，你就可以开始发言了，但我现在就可以告诉你，我不打算释义福林的《客西马尼园》。"我说。

他有些混乱了，挠了挠嘴角。"我之所以这么问，是因为我不想重复你要说的话，这种重复很枯燥。"

"我明白，所以我才说，我不会释义《客西马尼园》。"

"汤姆，我毫不怀疑，你在悼词中有你想说的东西，重要的东西，我通常会在仪式之前和讲话执笔人沟通，进行一些微调。你觉得，你的发言大约需要多长时间？"

"我不知道，你觉得呢？"

"我通常会认为 5 到 10 分钟比较合适，当然每次情况都不一样。"

"我会从五种感官出发。"我说。

他向后靠在沙发上，托着腮，弯下身子，转过头来。

"你刚才问我，有什么特别想提及的东西，就是这个。"我补充说。

"感官？"

"五种感官。"我回答。

"听起来很酷，我忍不住要问一下，你打算怎么写呢？"

"我不知道酷不酷，我会从在南部医院我们得知她患白血病开始，还有卡琳给女儿起名利维亚，我不知道，我没办法做更好的解释了，不管怎么说，这也算是个回答吧。"

他向前探过身子，又一次抚摸着利维亚的头说道："汤姆，只要见过卡琳一次的人，就不会把她忘记，她就是一个这样的人。"

"你说的是记忆，也许一个人只要不患老年痴呆或者死去，就不会把她忘掉。但同时，一个人也没有办法搂着一份记忆入眠呀。"

"你是否在想某种特殊的感官？"

"没有，悼词会分为五部分，一个感官一部分，我会把它们混合起来。"

"混合起来？"

"我实在没办法解释。"我回答。

他喝干了杯子里的水，低头看着自己的袜子。"我也失去过一个亲人。"他说。

"这我并不知道，节哀。"

他打断我。"我这么说并不是想博取同情，那是很久以前的事了。"他在笔记本上写了些什么，然后合上笔记本，把它放回背包里。

"你不需要回答，但你是否在这件事发生的时候对你的信仰产生过怀疑？"我问道。

"我经常说，祈祷是在怀疑，不然我们为什么要祈祷呢？"他回答道，他想要看着我的眼睛。

这让我感到很不舒服，于是我的目光停留在利维亚身上那条姆米谷精灵图案的蓝莓色盖毯上。

"我儿子那一年 12 岁，他叫约翰尼斯。我沉沦了下去，我的一个好朋友搬到我们家来住，他看到我当时那个样子，看到我完全回不去以前的状态，于是他问我：'托塔，如果可以，你是否愿意用生命中从未拥有过约翰尼斯，来交换承受失去他的痛苦？'"

没有卡琳，钓鱼者路也不愿接纳我了。我在一米二的双人床[1]上无法平静卜来。只要一看到它，我就会生气、嫉妒。刚搬到卡琳家的第一天，我就问过她，她和多少男人上过这张床。我记得，她盯着我回答说"这只是一张床而已"。

距离卡琳的手术还有 12 个小时。我没有退租胡丁厄的房子，我感到，我必须回那里去睡。

差一刻三点，我从斯堪关口站坐上夜车，在胡丁厄老旧的汽车总站下车。我的偏头痛又犯了。我不得不靠在磨盘山地区高楼下的一个配电箱上休息。在一套位于九层的公寓里，我看见窗口摆着一个地球仪。地球仪有底座和内嵌的灯泡。除了路灯，地球仪是唯一亮着的东西，它是如此真实。有那么一刻，我觉得它就是地球，我正在遥远的地方注视着它。

第二天早晨，两名护士推着卡琳从术后恢复科出来。她躺在一张病床上。镇静剂搞得她有些迷迷糊糊的，她在不停抱怨后脑

---

1 在中国，一米二通常都是单人床，而瑞典单人床通常 90 厘米，一米二的床可以睡两个人，显得两个人非常亲密。

的疼痛。她想要从头上缠着的纱布下面去挠伤口。我把医院的毯子盖在她脚上。

在 R16 区，有两位医生等在那里，其中一位是给卡琳做手术的脑外科医生大卫·马萨拉，他从头到尾都没有时间回答我的问题。另一位是麻醉医生，他是一位上年纪的男人，有很重的眼袋，脑顶上有半圈灰白的头发，我以前从没见过他。护士读出卡琳病人手环上写的身份号码。

麻醉医生探过身来，看了看输液架。"不需要增加吗啡用量。"他说。

卡琳用手摸了摸吸氧的管子，光线似乎令她感觉不太舒服。脑外科医生和麻醉医生说了几句话，然后一边接听一个医院内线电话，一边快步离开了这里。卡琳被推到走廊尽头，她被安置在一扇虚掩着的大玻璃窗旁。她脖子上戴着支撑脖圈，一侧太阳穴旁的头发里有风干的血渍。她双颊浮肿、嘴唇干裂。她睡着了。

在这栋砖砌建筑下，整个卡罗林斯卡的建筑群"尤金妮亚之家"尽收眼底，远处，薄雾中的瓦萨城依稀可见。如此之多的暮夏景色，如此之多的黑暗时光，白天越来越短了。

我询问麻醉医生，这样开着窗户是不是不太好。他似乎被这个问题惊得后退了一步。我指出，脏东西可能会进到室内感染卡琳的手术伤口。他回答说，新鲜空气对任何人都是无害的。

我在卡琳身边的扶手椅上睡着了，然后又被走廊里的声音唤醒。百叶窗拉了下来。清晨的阳光在打过蜡的塑胶地板上投射出梯形的图案。

"嗨。"我注意到卡琳正在看我，不禁脱口而出。我站起来，握住她的手。"你现在感觉怎么样？"

"你没走。"她回答。

"我还有点儿头昏脑涨的。"我回答说。

"你没走。"她又重复了一遍。

"是的，我睡在这儿了。"我说。

她扭过头去。

"你疼吗？"我问。

"我醒来有一会儿了。"她回答。

"感觉怎么样？"

"我必须得求你一件事。"她说。

"当然，什么事都行。"我回答。

卡琳的支撑颈托已经拿掉了，有人为她清洗了太阳穴附近的血渍。

"我希望只有你一个人待在这里。"她说。

"好，好，当然，没问题。哦，你什么意思呢？毫无疑问啊，我会在这里，哦，你想说什么？"

她又重新转过头看着我，说道："我受不了我父母坐在这里。"

"你们关系应该挺好的吧？"

"答应我，可以吗？"她的声音提高了一些。

"出什么事了，我不太明白。"我回答。

"我以前病倒过。"她回答。

"嗯，我知道，那时就有问题了？"我问。

"你会留下来陪我吗？"她问。

"噢，亲爱的，我那么爱你。"

"你保证吗？"她说。

"哦，行行好，我现在害怕了，手术很成功，一切都很好，是不是出什么事了？是不是有什么你没有告诉我的事？"

她把手放在肚子上，说道："你十多岁的时候就搬出去不跟父母一起住了，你离开了他们，你有过争执叛逆，你曾经有很长一段时间都没有和父母联系，而我从来都做不到。"

"你已经有自己的公寓很多年了呀。"我说。

"我不是这个意思，我只是受不了我父母在这里，我希望只有你一个人在这里，行行好，理解我。"她说。

"我现在就在这儿呀，还是说，你想要我把你的家人挡在病房外？"

"你没明白。"她叹了口气。

"那就解释给我听吧。"我说。

她瞪着我，嗤之以鼻地哼了一声："解释什么？我的家人？"

"对啊。不过，当然我也可以跟他们说，你需要休息。没问题，我可以说，你正在睡觉。"我说。

"你应该是我的家人吧？"她说。

我坐在她的病床上，回答说："是的，当然，亲爱的，我们是一家人。"

"只有你。"她说。

"好吧。"

"你保证？"

"我保证。"我温柔地回答，"不过，你是认真的吗？你一点也不想让他们待在这里？"

卡琳避开了我的目光。"我受不了感觉自己蛮不讲理，可我再也不想继续当个小孩子了。"

我以前从没见过死亡证明。那是一张税务局开具的白色A4纸，内容和税务局出具的人口证明很像，只是上面写着死亡日期，还有一条"亡者的孩子"。那里有利维亚的身份号码，但没有名字，只有三条长线。

税务局的数据库显示，我从不曾出现在卡琳的生活中，因此，这么说吧，如果两百年后有个家族史学家对卡琳·拉格洛夫感兴趣，那他唯一能查到的信息就是一个斯德哥尔摩的未婚女性，身后留下一个没有名字的女孩。

我把死亡证明放在书桌上一大堆政府机构、银行、保险公司寄来的材料中。我把卡琳的提包拿到床上，深深地吸了一口气，用力嗅了一下处理过的皮革的味道。润喉糖、卫生巾、钥匙、她的红色漆皮钱包、银行卡、身份证、自动提款机收据、润喉糖糖纸、一张20克朗的零钱。包里还有一个熏衣草香袋，粗麻布制成，丝绸束口。眼镜盒里的眼镜是乔治·阿玛尼牌的，椭圆的镜架，深棕色中透着一点红色调。我把这副眼镜戴上。打磨精致的镜片度数很深，透过它们，我看到的一切都变得模糊起来，近乎梦幻。

*

在神经中心待了一周之后，卡琳被转移到艾斯塔园，那是一处位于纳卡区的神经疾病康复之家，从外面看去很像一所小学。每天早晨，她都坐在白得刺眼的走廊上的同一张双人长凳上等我。她双手交握，放在腿上，头上缠着纱布。她穿着我带过来的浅蓝色棉布长裙。助行车立在她面前。她看到我，就微微张开嘴，只露出一点点牙齿。她说："嗨。"

卡琳在某个周三出院了。她不肯剪掉病人手环，也拒绝了出租车公共低价服务送她回家。她拉着我的衣袖说："我想坐公共汽车。"那是秋天，天气微凉。我们在纳卡磨坊附近登上 401 路汽车，经过叶拉湖。在一个月的时间里，我每天都要路过这个湖两次，却从没注意过它，但它就在那里——水面没有一丝涟漪。从水闸下车后，我们继续乘坐出租车回到钓鱼者路。

卡琳站在门厅，眯着眼向公寓里看去。高架床被粉刷成了白色，地板上也没有干扰自由活动的床腿。床就悬挂在天花板两块结实的木板上。在床沿，我挂起了种着天竺葵的花箱，这样，就可以把整张床想象成一个面朝大海的阳台。

卡琳走到高架床前，伸出一只手掌，想要推一下它，但随即后悔了。"这床是你搭的吗？"她问。

"是啊，我们现在有地方摆两张书桌了。"

"你怎么会有时间干这个呢？"

"我有时间。"我回答。

"你把我的床扔了吗？"她手指紧紧地按在双唇上问道。

"没有，放在阁楼上了，我用塑料膜把它包起来了。"

　　她把手从嘴唇上拿开，说道："汤姆，这床很漂亮，但你太有意思了，你也许可以先问问我的意见？"

　　"我现在问，你觉得弄个高架床怎么样？"

　　"嗯，可是，如果我回答'不好'呢？"

　　"那我就把它拆了。"我说。

　　卡琳想要试一试躺在高架床上，但没法从固定在墙上的梯子爬上去。她研究了一下固定在屋顶木板上的地方，然后又退回到沙发里。我向她演示爬梯子上去有多简单。

　　卡琳脱下身上的红色呢子大衣，求我把原来的一米二双人床拿回来。她去了客厅。"只是暂时的。"她喊道。

　　"可我们现在有地方摆两张书桌了呀。"我说。

　　"只是暂时的。"她又一次喊道。

　　"我们可以肩并肩坐在一起写作，这不是你一直希望的吗，对不对？"我回答。

　　她回到房间里，靠在墙上。"行行好。"她说。

　　公寓楼没有电梯。我怎么用一块碎布地毯把床拖上阁楼的，就又怎么原样把它拖了下来。我把床放在高架床下面，只有那里能放得下。

　　病人手环成了一个敏感问题。手环下面的皮肤已经起了湿疹，卡琳还是不想把手环取掉。我有时会被她挠皮肤的声音弄醒。有一天夜里，我求她把手环扔掉。她转过身背对着我，嘟囔了句什么，好像是说她一想到仲夏节就觉得紧张。

　　"距离仲夏节还有半年呢。"我指出。

"我知道，我给你制造了很多麻烦，汤姆。"她回答说。

"别这么说我的名字，听起来太正式了。"

"好吧。"

"你疼吗？"我问。

"对我来说，能把这些话说出来很重要。"她说。

"最重要的是，你现在在家里。"我回答。

"卢德维格在我突发脑溢血的时候离开了我。"

"卢德维格？"

"嗯。"她说。

"你前男友？"

"这太糟糕了。"她补充说。

"好吧，也就是说'这'指的是你，而'糟糕'是个委婉的说法，是不是？"

"他只是一个人。"她说。

"你疼吗？要不要我拿片药给你？"

"不用。"她继续说道，"囊肿是伽马刀引发的，医生这么说。"她盯着高架床的底板看，我打开床头灯，她立刻抓起被子蒙住了头。"关上。"她呻吟道，我关上了灯。

"伽马刀？"我问。

她挠了一下病人手环下的皮肤回答道："我在仲夏夜前一天突然头疼。"

"可等一下，你是说伽马刀？"

"是卢德维格送我去的卡罗林斯卡。"

"好吧，好吧，这一段你从来都没提起过，可我该死的根本就不知道伽马刀是什么。"

"你就不能听着？"

"好吧，当然，对不起。"我回答。

"我会讲到的。"她说。

"好吧，我闭嘴。"

"我兼职帮人照看孩子，在回家的路上突然发作了，我不敢哭，我怕那样泪腺会扩张，会加剧头疼。我给卢德维格打电话，他开车送我去卡罗林斯卡。他们直接让我住院，是小脑出血，他们说，动静脉畸形发展成了脑血管瘤，他们决定注入一种胶。"

"一种胶？"我打断她。

"嗯，注入脑子里，别问我怎么弄，或者为什么，我不记得了，是要做某种封闭。"

"好吧。"

"风险是平衡能力下降，最坏可能导致死亡。我接受了两次这样的治疗，没有一次成功。"

我又一次打断她问道："那个卢德维格在那时跑了？是吗？"

"你为什么问他呢？"

"好吧，我不问这个问题了。"

"是的，他走了，是妈妈住在医院陪着我。"

"他真是个混蛋，卡琳。"

"我不在乎。"她说。

"你不在乎什么？"

"我还有其他的事情要想，或者可以说，我确实为他离开感到难过，但我身体难受极了，我当时病得很厉害啊。"

"在神经科，你请我把你父母拦在你的病房外，你看不到这两者的联系吗？"我问。

"行行好，我没力气生气。"

"你们年纪差不多大吗？"

"他比我大两岁，但我不想再谈论这个问题了，这不重要。"她说。

"不重要？"我惊呼道。

"行行好，汤姆。"

"好，好。"

"这后面有点儿抻得疼。"她说完，小心地用手抚了一下颈部。

"真的不用我去给你拿片药？"我问道。

"听我讲这些是不是很糟糕？"她问。

"没有，完全没有，或者说，没错，是很糟糕，不过是另外一回事，你似乎并不愿意多说。嗯，要不要我去拿片药来？"

"我只是不想再谈论卢德维格，他不重要。"

"实际上，我还是很难想象，有人会在你最需要亲近和支持的时候弃你而去，这又怎么会不重要呢？"我说。我用自己的手去寻找她的手。

她微微地侧了一下头。

"好吧，不过伽马刀，听起来好像黑暗尊主达斯·维达披风下的什么东西。"我说着，把双手放在胸前。

"就叫这个名字。"她回答。

"是它造成的瘤子？"

"医生是这么说的。"她说完，让我帮她拿口水喝，我伸手去够床头柜上的玻璃杯。她喝完水，我把杯子放回去。

"什么医生说的？"

"这次给我做手术的医生们说的，摘掉肿瘤的脑外科医生。"她回答。

"好吧。可既然如此，当初为什么要用伽马刀呢？"

"我快死了。"她说。

"哦，卡琳。"

"当时这样的治疗被认为没有多大风险，医生并不知道这会引发肿瘤。"

"是一种激光刀吗？还是？"

"不是，是个机器。"

"机器？"

"嗯，我被固定在一个支撑架上，不过，你还听得下去吗？"

"没问题，那是个什么样的支撑架？"我问。

"嗯，它在颅骨处被固定，我被迫一动不动地躺在那个机器上好几个小时，这时，会有一大堆射线烧坏病变的血管。"

"老天。"我说着，想要去抚摸卡琳的手。

在我碰到她之前，她将手移开了。她把一个靠垫放在肚子上。

"一定疼死了。"我说。

"大脑本身没有痛感。"她说。

"我以前不知道。"

"它没有知觉，但一动不动地躺那么长时间确实很难受，机器，还有伽马刀，一直噼里啪啦响个不停，这种声音有点儿像车胎碾压碎石子路面的声音，于是，我想起了我学骑自行车的时候。"她沉默了一会儿，歪着头说，"谢谢，汤姆。"

"亲爱的？"

"谢谢你听我说话。"她接着说。

"我有激烈的反应也没什么奇怪的吧？"

"没有，你的这种反应好极了，我也确实被你的反应感染到，发觉这一切很令人伤感。还有，你在乎我，这令我很感动，谢谢。"

"不用道谢，这有点儿变态。"我回答。

"变态？"

"嗯。"我回答。

"你有时就是爱夸张，我向你道谢很变态吗？"她问。

"是的。我亲吻你的时候，你就不会道谢，不是吗，所以为什么会谢谢我在乎你呢？只是你从来都没有讲过这件事，这太奇怪了，我问过你那么多遍。我多希望我当时能在你身边，要是我们能早几年认识的话。你前男友，把那个混蛋的地址给我，我明天早晨上门去会会他。"

"够了，行行好，我受不了了。"

"好吧，忘了我说的话。"

"我受不了你把我的感受都转移到你自己身上。"她说。

"好吧。"我回答。

　　"你能听我讲，这很好。你有这么强烈的感受，这也很好。可我已经从你现在感受到的那种情绪中走了出来，而你现在却把它又放大了一百倍。我已经走出来了，我已经治愈了自己，事实没有办法改变，他离开了我，但这不重要，他并不重要。"

　　"好吧。"我又一次说。

　　"好吧？"

　　"嗯，好吧。"我回答。

　　她坐起来，把靠垫放在身后，撑着腰部。她在黑暗中打量我。"你害怕成为卢德维格吗？"她问。

　　我先是哈哈大笑，然后，看她好像恼了，就不再笑了，只是说："我在听你说的话。"

　　"然后呢？"

　　"我还在，我没走。"我回答。

　　"嗯，是的。"她说。

　　"继续往下讲吧。"我说。

　　"可我已经忘了讲到哪里了。"

　　"你说，你在医院，机器瓣里啪啦响，这让你想起了自行车胎。"我说。

　　她沉默不语。就在我刚要开口询问她是不是不舒服的时候，她说："我很晚才学会骑自行车。"

　　"哦，是吗。"我回应道。

　　"我六岁的时候得到了第一辆属于自己的自行车，黄色的，明晃晃的，有白色的车座，还有辅助支撑轮。我坐在车上，感觉好像有什么一下子停止了，身边的一切都摇晃起来，天旋地转，整个世界把我包裹了起来，就像站在悬崖边上那种头晕目眩的感觉。邻居家孩子都为此嘲笑我，我感到被他们排挤，很气愤。我其实觉得，坐在自行车上，慢慢地用双脚在地上向前滑行，以我自己的节奏去尝试会很有意思，但是，在我住的地方总有其他孩子为此取笑我。我们的公寓位于一大排公寓楼中，在泉水牧场路，只要有人做点儿什么事情，其他人就会从楼里出来，想要参与，或者想要观看，而我不想被打扰。

"夏日里的一天，我突然想要骑车，那是七月，太阳很大，天气炎热，住宅楼里绝大多数人好像都去度假了，我已经一个人在院子里玩了好几天，那些嘲笑我骑自行车的孩子都走了。我请求爸爸把自行车拿出来，把辅助轮拆掉。为了不让我有压力，爸爸妈妈已经把自行车藏起来一段时间了。长长的碎石子路两旁，长着一片开满白花的树丛，散发出淡淡的尘土的味道，同时飘来阵阵甜丝丝的气息。一开始，我的脚跟不上，我大声地喊，高声地笑，爸爸轻轻地推着车后架，他能跑多快就跑多快，他一只手抓着自行车后架，就在碎石子路的中央，然后，他放开了手。"

卡罗林斯卡的解剖技师自称古纳·克朗贝里。他和丧葬公司老板亚德斯坦有着同样不慌不忙的声音。我告知他打电话过来的用意，他回答说："我知道是什么事，是我早先对丧葬公司老板说，我不建议你这么做的。"

"我听说了，可为什么？"

"你太太状态非常差。"他回答。

"我知道卡琳浑身青紫，我在胸心特护病房看到过她，她去世的时候我也在场。"

"她身体的状况比你在胸心特护病房看到的时候要糟糕得多。"

"这不会吓到我。"我回答。

"你说你叫汤姆？"

"对，汤姆。"我回答。

"汤姆，我得开诚布公地对你说，大块皮肤从身体上脱落，有血和难闻的液体流出来，如果剪开塑料袋，这一切就会造成卫生上的不便。"

"你们把她放在塑料袋里？"

"这是常规的处理方式。"他回答。

"她没有被冷冻吗？"

"冷冻了，但微生物还是分解、腐败，她的样子不会好看，这绝不是人们想要记住的。"

"我他妈的不在乎好看不好看，我只想要和我太太吻别。"

"汤姆，她已经没有嘴唇了。不仅如此，在教堂里打开塑料袋还会有传染的风险，并且会散发出可怕的恶臭。"

"怎么会这样？"

"根据我的经验，微生物似乎在体外膜肺氧合病逝的患者那里非常适应。"

"可她刚去世不久呀？"

"是的，这一切发展得非常快。"

"好吧，好吧，我明白了，我就不再打扰你了，谢谢你花时间跟我解释。"

我脱下 T 恤衫，让利维亚坐在婴儿背带里，贴着我的皮肤。我扯下了房子里所有卡琳的照片，包括那张打算用在葬礼上的放大了的照片，那张照片是在高特兰岛渡轮的后甲板上拍摄的，在利维亚来到她肚子里的那个夏天。

我曾经用卡琳的照片装饰了每一面墙壁，可现在我没办法再看她的眼睛。我只保留了冰箱上的那张照片，那是唯一一张她没有盯着镜头看的照片，一张老照片。我拍这张照片的时候坐在她身后，她头发高高地绾起，右耳隐约可见，后背光滑，比基尼带子系在颈后。她正向温德伯格海湾眺望。她坐在被阴影和晒干的水草覆盖的沙子里。

即使在浓密的黑暗里，我也能从很多人的脚步声中把卡琳的辨识出来，至少在她光着脚走过公寓地板时可以。卫生间的门关上了，我听见尿液落在水里的声音。她又回到床上，用被子蒙住头。我感到自己很无力，一种不愿承认的无力，但我明白它的存在，我恨它。

卡琳又一次把我吵醒的时候，我已经开始做梦了。她在床上坐起来。我似睡非睡，被她在门厅里窸窸窣窣的声音弄醒了。我起床，看到她站在大门旁。她把呢子大衣套在睡衣外，脚上穿着那双蓝色的胶鞋。

"你干吗呢？"我问。

"我要出去。"她回答。

"大半夜的，外面是冬天。"我说。

"我本不想把你吵醒的。"她回答。

"你去哪儿？"

"你在乎吗？"她问，然后她穿上大衣袖子。

"你这是什么意思？"我问。

"汤姆，你的变化无常、摇摆不定，我受不了了。"

"变化无常？你是认真的吗？"

"你为什么不愿意去看心理医生？"

"我现在就打算回答你。"我说。

"说吧，说我是笨蛋。"

"是我太蠢了，亲爱的，过来。"我说。但当我向她迈进一步时，她后退了一步。

"你经常这样。"她继续说道。

"够了。"我说。

"我是傻货，是白痴，对吧？"

"好吧，卡琳，如果你非要胡搅蛮缠，那就请吧，但实话说，我确实说过一两次，我也都请你原谅了。"

"你可真高尚啊，汤姆，你真是好极了，确实。"

"喂，你现在人到底在哪儿？和我一起在这里，还是和那只1998 年弃你而去的蠢猪一起活在过去？"

"你有病！"她脱口而出。

"根本不需要心理医生就能看出来，你心底的某个角落还是在想念那只蠢猪。"

她叹了口气。

"如果你想要我成为他的话……"我继续说。

"够了。"她说。

"说真的，我会变得和他一样，我会再高5厘米，我会装出那种小资式的酷拽，拔眉毛，吸食可卡因，我还会成为出版商，会引用该死的托马斯–伯恩哈德。我会跟他一模一样。但是，然后，我会离开你，就像那只蠢猪一样。"

"你说完了没有？"她问。

"没有，我要说多久就能说多久。"我回答。

"汤姆，你有很多要处理的问题。"

"你知道吗，回家去，和你爸爸一起吃顿饭。"

"你回家去，和你爸爸一起喝一顿吧。"她回答。

"说真的，等一下，此前还有一个心理学上相关联的问题：你现在人在哪一年？"

"你真的是疯了。"她说完关上了大门，如此平静、克制，让我有一种错觉，她肯定经过权衡，已经决定再也不回来了。

我没有追出去，我的软弱无力控制了我的身体。我太累了，必须在地上坐一会儿。我给她打了几次电话。过了很长时间，我才站起身来，走到窗前。我打开窗子上的插销，探出头向暴风雪里看去。外面冷极了。

大约过了一个小时，卡琳回电话了。"我没听见，我手机静音了。"她说。

"你在哪儿？"我问。

"在楼梯间。"她回答。

"哪个楼梯间？"

"我们的。"她说。

"这儿？"

"我一直都坐在这里。"她回答。

第二天午饭前，卡琳剪掉了病人手环。她急急忙忙就剪掉了，带着些许不屑，好像她已经忘记了为什么手上会戴着这只手环似的。一辆扫雪车沿着钓鱼者路一趟趟来来回回地开。卡琳仔细看了看窗玻璃，说玻璃必须清洗了。

"这种事都是在春天才做的。"我说。

她离开小厨房，来到客厅，在背包里找她的效率手册，翻看完日期后，她问道："你能帮我把纱布拆下来吗？到时候了。"

"难道不需要医院的人来拆吗？"我问。

"就只是个绷带而已。"她说完坐在床上。

我洗干净手，撕开外科手术胶带，一层一层把纱布绷带拆开，能看到里面的敷布了。敷布下面，后脑位置有一条十厘米长的沟壑，针脚是黑色的，很粗，像是用来绑烤肉的线。

"看上去是不是很恶心？"她问。

"没有。"我回答。

"看上去确实很恶心。"她叹了口气。

"没有，你想看吗？我给你拿镜子来？"

"不用，我不想看。"她回答。

圣诞节假期的时候，卡琳想要试着爬到高架床上去。这距离她第一次尝试已经过去了大约四个月。她在梯凳的帮助下爬上了床。她看着整个公寓，打量着室内装修。她在床上滚了几下，脱掉了衣服，又爬了下来。她一丝不挂，动作很慢。

她从小厨房的一个柜子里拿出一支牛血红色的香熏蜡烛，把它放在一个小托盘上点燃。"你能抱抱我吗？"她问。

妈妈坐在沙发上，冲着利维亚眨眼睛。她压低了声音："你爸已经进入最后的病程了。"

"医生怎么说？"我喝掉杯中的咖啡问道。

"他们什么都没说。"她回答。

"他们什么都没说？"

"他们能说什么？"她说。

"我怎么知道，也许可以说说他现在的身体状况，到底是几周，还是一年什么的。"我回答。

她似乎不想看我，眼神飘忽不定，她手肘紧紧夹在腰间，显得有点紧张。她用近乎骂街的语气说道："他已经患上癌症十年了，没有一个患有胃肠道间质瘤的人比这活得更久了。"

"我知道，妈妈。"我回答。我来到厨房，把咖啡倒进洗碗槽，说道："该死，咖啡的味道像鱼缸里的水。"

"是你煮的咖啡。"她指出，然后用温和一些的声音说，"你十二岁生日的时候，我和你爸送给你一个鱼缸，你还记得吗？"

"记得。"我回答。

"你很爱你的鱼。"

我从洗碗槽里拿出过滤网,把食物残渣敲到垃圾桶里,再把它放回去。"十年了。"我说。

"是啊。"她回答。

"我们得到消息的时候,我刚刚和卡琳在一起,她跑到胡丁厄我的公寓来找我。"我说。

"嗯,卡琳对你真的很好。"她说完,亲了一下利维亚的手臂,"哦,不。"她看着我紧接着补充了一句。她继续往下说,有些黯然神伤:"我的孩子,我现在会尽己所能帮助你,但我必须考虑一下你爸爸和布瑟,你爸爸已经不能再出去遛布瑟了,布瑟晚上十点钟的时候必须出去遛一次,这个小可怜聋了,它会冲着自己的阴影叫个不停,它几乎走不动了,我必须把它抱到树丛里去。晚上我在你家的时候,它已经开始在屋子里拉屎撒尿了。"

"妈妈,说真的,你竟然把一只破烂狗与爸爸和卡琳相提并论。"

"我不拿布瑟和任何人做比较,但只要这个可怜虫还活着,就必须有人来照顾它。"

"妈妈,直接把你想说的话说出来吧。"

"你应该可以让我把利维亚带到我家去过夜吧。"她说。

"妈妈,如果你不能来这里,那就不能。"

"我当然很想帮助你。"

"我想让利维亚待在这里。"我回答说。

　　爸爸打开大门的时候，我刚巧站在利维亚的婴儿篮旁。"天气还没暖和起来啊。"他说。已经熄灭的万宝路烟蒂还在他的嘴角。他挪着步子进了卫生间。他没有关门，出来的时候丝光卡其布裤子上有一块尿渍，但他根本就没有注意到。

　　妈妈开始翻看日历。"赠送的花束，你有什么建议没有？"她问。

　　"完全没想法。"我回答。

　　"棺材周围会摆上花环，通常还会需要单独的花束和挽词。"

　　"没关系的。"我说。

　　"挽词我们打算写得简单一点，'你还活在我们的记忆中'，然后写上我们的名字。"她说着，看了一眼爸爸，然后看着我。

　　"很好。"我回答。

　　"那就这样吧。"她说着在一张纸上写了些什么，然后把日历放回包里。

　　爸爸挠着利维亚的小脚丫说道："爷爷的小球儿，胖胖的。"他面色苍白，头发也白得很不自然，手臂上有大片棕色的伤口蔓延开来，脖子上的皮肤很粗糙，布满了小疖子。

　　他们待了不超过半小时。他们要走的时候，我不得不把爸爸从沙发上拉起来。妈妈帮他穿上外套，戴上帽子。他抚摸了一下利维亚的额头，说道："没有你，我们该怎么办呢？"

　　"你什么时候回来？"我问妈妈。

　　"晚上，我必须先带布瑟出门遛一趟。"

　　"十点？"我问。

"估计差不多那个时候。最好我现在跟你说，这样就不会忘了。明天你得请丽勒摩尔来帮忙，我们要去放射科，然后他就会很疲劳。"

"你们会从医院发短信给我吧？"我问。

"会的。"她回答。

在客厅里，爸爸转过身，想要说什么，但最后什么都没说。他把手举过肩膀，向我挥手告别，好像我站在离他很远的地方。

我打扫书桌周围的卫生时，看到书架下面有个东西，它在台灯撒下的光下明晃晃的。我把手伸进去，掏出一个猫头鹰小雕像。它像是个旅游纪念品，五厘米高，两厘米半宽，很沉，肯定是铅的或者铁的。它的爪子抓着一根刻有 AΘE 铭文的树枝。我想起来，猫头鹰是卡琳书桌上的镇纸，但我已经好多年没见过它了，我以前也没有用手拿过它。它的眼睛不成比例地大。我不记得这个东西卡琳是在跳蚤市场上买的，还是在她小时候和父母、哥哥一起去爱琴娜岛旅游时买的。

我上网搜索了一下，找到了类似的猫头鹰图片。AΘE 似乎是 AΘENATION 的缩写，大概意思是"雅典人的"。猫头鹰还出现在古希腊钱币上。这是雅典猫头鹰，或者拉丁文中称为密涅瓦的猫头鹰。它是智慧女神的化身，有着一双在黑暗中闪光的眼睛。卡琳的笔记本电脑里，文件夹和没有标题的零散文件乱成一团。我在电脑里搜索，输入搜索词：雅典娜、密涅瓦、猫头鹰、翅膀、黑暗中可视、食肉动物、战争、智慧、黑格尔。一无所获，没有关于这座小雕像的任何解释。

利维亚和我躺在一张床上，在我身边睡着了。她睡觉前刚喝了一百毫升奶粉。我很担心，怕她吐奶，怕呕吐物导致她窒息。我得等妈妈来之后再服异丙嗪片。她来晚了。我输入新的搜索词——利维亚。也许在某个地方，卡琳写下过这个名字以及她为什么会选择这个名字。什么都没有，哪里都没有。但是，我却在搜索"怀孕"这个词时，发现了一篇单独的日记：

2010 年圣诞前一周，周五。糟糕的一周。周一晚上、周二凌晨时分流产。第六周，那么早，比想象的更难过。也许意味着各种适应和调整。知道怀孕一周多，但此前已经有了很多症状，所以真的感觉到自己怀孕了。每天都难受。出事时，汤姆和我去了急诊，这周里剩下的日子基本上都很糟糕。周四、周五在家，大部分时间在看电视连续剧。周三突发惊恐症。夜不能寐。还有，身体累极了，几乎走不动路，但还是想立刻去 H&M 买一件无袖上衣。没治了。我在玛丽亚广场时，因为太累了，给汤姆打电话，哭了起来。他来接的我。他充当了我完美的支柱。我的悲伤占据了整个空间。他为这次流产写了一首诗，可能是关于一本小说的情节的吧。诗文就在他电脑里，在我每次的必经之路上，难以回避。我要不要为偷偷读过那首诗而羞愧？他把我内裤上的血称作"可能的另一种未来的残留物"。诗很美，却令我非常气愤。

我的心理咨询负责人周二 14 点给我打来电话："嗨，汤姆，我是丽斯洛特，你方便接电话吗？"

在卡罗林斯卡，我在新生儿科的小会议室里每周和她见两三次面。她很容易给人一种熟悉的感觉，柔软的身形让人想起卡琳，银白的童花头和圆滚滚的身材很像我妈妈。她很容易就能获得别人的信赖，让人将自己交付于她。电话交谈是权宜之策，在卡罗林斯卡那段时间之后，我无法忍受医院的气味，但又不愿意结束这种谈话服务。

"汤姆，从上次谈话以来，你过得怎么样？"丽斯洛特问道。

"还可以。"我回答。

"好吧，嗯，利维亚怎么样？"

"很好，她在我旁边，咿咿呀呀地叫呢。"

"听你这么说可真好。"

"她已经开始微笑了，她捏着我的手指，她能把目光集中到一处，直视我的眼睛了。"

"噢，这真是太好了。"

"卡琳将会错过很多东西。卡琳只见过还是一张黑白 B 超图像的利维亚，感觉她只是一个会动的小东西。"

"汤姆，未来会渐渐好一些、容易一些，你当然永远都无法停止想念卡琳，你还是会为她的离开难过，但那些糟糕的日子会渐行渐远。"丽斯洛特在等着我说话，看我无意回应，她继续说道："你在想事情呢？"

"我昨天去弄了一个新的身份证，我现在的那个马上就过期了，我需要一个身份证给各个政府机构看。"

"嗯，一个新身份证。"

"我步行到税务局办公室，从丛林路到南马尔姆的林荫道应该有两三公里的距离。"

"我能问一句吗？你有没有带着利维亚？"

"没有，我妈妈在照看她，我现在仍然很发怵推着婴儿车带她出门，这会让我焦虑。"

"那我能问问，是什么让你感到焦虑吗？"

"总有一天，我必须推着婴儿车带她出门的，我只是不想把自己的恐惧传递给她。"

"哦，这样就容易理解一些了，但我还是要问，你说，你不想把自己的恐惧传递给利维亚，这是什么意思？"

"能让我把税务局的事情讲完吗？"

"哦，当然。"

"我出示了缴费收据，然后被指引到一间照相室，那里只能容得下一个工作人员和一张摆着可调焦距相机的书桌。她给我量身高，一米七八。在老的身份证上，我身高一米七六。这很奇怪，你知道吗。卡琳和我一样高，她身高也是一米七六，这对我们两人来说都很重要，一种身体上的亲密感。"

"他们以前肯定量错了，你不觉得吗？"

"我从 18 岁以来一直就是一米七六，他们不可能每次都量错，我把自己定义为一米七六，而现在，我突然比卡琳高出 2 厘米。嗯，你知道吗，据说，唯一不会撒谎的就是一个人的身高。我体重骤降，在几个星期的时间里瘦了 17 公斤，我现在体重 59 公斤。"

"汤姆，你没胃口吃东西并不奇怪。"

"我觉得，税务局那个女的害怕我。"我打断丽斯洛特。

"噢，是吗，你为什么会有这种想法？"

"当她开始拍照时，我感到自己被抛弃了，人们从门口经过，往里面看。我想让她关上门，其他的照相室都是关着门拍照的，但她不愿意，她看我的眼神，好像她觉得，只要关上门，我就会抢劫她似的。"

"你问过她为什么不能关门吗？"

"她说，他们这里从来都不关门。"

"你和她说起过其他照相室都是关门拍照的吗？"

"她根本不听。"

"她没有回答你？"

"没有，她只是说，看镜头，然后就开始调整照相机的角度。"

"嗯，这确实很奇怪。"

"我认不出照片上的自己，我问她，能不能再重新拍一张，这些照片是表明身份的证件照，在拍完第四张照片的时候，她恼了。不过感觉还是不对，这是我的证件照呀，它应该确保我是我。我的眼神空洞无物，就好像我看过的所有东西都从这双眼睛中流走了一样，这太恐怖了。我想要再重新拍一张，但这一次没有得到允许，真该死，我已经变得那么奴颜婢膝了。我只是说，好的，谢谢。如果换作以前的我，我一定会要求换一个照相室拍照，不拍到满意决不离开。"

"汤姆，你在卡罗林斯卡待了将近一个月，其间发生了很多事情，这并不容易，特别是在你经历过这一切之后。不过我还是想说，在我们上次交谈中，你讲述了与官方机构打交道遇到的各种问题，我当时就有一种印象，你真的会坚持己见，表达自己的不满。"

"我从来都不害怕冲突，其实更准确地说，我喜欢对抗，卡琳称我为小猎犬，我的朋友们也是，他们根本无法理解我感觉自己有多卑微。"

"哦，是吗，你会为此生气吗？"

"不会，一点儿都不，我只觉得这很有意思。"

"汤姆，现在你的内心发生了很多变化。"

"应该是吧，有时，我觉得自己好像就要疯了。昨天我找到卡琳的一座小雕像，一只猫头鹰，密涅瓦的猫头鹰，它掉落在书架下面，这种感觉就像是卡琳在和我交流，好像她想要对我说些什么似的。"

"你太熟悉她了，可以说，有这种感受很正常，就好像那些已经离开的人正在和你交流一样，尤其是在沉痛的悲伤中，这一点儿都不疯癫，因为他们确实也或多或少地这么做了。我能问一下，这只猫头鹰有什么特别之处吗？"

"密涅瓦的猫头鹰在黄昏降临之时，就会张开它的翅膀。"

"哦，是吗。好吧，很抱歉，我必须得问一句，背景里是利维亚的声音吗？"

"她正抓着我的衣袖玩得不亦乐乎，她正咬它呢。"

丽斯洛特笑了。"想想看，这真是太有意思了，她的感官在发育，她肯定能识别出你的气味。"

"或者味道，我想在夜里也把她放在身边，但我现在还不敢。"

"为什么不敢呢？"

"我在服安眠药和异丙嗪片呀。"

"哦，是吗，没错，可汤姆，你需要睡眠，这件事并不着急，按照你的节奏，慢慢来。"

"谢谢，丽斯洛特，我需要听到这些话。"

"汤姆，你不需要道谢。"

"我是不是有点儿'奴颜婢膝'的？"

她咳嗽了一声，笑了起来。"抱歉，"她接着说道，"你这样道谢很绅士。"

"今天早晨，我翻看了我的日记，我在写日记，我和你说起过吧？"

"嗯，你说过。"

"好吧，今天早晨，我翻看了我本周写的日记，周三的时候，我满脑子都在想，我会比卡琳年纪大，她七六年夏末出生，而我七八年春天出生，一页接一页写的内容都是 2013 年 10 月 23 日我就会比卡琳年纪大了。"

"嗯，汤姆，总会有一个卡琳去世前的生活和一个她去世后的生活，一个生活是她比你大的，还有一个是你比她大的。"

"我经常想起上一次卡琳生病的时候。"

"你想些什么呢？"

"说是想，其实更多的是一幕接一幕的画面在脑海中冒出来。

我没有分析这些画面，例如她在康复之家穿的那条浅蓝色的连衣裙。"

"是上一次她动手术的时候吗？"

"对，没错，她在胸心重症监护病房时，那条裙子经常会出现在我脑海中。"

"你可以试着分析一下，为什么会这样呢？"

"她那一次醒来了，她活了下来。"

"嗯，那次她穿着那条蓝色的连衣裙。"

"浅蓝色的。"

"对，是的。"

"或者更确切地说，冰蓝色的。"

"是浅蓝色系的一种色调？"

"对，像天蓝色。"

"你对色彩感兴趣？"

"在四岁体检时，我没有通过颜色测试。我妈妈认为，作为孩子，我在颜色辨识方面的发育非常厉害，我经常画画，她的理论是，我不像其他孩子那样将红色看作是一个颜色，而是会看成很多不同的颜色，或者蓝色，或者绿色。她认为，我不明白颜色和色调之间的区别，但她是我妈妈，她总会维护我。现在我跑题了，忘了我们在说什么了，我们在谈论什么呢？"

"哦，现在我也不太肯定了，哦，不，我们在谈论连衣裙。"

"对，没错。"

"你把那条连衣裙和卡琳联系在一起吗？"她问。

"并不总是，当我想起她在卡罗林斯卡的时候，她就会穿着那条裙子，她穿那条裙子的时候样子很甜美，裙子很柔软，细丝绒的布料，看上去更像一条睡裙，她经常穿着它睡觉，但在康复之家时，她整日都穿着那条裙子。我想起一件事，我能说吗？"

"当然可以，你想说什么都可以说。"

"卡琳开始发烧，是在一大早。那天晚上她早早就上床睡觉了，八点左右，我没有睡，在工作。"

"我能问一下，这是什么时候的事情吗？"

"就是三月份呀。"

"哦，哦，也就是说今年三月，那时我已经参与进来了。"

"才刚刚过去六周时间。"

"是啊，汤姆，才刚刚过去六个星期，没错，你说，你没睡觉，在工作。"

"对，我和往常一样，睡得很晚。卡琳在餐桌上给我留了一张字条，她经常这么做。"

"你说起过，你们经常写字条给对方，嗯。"

"她画了一颗心，上面有两只大眼睛和长长的、卷翘的睫毛，在这颗心里，她还画了一颗小心。"

"是吗，哦。那颗小心是肚子里的孩子。"

"对，没错，对。在一个对话气泡里，她写上，她爱我，无止境，还带着好多好多感叹号。现在，我说起这些，感觉很可笑。"

"一点儿都不，汤姆。"

"不，确实可笑呀，但也正因为如此，才格外美好。"

"我明白你的意思，嗯。"

"我拿着字条去卧室，但我没有跨过那道门槛走进去，我站在门口。"

丽斯洛特等我继续说下去，过了好一会儿，听我还没开口，她说道："嗯，你在卡琳和利维亚睡着的时候看着她们？"

"那时还不是利维亚呢，我们叫她'小东西'或者'小蜥蜴'。"

丽斯洛特笑了起来。她请求原谅。

"没事，确实很有趣呀，我们也笑呢，但那时她对我们来说就是个小东西。"

"你说，你没有跨过门槛走进卧室。"

"嗯，我站在门口，卡琳戴着她橙色的耳塞，背部和肚子都用垫子支撑着。"

"嗯，汤姆。"

"我那么强烈地感受到，我们有一个过去、一个现在和一个未来。"

"嗯，汤姆。"她又一次说道。

"不过，我最幸福的还是 2008 年。"

"对不起，我打断一下，你站在卧室门口，也就是说，那是卡琳的病第一次显现出症状的那个晚上，是吗？还是我误解了你的意思？"

"没有。"我回答。

"你们是那个时候去的南部医院吗？"

"不是，几天后才去的。她那天夜里开始呕吐、高烧、打冷战，我们以为是流感。我觉得，那一周，我给南部医院至少打过二十次电话，他们只是说，是流感，等着自愈就好了。实际上，他们不想让卡琳住进待产病房，他们害怕她会传染其他孕妇。"

"他们怎么知道是流感的？"

"他们没办法知道，我也很害怕是什么严重的疾病，于是我选择相信他们，不假思索地接受了他们说的话，而且，症状确实也是普通流感的症状，发烧、呕吐、咳嗽。还有，她怀孕了，缺铁，有耻骨联合分离症，她容易疲劳。"

"嗯，嗯，确实。"

"在我们住进医院的前一天，她开始呼吸困难，病程发展很快，每个小时呼吸都在恶化。我最后确信，她患上了肺炎。医院还是不想让我们住院，他们觉得我们过分焦虑了，典型的第一次做父母的通病。我很绝望，同时，我也不想引起卡琳的不安，我努力让自己平静。我要求助产士和卡琳通电话，听听她的呼吸声。"

"他们听到她的呼吸之后就明白了？"她问道。

"没有，没有马上明白，他们想要先和医生谈谈，说会给我们回电话。我曾一度想过送急诊，但卡琳已经怀孕几个月了，我们想去产科，我们很担心小东西的安危。"

"嗯，当然，汤姆，你以前说起过这件事，我只是想把事情的来龙去脉搞清楚，我现在能更好地理解你为什么会站在门槛旁，看着熟睡的卡琳，你们正在等待第一个孩子的出生，门槛也具有某种象征意义，我想。你明白我的意思吗？"

"是的，明白，当然。"

"你也许和我的想法不太一样，但我想，门槛就像是一道分割线，将现在和过往区分开来，你同意我这种说法吗？"

"是的，当然，至少我如今回头去想这件事的时候是这种感觉，但我站在门口的时候却并没有那么想。"

"那是自然，你当时还不知道。"

"当时，拥有一个共同未来的念头是最强烈的。"

"是的，汤姆，你刚才说过，一个过去、一个现在和一个将来。我能问一句吗，从哪一方面来说，一个未来的想法最强烈？"

"就在那时，你的意思是？"

"对。"她回答。

"我不知道，我们经常说起，我们要一起变老，这会在我们为经济或者其他什么东西担忧的时候令彼此感到平静。在我们的想象中，遥远的未来我们有一个面朝大海的玻璃门廊，我们手里拿着各自的小说，相伴而坐，已经成年的子子孙孙正从斯德哥尔摩向我们这里赶来，无欲无求、淡然低调、平平静静。"

"嗯，汤姆，能不能说，你看到卡琳躺在一大堆靠垫之间令你感到踏实、有安全感？"

"没错，很讽刺吧。"

"嗯，嗯，确实，如果我回想一下我们刚才的谈话，在我打断你之前，你说 2008 年的时候自己最幸福？"

"嗯，没错。"

"你当时怎么想的？"

"我不记得就这一点我要说什么了。"

"我不应该这样打断你，对不起。不过我还是想问一下，你为什么会觉得自己在 2008 年最幸福？"

"只有那一年是我愿意回去的。"

"原来如此，嗯。"

"那时，卡琳被宣布康复了，我和卡琳都感觉我们很年轻，哦，我真的不知道，我们还在 2008 年搬到了丛林路居住。"

"哦，是吗，这是你们第一个共同的住处吧。"

"对，没错。"

"有个问题可能不太好回答，不过，如果把卡琳最近这次患病前的时光也算在内，2008 年仍然是你感觉最幸福的一年吗？"

"是个好问题，我不知道，我觉得是的，我们刚刚一起经历了那么多，2008 年我们俩在恋情中都很放松，我们彼此信赖，相互依靠。在我爸爸生病的时候，卡琳陪在我身边，在卡琳生病的时候，我陪在她身边。回想起 2008 年，我记忆中最深刻的就是我们在辛肯斯坦散步。"

"嗯，嗯。"

"我们通常会经过一个超市，在环路和鹿角街交叉的十字路口有几棵榆树，它们跟周围的大楼一般高，也许有好几百年了。卡琳喜欢坐在树下的长凳上。榆树在六月开花，是风媒花，卡琳告诉我说，榆树的种子称为榆钱，是翘果，它们或是成堆地掉落在人行道上，或是在风中盘桓飞舞，好像天上下翘果雨一样，那噼里啪啦的响声真像是一场雨。卡琳在冬天就会想念这一幕，我们吃早餐时，她时常会提起。当她因为光照不足感到抑郁时，我总是说'想想那些苹果吧'。"

我手里拿着雕花玻璃杯站在镜子前，怀里抱着利维亚。大卫的太太帮忙置办了利维亚葬礼穿的服装：从北欧百货购买的复古裤袜与奶黄色的上衣。我不敢自己出门去买我的衣服，亚历克斯自告奋勇，陪我同去。他在干草广场的台阶处等我。H&M 的黑西装和白衬衫，1797 克朗。尼尔松的黑色皮鞋，909 克朗。MQ 的黑色马甲、手帕和一条白色领带，947 克朗。以前我都是找爸爸借领带，需要的次数掰着十根手指都能数得过来。这是我自己购买的第一条领带。

在干草广场站到地铁中央车站之间的列车里，我从手提袋里把领带拿出来看。"为什么领带是白色的？"我问。

"近亲属通常都打白色领带。"亚历克斯回答说。

"我知道，但为什么呢？为什么要穿黑西装？"

"那是国际惯例，白色领带是瑞典风俗。不管怎么说，你系着这条领带，看上去会像个百万富翁。"他说。

我以前就知道，领带是从十七世纪的领巾发展而来的，而那种阔领巾的灵感又来源于当时克罗地亚士兵作战时衣领上系着的布带。回到家之后，我上网查了一下，没有找到任何有关佩戴白色领带的传统从何而来的信息。不过我看到，黑色于十六世纪，效仿西班牙时尚，在瑞典成为丧色。十九世纪，白色的小尖领礼服开始用来配黑色丧服，但是，直到十九世纪末期，白色尖领礼服才成为近亲属的专利。不过，白色领巾在瑞典历史悠久，然而，在有关葬礼仪式的文章中并没有涉及这一点，但我搜索到了很多老照片以及描绘瑞典农业社会的浪漫主义油画图片。

我的领带是象牙白色的，这种白色也是卡琳在玛丽亚广场旁的古董二手商店里挑选的婚纱的颜色，其实那算不上婚纱，那只是一件款式简单的二十世纪四十年代的礼服。利维亚有点儿哼哼唧唧的，我离开了镜子，脱下衣服，把它们都挂进柜子里。

奶瓶必须每天都在沸水中消毒。我感觉，这是我每天做的唯一一件事。雀巢特别能恩 (PreNAN) 早产儿奶粉要用凉水冲调。我用小锅加热冲调好的奶粉，然后倒进奶瓶里。我在身上放一块毯子，滴一滴奶在手腕上，有一点点烫，我打算等一下。利维亚的小脑袋粉粉的，毛茸茸的。她喝奶的声音令我昏昏欲睡。她张着嘴睡着了。

我被电话铃声惊醒，一把抓起座机。

"你好，我找卡琳。"

我没听过这个声音。一个年轻女人的声音。她听起来是那么诚心诚意地高兴，我有些拿不准，她会不会是某个还不知情的卡琳的同事或者儿时的旧友。

利维亚还睡着。我用肩膀和耳朵夹着电话，把利维亚从胸口的婴儿背带里拿出来，放在我身边的沙发上。"我没听清，你说你是谁？"我问。

"卡琳在家吗？"她回答。

"什么事？"

"卡琳签了预付费电话协议，所以我想和她通电话。"她用同样高兴的声音说道。

"你是哪儿？"我问。

"我希望能和卡琳通电话。"

"卡琳死了。"我回答。

"好吧，那祝您生活愉快。"

　　我从利丁岛的教堂园区管理部门得到了索伦蒂纳的银谷火葬场的电话。我向一位火化技术人员做了自我介绍。我解释说，我妻子要进行火化，我想知道火化是如何进行的。

"哦，是吗。"他回答。

"如果我有问题要问的话，不知道找谁比较合适？"

"你可以问我，但是，其实我们几个小时前就关门了，我不知道自己为什么会接这个电话。"他说。

　　我有一种感觉，我好像是有史以来第一个打电话给火葬场问问题的人。他喘息声很重，似乎身体很健硕的样子。"好吧。"我说。

"你为什么想知道这些呢？"

"我就是想知道。"

"哦，是吗，那你想问什么呢？"

"我只是想知道，我太太来到你们这里之后会怎样。"

"其实没什么太多可说的。"他说，听上去他好像坐了下来。

"可我一无所知。"我指出。

"尸体从太平间运送到这里，我们把尸体放入冷藏室。"他说。

"你们那里多少度？"

"你是记者吗？"

"不是，我只是想知道。"

他笑了，说道："就是一个特别普通的冷藏室，和伊卡超市用的那种一样。"

"十度？"

"五度，更准确点儿说。"

"好吧，然后呢？"

"嗯，然后我们给尸体配好陶瓷号码牌，以免造成混淆。"

"发生过混淆吗？"

"在我手里没有过，但当然有这种可能。"

"也就是说，一个骨灰盒里的骨灰是属于另外一具尸体的？"

"不会。"他回答。

"我觉得，你刚刚说会有这种可能。"

"我听说过，一个医生给一个来做膝盖手术的人切除了盲肠，出错当然是不可避免的，操作机器的都是人呀。"

"陶瓷号码牌，好吧，然后呢？"我问。

"焚烧炉，尸体在那里焚烧大约九十分钟，我们使用汽油焚烧，此后就只剩下一堆滚烫的焦炭了。"

"你们把这些放进骨灰盒里？"

"不是，工作人员把这些东西清理出来，让一个骨灰制作人将其制作成均匀细致的粉末，然后再把这些粉末导入骨灰盒，最后进行密封。"

"焚烧炉内大约多少度？"

"温度高得很，八百度左右。"

"你们会妥善处理烟尘吗？"

"烟尘从烟囱排出，烟囱有 15 米高，到目前为止，还没有收到过周围居民投诉。"

"烟尘也是燃烧剩余物的一部分呀，它会生成煤烟，不是吗？"

"我们在随时监控水银、二氧化碳等物质的排放情况，这些都是有控制的。"

"焚烧剩余物难道不被看作火化尸体的一部分吗？"

"这我从来没听说过。"他回答。

"所以说，尸体可测量的某一部分顺着烟囱排了出去，飘到索伦蒂纳工业区的上空去了？"

"这我就不知道了。"

"火化需要死亡证明吗？"

"该死，不需要，很早以前就取消这项规定了，二十世纪六十年代吧，不过，你是不是后悔了，你不想把奶奶的尸体火化了？"他问。

"我太太。"我纠正说，然后继续道，"我不知道她想怎样，我岳母言之凿凿说她希望被火化。火化在瑞典普遍吗？"

"在瑞典，是的，很普遍，有着悠久的传统，在基督教传入之前，我们就会将亲人尸体焚烧，不过，也许你的祖先不是北欧人？"

"在卡夫泽，人们发现了十万年前的墓穴，那些古代人把海洋贝壳放在死者身边。"我回答说。

"哦，现在我们长话短说吧，如果你愿意的话，可以到这里来看看，或者在我们上班的时候打电话过来。"

"好吧，谢谢，占用你的时间了。"

"你还有其他问题吗？"

"没有了，我只是有种奇怪的感觉，我太太死后，有那么多我素未谋面的人在料理她的身后事。"

"不这样就乱套了，你想啊，要是每个人都把死人放在家里，哦，不，我们真应该庆幸才对。"

斯文刚要去拍拍利维亚，丽勒摩尔就大喊道："给手消毒。"他道歉的时候两眼看着我。他走到衣帽架下的柜子旁，按了几下柜子上放着的免洗消毒洗手液的按压瓶，在手上涂上消毒液，但他忘了去抚摸利维亚，他转身将装着儿童服装的纸袋拿了进来，那些都是他们利丁岛上的邻居和朋友送的。"我得走了。"斯文说。

"你不来杯咖啡吗？"我问道。

他看了看陷进沙发里的丽勒摩尔。她的羊毛衫是铬黄色的，头发是灰黑色的。"哦，不了，我到城里还有些事情要办，还是谢谢你。"

"我买了牛奶。"我说。

"哦，是吗，不了，还是谢谢你。"他回答说，然后他高声说道，"我走了，亲爱的。"

丽勒摩尔回答："开车小心。"

我送他到楼梯间。"利维亚以为你会拍拍她呢。"

他停下来，转过身。他的脸颊深深地凹陷下去，皱纹比以前更深、更长了，笑声中没有了往日那种我熟悉的温暖的回响。"小可爱，我怎么能把你给忘了呢？"他抚摸着利维亚的脸颊说。他用手指抓起她的小手。"是啊，死亡无法改变。"他低声说。

我不知道该怎样作答，于是我说："开车小心。"

"嗯，谢谢，再见，汤姆。"他转过身，向利维亚挥手告别，然后下楼离开了。

丽勒摩尔给我一套一套地展示新的儿童服装，然后和我商量调整一些葬礼上的细节，搞得我昏昏欲睡。"挺不错的。"我说。

"嗯，卡琳肯定会喜欢的。"

我站起身，说道："我得去睡觉了，我太累了，不过，我已经准备好奶粉了，就在冰箱里，利维亚醒来之后热一下就行了。"

丽勒摩尔起身来到冰箱前，她打开冰箱门往里面看了一眼。"嗯，我看见了。"她转过身，看着水池里堆着的盘子、杯子和利维亚的奶瓶，"如果你不反对的话，我愿意洗一下这里利维亚的东西。"

"你不需要做这些，丽勒摩尔，我明天会洗的。"

"我很愿意，反正我也睡不着。"

"好吧，谢谢，但我还是想明天再洗我们的东西。"

丽勒摩尔几乎是一把抓起利维亚，转身背对着我。我去刷牙，洗脸。当我去客房向丽勒摩尔道晚安的时候，她坐在床边。"斯文刚才来电话了。"她说。

"是吗，有什么事吗？"

"他只是想说，我们把一袋衣服忘在车里了。"她回答。

"他应该不会准备开回来吧？"

"原本他有这个打算，但我跟他说，我们改天吧。"

"他似乎很疲惫。"我说。

"这我不知道。"她说，"这也许没什么奇怪的。他似乎很冷静地接受了这一切，他在继续他的看诊工作。"

"他需要按部就班地生活。"我说。

"可我还是不明白，每天从早到晚坐在那里，聆听别人的麻烦，而他自己刚刚失去了一个女儿？"

"比整天想着自己的麻烦要简单一些，也许。"

"嗯，也许。你听说过卡琳是怎么得到伊万的吗？"她问。

"嗯，哦，没有，说说看。"

"她特别想要一只狗，那时斯文的诊所就设在家里，在射击路上的别墅里。"

"嗯，我听说过。"我靠在门框上说。

"患者从正门进来，而我们则不得不走餐厅的小门进屋。"

"嗯，卡琳说起过，说这有意思极了。"

"卡琳特别想养狗。斯文认为，如果狗乱叫的话，会吓到他的患者，我和卡琳则反驳他，弗洛伊德就是只狗啊，一只白色的大狐狸犬。但是，不行，患者会害怕的，所以卡琳就得到了猫咪托德作为补偿。"

"嗯，嗯，托德，没错。"

"这并不能安抚卡琳对狗的渴望。于是，卡琳从我的书房找来一根粉笔，在正门入口的楼梯上写字，她很老到，没有写在正面台阶上，而是写在边缘上，患者想不注意到都很难，她写的'他妈的患者'。"

"太棒了，她那时多大？"

"十一二岁，说不准了。卡琳一直都是一个很乖的孩子，很少会这样直接地表达自己的情绪，但这一招奏效了，我们明白了，狗对她来说有多重要。"

"伊万是一只查理王小猎犬？"

"是的，一只骑士查理王猎犬。"她抿着嘴，小声地笑了，然后说道，"后来，伊万把尿撒在斯文诊所的暖风机上了，我和卡琳都觉得，这是它的报复行为。有一天，伊万穿过那扇我们不允许它通过的推拉门，进入了斯文的诊室，于是，某天早晨，斯文打开暖风，想给他可怜的患者们一点温暖，我们就听到从那边传来各种抱怨声。"

"太有意思了，真有趣，天啊，能笑一笑感觉可真好。"我说完，在床边的椅子上坐下来。

"这里应该有点儿热，不是吗？"丽勒摩尔问，她把毯子从利维亚身上拿掉。

"是吗？"我问。

"我昨晚梦见卡琳了。"她说。

"哦，是吗。"

"斯文几天前也梦到她了。奇怪的是，我们俩的梦境居然很相似。"

"你们梦到什么了？"我问。

"她骂我们，很日常的场景，她成年了，我们刚刚在耕田路吃过饭，然后，有件事情令她很生气，我不知道她在为什么事情生气。"她说。

"好吧。"

"她有时确实会发脾气的。"她指出。

"嗯，这我知道，丽勒摩尔，我和她一起生活过。"

"屋子里不热吗？"

"不热啊，我不觉得。"

"也许这个温度对卡琳来说刚刚好？"她说。

一开始，我想纠正她的话，但还是决定先什么都不说。我探身看了一下温控器，说道："在三挡，但我可以把挡位调低，三挡通常情况下应该会感觉冷。"

"不能把窗户打开吗？"她问。

"风险是，街上太吵了。"我回答。

"那是什么？"她指着窗户框上的条状通风口问。

"那个已经打开了。"我靠在窗台上说。

"这样可以了。"她说。

"我从来都没梦到过卡琳，是药片的问题。我现在睡得太死了，为了能梦到她，我会在睡前想她。"我说。我走到利维亚的婴儿篮前。

"然后，梦还是会醒。"丽勒摩尔回答。

"也许吧，但是不管怎么说，还是梦到过呀。"我说。

她伸了伸腿，用手捏捏膝盖骨，好像那里疼似的，然后，她双手撑着床沿，看着我。"汤姆，最近几周，我想了很多，想卡琳的种种，也想到我们在卡罗林斯卡的冲突。"她说。

"冲突？"

"用词不当，我收回这个词。不过我还是想说，我需要把压在心里的话说出来，那种感觉就好像你在踢我们，而那时我们已经毫无还手之力地倒在地上了。"

"我踢你们？我自己就倒在地上呢，我要怎么去踢你们呀？"

"我只是觉得，对我来说，把这一切说出来很重要。"

"丽勒摩尔，行行好，把话说清楚。"

"我明白，卡琳在南部医院昏迷之前想要和你单独在一起，但在卡罗林斯卡，把我们和卡琳分隔开来，这对我们来说很残忍，你必须明白这一点，这简直就是恐怖。"

"我还是让你们见她了呀？"

"在那么多纷争和纠缠之后才见到，而且也只有为数不多的几次而已。我们不需要谈论这个，我理解你，但这种情形令人无法忍受，我只是想说这个，能够把这些话说出来，对我非常重要。"

"这是卡琳的意愿，但我觉得，背后有比这复杂得多的原因。"我回答。

"有可能，但当时给人的感觉更像是你不愿意让我们待在那里。"

"我能开诚布公地说吗？"

"汤姆，我无意伤害你。"

"我可以说话吗？"

"好吧，你说。"她拉了拉上衣说。

"谢谢，就我所看到的，卡琳没能和你们进行适当的亲情分离。她21岁的时候开始创建自己的生活，《娱乐导航》的主编，一个聪明、帅气得一塌糊涂的男朋友，这一切都随着脑溢血成为泡影。人渣拍拍屁股走了，卡琳无法再继续那份工作，她的朋友都太年轻、太没有经验了，根本无法理解她到底经历了什么，只有你们陪在她身边，给她支持，当然了，不仅如此。但是，她需要与你们进行亲情分离，她需要开始自己的生活，她需要感觉她有一个自己的家庭，一个原生家庭以外的家庭，但是不行，这没能成功。她自己说过，她在退化。"

"这我都知道，我一直以来对卡琳有些近乎崇拜，她太聪明了。我从未把她当作孩子一样对待，我们俩没有任何一个人把她当作孩子一样对待，如果你是这个意思的话？"

"你崇拜卡琳，斯文崇拜卡琳，的确如此，我看到你仅有的几次满脸幸福的样子，都是在你与卡琳共处一室的时候。我认识你已经十年了，丽勒摩尔。"

"你本人觉得，卡琳像个孩子吗？"

"她像个老妇人，在某种层面上。在另一个层面上，当斯文喊她小甜心时，她会感到一种不情愿，而你一直都在说她聪明、能干。在我耳朵里，这些话是人们对自己的孩子说的，而不是对一个成年的女人。"

"你这么说就不公平了，汤姆，等利维亚长大一些，你就等着瞧吧。不过我同意你的很多看法，确实。但你要考虑到我们的情况，卡琳病了，在医院里，我睡在卡琳身边，在检查和手术期间她住在家里时，我也睡在她身边，她当时 21 岁。是成年人还是孩子，这没有任何意义，我看着卡琳受那么多苦，听她恳求我说，如果她失去了正常生活能力，那么一定要帮她结束自己的生命。我没有办法给我的孩子安慰，因为根本就没有孩子存在。"

"丽勒摩尔，卡琳爱你们，这你知道的，但对她来说，感觉到她有一个自己的家庭很重要，一个在你们给她的家庭以外的家庭，她需要我陪在她身边，而不是你，不是斯文。这对她来说并不是一个容易的决定，她想要做成年人，正是这种感受在医院里爆发了出来。"

"汤姆，我本意不是要伤害你。"她把双手放在腿上说道。

"这根本伤害不到我，丽勒摩尔，我希望，我没有伤害到你，但我觉得，卡琳当初选择我绝非偶然。当然了，背后有很多原因，我比她小，其实也只是小了两岁，不过这还是很重要，我崇拜她，把她看作是一个成熟的女人，一个成年女人。"

"我们也许不应该那么大声说话。"她盯着利维亚的小篮子说。

"嗯，不过我们今天的谈话差不多也该结束了，她好像并没有受到影响。"我说完，走到篮子前亲吻了利维亚，和她道晚安。

丽勒摩尔撇了下嘴。

"怎么了，丽勒摩尔。"

"你这么做不会弄醒她吗？"她说。

"会吗？"

"会的。"她回答。

"你难道反对我睡前亲吻自己的女儿吗？"

她整条手臂挥了一下。

我问道："我说话声音太大了，是吗？"

她紧张地微笑了一下，说道："没有，没有，我这个动作是老习惯了，我不是这个意思。"

"好吧，晚安。"我说。

"嗯，晚安，汤姆。"她回答说，我出去后她关上了门。

躺在床上，我后悔了。我打开灯，穿上牛仔裤，急急忙忙回到客房。我敲了下门，然后打开门，低头看着地板。床头灯的光线在木地板上洒下一片圆圆的光晕。"对不起，丽勒摩尔，我想要开始尝试自己在夜里照顾利维亚。"

我听到她动了动，但她没有回答。地板咯吱咯吱响起来，她握住门把手的那一刻，我不得不后退了两步。她压低声音，小声回答道："我不想大声喊，我正躺在那儿把一些回忆记录下来，卡琳小时候的一些事。我想，等利维亚长大之后告诉她，一定很有意思。"

"我感觉，现在我已经准备好自己在夜里照顾利维亚了。"我说。

"那很好，但我们不能等到明天再说吗？"

"我等不了，丽勒摩尔，我现在就想要利维亚。"

"你不需要睡眠吗？你白天还有精神照顾她吗？"

"可以吗？还是……"

"当然可以。"她说。

"谢谢。"我从她身边挤进门，眼含泪水，拨开婴儿篮的轮锁。

"我过来这里，也许让你感到既意外，又失望。"她说。

"对不起，我可以替你付出租车钱，对不起，丽勒摩尔，我现在想要利维亚。"

"不然的话，我有个建议，你可以和她在一起，直到你睡着，我可以过几个小时去把她抱过来，我进去会很轻的，不会吵醒你的，你看行吗？"

"行行好，从现在开始，我想晚上和女儿一起睡，谢谢。"

"是啊，你把利维亚照顾得很好，你是个好爸爸。"她一边跟在我身后，一边说。她在起居室外的门厅里停下了脚步。我不敢抬头看她。

半夜时分，我被利维亚蹬踹和哼唧的声音弄醒。我把她从篮子里抱出来，放在我的肚子上。她把小鼻子埋进我的脖子里，又睡着了。我开始出汗，我担心她趴在我身上太热了。我又把她放回篮子里，把篮子拉到床边。我给她的额头吹气，数她有几颗泪珠挂在脸上，就像我妈妈曾经数我的眼泪一样，我能感觉到她急促的呼吸。她有卡琳的唇弓、我的睫毛、爸爸的耳朵。她的中指在动，慢慢地，像石莼。她在睡梦中吮吸奶嘴，身体陷在柔软的蓝色毯子里。

我把今天早晨摔碎的座机电话碎片扫起来。它给人感觉很像老式拨盘的眼镜蛇电话，但品牌是瑞典电信方程式电话。卡琳还住在北站路的学生公寓时，它就已经存在了。我尝试把电话修理一下，然后继续打扫房间——壁纸、踢脚线、床底下、水晶灯、抽屉柜、抽屉。

在卡琳书桌下的纸箱里，我在一个装着发票的袋子里找到一本口袋日记，玫红色封皮上画着几只尖钩粉蝶和一只黄蜂，正中央还有一只背上驮着一件礼物的小鸭子。日记本看上去好像是在玩具店买的，上面挂着一把沉沉的挂锁。我用力一拉，就把锁弄开了，我坐在卡琳的椅子上读了起来。日记本几乎是空的，只写了五页，有两个日期：

嗨，小鸭子，2004 年 3 月 15 日

所有的恐惧、所有的风险，都感觉没有尽头。是这样吗？一个人应该敢于冒险，难道不是吗？有那么多风险客观存在，很难预知哪些属于好的类型。我和汤姆在一起感觉很好。他就是我想要的那种类型。我盼望着能和他在一起有孩子。没错！我！但有什么东西正在干扰这种平静，是什么呢？嗯，一次关于喝酒的讨论。汤姆现在还没有酗酒的问题，但他爸爸有，因此他完全没有办法谈论这个问题。这使得我也没办法去谈论这个问题。现在，有一段时间，我经常含沙射影地提到酒的问题，但这样做似乎并未对我们有关这个问题的讨论起到任何有益的效果。

亲爱的小日记本，2004 年 5 月 14 日

对于我来说，没有什么比记录下我的想法更重要的事情了。

也许正因如此我才会从事写作工作？本周，我和汤姆一起去看电影，我们看的是蒂姆·波顿的《大鱼》。汤姆喜欢这部片子，我则不太好说。回家的路上，汤姆很难过。他变得那么小，将自己藏进我的大衣里。他不想让任何人看到他哭过。汤姆的爸爸得了癌症，也许留给他的时间不多了。在电影里有一幕，儿子在病榻前和垂死的父亲告别，我觉得，是这一幕击中了他。我现在正躺在汤姆胡丁厄家中的浴缸里，感冒很严重，有种奇怪的直觉，我昨天结束服用抗抑郁的药物了。也许，最好还是让这一切一起来吧，这样我就有足够的理由让身体和心理同时崩溃了。

写悼词的时候，我把卡琳的圆筒梳放在身边。我写不下去的时候，就会用手指揉搓她的头发。我听到楼梯间里邻居家猫咪的叫声、厨房排风扇呼呼作响、窗户条状通风口内飕飕的风声，以及窗下丛林路上行人传来的只言片语。像往常一样，像卡琳还在的任何一天一样，风干的头发，垂落在她背上。

南部医院坐落在一座小山坡上，距离我们的窗子不过千米，救护车的警笛声不绝于耳。我已经逐渐适应了。刚搬到丛林路的最初几个星期，我和卡琳都会被警笛声吵醒。

利维亚睁开眼睛，我给她塞上安慰奶嘴，我没力气抱她，至少现在不行，她把奶嘴吐出来，我又把它塞回去，她不想要奶嘴，她不停地哭，身体在摇晃，手臂挥来挥去的。她喊叫的声音越来越高，我走进了另外一个房间。

*

在桦树园路的车库里停放着我的小轮车，还保存着车子的挡泥板和护膝护肘。我给车胎打足气，把轮毂螺母拧紧，给车链子涂上自行车机油。我用清洁海绵块把车架擦干净，系紧运动鞋鞋带。空气闷热，这会加剧我的螨虫过敏症状。

我骑车上了小路，来到两座小山间的山谷，经过一个长跑小径，这里长满了郁郁葱葱的松树、柏树和桦树。在我头顶，电线的金属丝轻轻地荡来荡去。从林间空地，我能看到奥朗根镜面般的湖水。湖湾以南的一侧，是胡丁厄区百万安居工程密密麻麻的廉价住宅楼。我继续往前骑，来到三角湖旁的净水厂。气温约有三十摄氏度，正午时分，两个黑夜的中间点。我把自行车扔在一个集装箱后面，从栅栏下面爬了进去，来到指挥控制塔和带有旋转刀片叶轮的水泥池旁。有两三个水池沉降在地面以下，阴沟里能想象得到的东西，那里面应有尽有。我不喜欢三角湖，也不喜欢其他任何一个湖，至少不喜欢小湖，正如胡丁厄这里的小湖，湖水被岩壁、巨石、泥土和根系包围封闭了起来。直到冬天来临，我才会喜欢湖泊。那时，冰雪覆盖了一切，分辨不出哪里是陆地，哪里是湖泊。不过，净水厂我一年四季都喜欢，我经常骑自行车去那里。看着废弃物转化成水，我会感到无比的平静、踏实。

爸爸没有问我去哪儿了，他只是递给我一个纸盒说："给专业人士的。"很长一段时间以来，这是他第一次和我一起坐在地上。这令人感觉有些尴尬，太亲密了，但我喜欢。这个礼物我无论到哪儿都随身带着，带去冰球训练场、市中心的超市、美丽阳光学校、胡丁厄的宜家家居。我跟随爸爸一起出国工作时，也带着这个礼物，带去酒店、体育场、会议中心。我不像爸爸一样采访，我收集笑声。我非常善于捕捉笑声，没有人会注意到我上衣袖子里藏着的采访录音机。我收集了不下五十种笑声，一个人的时候我就会拿出来听。在采访录音机上方有一个薄荷绿的倒带按钮，找到正确的位置，我会把笑声按照正常的速度倒着播放，那时听上去就像哭声。

下午三点，除了斯文，我想不到还可以给谁打电话。"嗨，斯文，我是汤姆。"我说。

他咳嗽了一声，清了清嗓子，但无法从嘴里挤出一句话来。

"斯文？"我继续说道。

"你用家里的电话打的吗？"他问。

"对，我能麻烦你一件事吗？"

"我这里显示，电话是卡琳打来的。"他说。

"哦，哦，是啊。"

"我还没来得及更改信息，这上面显示'卡琳宅电'。"他的声音听上去有些恍惚。

"你以为是卡琳打的电话？"我问道。

"对不起，我有些无所适从，你和利维亚怎么样？"

"不太好。"我回答。

"不太好？"

"嗯。"我回答。

"利维亚在你身边吗？"

"在，利维亚在睡觉，她很好，但我不知道我该何去何从，我感觉很不好，而且越来越糟，越来越糟。”

"哦，汤姆，这就像你爸爸的一个朋友对我们说的：'这无路可循'。"

"爸爸的很多朋友都已经永远地闭上嘴了，我不知道，对死亡的焦虑可能太强烈了，我不知道，周围的一切都变得那么寂静无声。"

"是吗，哦，不，但是，汤姆，你愿不愿意我们去接你和利维亚？"

"我不知道。"我回答。

"我们可以照顾利维亚，而同时你也可以待在利丁岛这里。"

"我不知道。"

"你怎么个难受法？"

"我想念卡琳。"

"你想念卡琳，亲爱的汤姆，死亡很抽象，没有办法用理解力去领悟。"

"我知道。"

"我们家的壁炉台上有一张你和卡琳的照片，有那么一秒钟，我们会忘记，会有一种念头，你们正在来这里吃晚饭的路上，而下一秒，我们就会想起来发生了什么，反反复复的对照和反差令我们身心俱疲。"

"我又错打了卡琳的手机，我难受的时候，就会第一个打给她。"我回答。

他清了清嗓子，说道："汤姆，我和丽勒摩尔会去接你和利维亚，这难道不是个好主意吗？你们可以在我们家吃饭。"

"我昨天和曼斯聊了很久。"

"我们的曼斯？"斯文问道。

"对，我们肯定聊了好几个小时，他有一点点像卡琳，我以前从来都没有往这方面想过——平静、有同情心。对不起，斯文，我想，我必须得住院了。"

"汤姆，现在我就听不懂了，你所说的住院是什么意思？"

"住进医院精神科病房或者类似的地方，我不知道具体怎么操作，我感觉糟透了。"我回答。

"你感觉那么难受吗？"

"是的，我觉得是。"我说。

"在我耳朵里，听上去像是你非常想念卡琳。"

"是的，可我现在什么事都干不了，我太累了。"

"汤姆，你的精神已不堪重负了。但在悲痛之中，最好还是让我们去帮助你，这比你做出未经思考的事情要好得多，你不觉得吗？"

"是啊，也许，我不知道，也许我必须得给一个朋友打电话，哈瑟善于处理这种情况，我以前感觉不好的时候，他就曾帮助过我。"

"这听起来比较明智，哈瑟好像是个很稳重的年轻人，给哈瑟打个电话吧，不过，和我们保持联系，让我们知道你一切安好，不然的话，我们很愿意去接你们，只要打个电话或者发个短信就好。"

"嗯，谢谢，不过，我不知道。"

我想象南马尔姆城区办公室和我说话的人是一位六十岁左右的女性，她应该长着红头发，有着一双富有同情心的眼睛。她说，她在民政办工作的这二十年时间里，从没遇到过类似的事情。她听上去发自内心地感到难过。我说话的时候，她似乎把听筒在两只耳朵间换来换去。

"这该不会是第一例身后留下一个家庭的人吧？"我脱口而出。

"不是，但我确实没有遇到过这种没有结婚或者没有来得及签下孩子父亲证明的情况，说实话，我不知道该怎么做。"

"地方法院的意思是，你们必须提出起诉申请。"我说。

"哦，是吗。"

"现在监护人监管机构不断地给我发来催告函。"我继续说。

"好像有什么地方不太对。"她说。

"没错，但他们说，他们的依据是税务局的登记信息，他们认为，利维亚是孤儿，被寄养在我家。"

"孩子现在在哪儿呢？"

"利维亚现在和我在一起。"

"也就是说，她住在你家喽？"

"对，当然了，她是我女儿呀。"

"是，没错，嗯，当然。"

"我每天都会接到 3 封催告函，需要看完这些垃圾并做出回复，这相当于一份全职工作的工作量。比如说现在，我被迫向社保局证明卡琳已经死了。很显然，光有死亡证明是不够的，我必须书面汇报，她为什么死了，而且他们最关心的问题就是为什么那个姓拉格洛夫的无名女孩会和我住在一起。"

听上去她好像把电话掉在了地上，然后她用芬兰语小声嘟囔了句什么。"我回头给你回电话可以吗？我必须咨询一下家庭法部门的同事怎么说，今天周四，本周末之前是来不及了，我希望能够在下周初给你回电话，但坦白地说，我以前没有遇到过这种情况。"

"这并不能令我安心一些。"我指出。

"嗯，当然，但我会优先处理这件事。"她回答。

妈妈拿着一把肉剪踩在一个凳子上。她刚刚把卡琳的龙吐珠给修剪了。两根短小的、几乎没有叶子的枝条光秃秃地从土里伸出来。

"你干吗呢？"我问。

"它看上去太恐怖了，几乎一片叶子也不剩。"她回答。

"它冬天的时候通常就是这样。"我说。

"我会给这样的花木修剪一下枝条。"她回答。

"哦，妈妈。"

"它都枯萎了，汤姆。"

我站在沙发上，把吊着的花盆从钩子上取下来。"你把它给毁了。"我说。

"可汤姆，你现在有点儿不正常了。"

"妈妈，我知道你想帮忙，但有些事情是不是能先问问我啊！"我说。我拿着花盆坐在沙发上，看着那些还残存在枝条上的枯萎的叶子。"卡琳每天都给它浇水，去年夏天它还开花了呢。"我补充道。

妈妈坐在我身边。她脖子后面扎着一个大大的发夹，发夹夹得很紧，看起来都有点儿疼。"我觉得，你和利维亚应该跟我们一起去乡下。"她说。

"不，我不想待在那里。"我回答。

"汤姆，这样我就可以帮你照看利维亚了，呼吸一些新鲜空气，我可以给你们打扫好客房，爸爸也会很高兴的。"

我把花盆挂回钩子上，抱过利维亚，放在我的床上。尖顶小帽子有一点点大，滑下来盖住了她的眼睛。

妈妈跟在我身后，站在双人床的床尾。"汤姆，你爸爸不在了以后，我就没钱再保留乡下的度假别墅了，我的退休金甚至连支付现在的公寓费用都不够。"

"妈妈，现在不行，对不起，我不行，没精力。"

她打量着我，过了一会儿问道："你想过未来吗？"

"我当然想过，但不是现在。"

"是哈瑟来接你吗？"

"不是，是大卫，他九点来，我想要早一点到那里，在所有人到达之前，我想单独和棺材待一会儿。"

"有多少人来？"

"一百人？"我回答。

"嗯，儿子。"她抚摸着我的肩膀说。她抿了下嘴唇，然后问道："你应该没开始吸毒吧？"

"行行好，妈妈！"

"你伯父就是吸毒死的。"

"他很孤独，一个人自生自灭了。"

"我只是有点儿担心，谁知道当生活背弃了一个人的时候，他会做出什么事情来？"

"我已经当上爸爸了，妈妈。"

"汤姆，没错，你已经是爸爸了，但你不需要因此而逼自己变得强大。"

"该死，所有的人都这么说，该死，这是什么意思！"我站到书架旁边问道。

"我留下来帮你，你需要吃药。"她说。

"我现在可以不吃药就睡着了。"

"明天不是卡琳的葬礼吗？"

"天哪，你们以为，我会把我的孩子送给别人收养？"

"汤姆，没有一个人这么想。"她说完来到我身边。她看着我。"如果一个人知道生活会是这个样子，那么他可能宁愿选择不要来到这个世界上。"她说。

"妈妈，我从没和她一起出国旅行过，她那么想和我一起出国。"我回答。

妈妈把手放在我的脖子上，脸颊紧紧地贴着我的额头，说道：

"我的孩子。"

利维亚躺在我身旁，身边围着高高的靠垫和绒毛玩具。我调整好床头灯的方向。卡琳一直避免接触玫红色。她觉得那个颜色只适用于天竺葵，除此之外，用在所有其他东西上都没有任何意义。因此，我一直很难相信，这本日记是在她成年之后买的，但我也不排除这种可能性。我把已经坏掉的锁和金属件从本子上慢慢取下来。挂锁没有办法修好。我打量着锁孔，大约三毫米高，一毫米半宽。我走到书桌前，拉开抽屉，把铁皮罐里的东西都倒了出来。我在调料架上找到的那把小钥匙就是这本日记本的。

利维亚看着我，小眼睛闪着光。"嗨，你醒了？"我把手放在她额头上说。额头有点热，但不烫，她有点流鼻涕。我从浴室取来一只装着食盐水的喷口瓶，给她每只鼻孔做一次清洗，她又哭又喊，不停地打喷嚏、擤鼻涕，想要翻身躲开。我把手机放在她身边，重复播放雪莉·科林斯（Shirley Collins）的《我画我的船》（*I Drew My Ship*）。我调整音量，几乎把手机贴在了利维亚的头发上。她平静下来，静静地听着。科林斯唱民谣时，声音听上去就像三十岁左右的样子，温暖、忧郁的嗓音，配着缓缓拨动的班卓琴。

我醒来的时候，手机已经没电了。我探过头去，脸对着利维亚的嘴唇，她在呼吸，仍然有一点流鼻涕和发热。现在是凌晨差一刻四点。距离葬礼还有十个小时。我起床，把手机充上电。阅读灯已经热得烫手了，我拔掉了电源。

卡琳的麻醉师说，在麻醉状态下，卡琳处于一个没有梦境的状态。她被注射了异丙酚麻醉。我还是不能接受，卡琳在重症监护病房里躺着的时候没有内在的生命。从卡罗林斯卡回家的第一个晚上，我就开始从网上搜索有关在麻醉状态下梦境的信息。我在一本美国医学杂志上找到一篇名为《知觉、意识和麻醉》的文献综述。我立刻想要搞到这本书，但在欧洲大陆遍寻不着。我被迫从美国哈佛大学出版社直接订购。这本书昨天寄来了。

我在黑暗中摸索，在门厅的抽屉柜里找到手电筒，取来这本书。利维亚睡得很香。文集很沉，我不得不躺在床上，把书抵在肚子上阅读。有一篇名为《在麻醉状态下做梦》的文章是麻醉学教授凯特·莱斯利写的。她进行了多次大型研究，有22%至47%不等的接受过麻醉的受访者可以在醒来之后直接描述出自己的梦境，即使是接受过异丙酚麻醉的患者也是如此。在我关掉手电筒之前，我在一行字下面画上了横线："绝大多数患者梦到了愉快的社交场景。"

在卡罗林斯卡，我每天都和卡琳说话。有时是长达数小时的独白，说说利维亚，还有通往各科室之间的地下涵洞。有一次，我说起来，利维亚吧嗒吧嗒地把奶瓶里的奶嚼进嘴里，就像我早晨嚼酸奶一样，卡琳以前一直觉得我这个动作很滑稽，因为我从来不往酸奶里加别的东西。就在我说这些话的时候，卡琳有一口痰咳到了氧气管里。护士解释说，戴着呼吸机的病人有这种反应并不罕见。尽管如此，还是让人感觉卡琳笑了。这只是想象而已，但与此同时我相信了自己的猜测。她梦见了丛林路上的一顿早餐。

第四部

秘密的守护者

一名护士从 404 房间走了出来。她低下头看一张纸条，然后抬头环顾四周。除了我和利维亚，这个如起居室一样的大厅里还有一位坐在轮椅上的老太太。是每个房间外的警示灯把病房和普通宾馆区分开来。"汤姆？"这名护士问。

"对。"我回答。

她有着一头栗色的头发和厚厚的刘海儿。"我猜这是托马斯的孙女吧？"她看着我婴儿背带里的利维亚说道。

"是的，利维亚。"我回答。

"她像你。"

"嗯，她应该和我还有她妈妈都挺像的。"

她微微笑了一下，紧接着又恢复了严肃，她伸过手来，说道："卡琳娜，我是这里的护士，你爸爸的护理人员之一。"

"汤姆，你应该已经知道了。"我回应道。

她在布艺沙发上坐下来，打量着利维亚。"她多大了？"她问。

"四个月，嗯，她是早产的，所以说，其实她只有两个半月大。"

"是吗，好吧，嗯，对父母来说，这是孩子生命中一段美妙的时光。"她把手放在腿上，"你以前来过这里吗？"

"我一听到消息就赶过来了，我原本在高特兰岛度假，今天早晨刚到。"我回答。

"你了解斯德哥尔摩医院吗？"

"你所谓的'了解'是什么意思？"

"这里是姑息护理科，或者说临终关怀部门更为贴切，这意味着，我们这里护理的都是重病患者和处于生命最后阶段的患者，你知道你爸爸为什么会在这里吗？"

"他已经病了十年了，我已经和爸爸、妈妈都通过电话了，我今天早晨从高特兰岛坐船赶回来的。"

"那你应该知道，你爸爸病得很厉害喽？"

"正因为这样，我才会赶回来。"我回答。

"来这里的目的，是你爸爸希望尽可能有质量、没有痛苦地度过他人生的最后阶段。"她说。

但我打断了她："他还有多长时间？"

她垂下眼帘，避开我的目光，回答道："很难说。"

"妈妈在里面吗？"

"在，她和你爸爸在一起呢，她想要去接你，不过我跟她说，我想先找你谈谈。"

"为什么？"

"你妈妈很难过。"

"可那是我妈妈呀。"

"他们很高兴你能过来，你爸爸经常提起你。"

"是的，这我知道，谢谢你。"

"他跟我讲起，你两岁那年在餐厅走丢了，他找到你时，你正心安理得地坐在酒吧里喝果汁，和两名意大利游客在一起。"

"他这么说的？"

"嗯，是的。"她回答。

"我可以告诉你，那是他屈指可数的几次单独照看我，他应该是觉得，一个两岁的孩子会安安静静地坐在桌子底下玩。"

她把手放在腿上说道："这里的患者通常时间都不多了。"

"好吧。"我回答。

"那么，为了回答你刚才的问题，一周吧，我个人猜想，也可能几天，也许比这还快。"

"医生们怎么说？"

"这是我们的猜测。"她回答。

我转头看着那个坐在轮椅上的老太太。一名护士正在给她喂饭，护士用叉子把土豆碾压成泥状，在她咀嚼的间隙，用湿纸巾把她皱皱巴巴的嘴擦干净。

"如果你愿意的话，可以和派尔·斯特拉斯聊聊，他是我们这里的主治医生。"她说。

"哦，不用了，谢谢。不过，爸爸现在情况怎么样？我昨天和他通过电话，那时他听上去还相当有精神呢。"

"他头脑很清醒，但非常疲劳，嗜睡。有些时候，他能坐着轮椅到阳台去抽烟，当然，要在别人的帮助下，他很虚弱。"

"他知道自己为什么来这里吗？"

"你妈妈不想让我们说太多，他知道自己在姑息科。"

"爸爸肯定不知道'姑息科'是什么，不过，好吧。"从走廊上传来响动，她抬起头看过去，一边和一个人打招呼，一边用右手揉着左肩。"我这里没什么别的要说了，你还有其他问题吗？"

"没有了，谢谢。"

"有问题的话可以随时问我们中的任何人。"

"好的，谢谢。"她冲着利维亚笑了笑，然后向一间厨房走去。

404 房间有一个小门厅，那里挂着一面大镜子，门厅左侧是带淋浴的卫生间。妈妈坐在房间一角的扶手椅上。她站了起来。屋子里有两张病床，爸爸躺在距离门近一些的那张病床上。他的嘴张着，牙齿很黄。妈妈亲了亲利维亚的额头，走到床前。"托马斯，汤姆来了。"

爸爸睁开眼睛，转过头，直到他终于看见了我。他抬起手。

"嗯，现在汤姆来了，你高兴了吧。"妈妈转过身看着我说，"他从来到这里就一直叨念着，询问你什么时候能来。"

"爸爸，我以最快的速度赶回来的，回家的票很难买。你怎么样了？"

他摇了摇手。

"时好时坏，今天他一直都感觉比较累。"妈妈拍拍他的腿说道。他干咳了几声，喘着粗气。

"托马斯，利维亚也来了。"妈妈说。

他竖起拇指。

"他和别人共住一间病房吗？"我问。

"没有，这里只有我们。"妈妈回答。

"我头疼欲裂，我能去什么地方弄杯咖啡喝吗？"我问。

"你想要一片扑热息痛吗？"

"我已经吃了扑热息痛加布洛芬，但是没用，我现在需要咖啡因。"

"外面有一个咖啡自动售卖机，我带你过去。"她擤了擤鼻涕，挖了下鼻孔。在自动售卖机前，她又亲了亲利维亚的头，说道："你不会就这么带着她过来了吧？"

"妈妈，现在是夏天。"

"你头是不是很疼？"她问。

"现在别去想这个了。"

"你这个毛病与我们有点儿像，爸爸的丛集性头痛和我的偏头痛。"

"我觉得是其他原因。"我说。

"你没酗酒吧？"

"妈妈，行行好，成吗？"

她的脸上布满了皱纹，鼻子和脸颊都有轻微的晒伤，我的肤色和妈妈一样，只要晒到太阳，就会变得通红，不像爸爸，我没有他瓦隆人的色素保护。她上下打量着我，批评我的鞋子太脏了，而且牛仔裤都破洞了，然后她低声说道："我没有告诉你爸爸，一切就要结束了，我这么做是不是很愚蠢？"

"我觉得是。"我回答。

"莱拉说，帕特里克的爸爸得知这个消息之后备受打击，我不想你爸爸也遭受这些。"她补充说。

"莱拉是你的顾问吗？"

"这和莱拉无关，这关系到你爸爸。"

"我觉得最好还是实话实说，但你觉得怎么好就怎么做吧。他也并没问起过你，对吧？你也许不需要特意把这件事摆到他面前来说，但如果他问起，我觉得，你还是应该实话实说。"

"我不知道，这太难了，我觉得，他并不想知道。"她紧紧地用手握住毛衣链下端的装饰徽章说道。

在徽章吊坠的一侧玻璃后面，放着一张爸爸的照片，那是1977 年 6 月在胡丁厄市政厅他们结婚时拍的，在另一侧玻璃后面放着原来家中一只土猫的照片，这只瘦骨嶙峋的猫已经死了很久了。很多年前，那里放着一张妈妈自己的照片，但她把照片撤掉了。她看到自己的照片就会不自在，同样的，哪怕一点点关注也会令她感到不自在。小时候，我很喜欢妈妈把婚礼照片放在吊坠里。吊坠每次打开又合上，照片便碰撞在一起，就好像他们俩在接吻一样。

"我打算去买点儿东西。"她环顾四周说，"嗯，他现在并不看报，但他还是想要一份《快报》放在肚子上。你能陪陪他吗？"

"我就是为这个才来的呀，妈妈。"然后，我不得不喊住她，"妈妈，出口在那儿，右边。"

她茫然地左看看，右看看。

我把利维亚放在爸爸身边。吗啡搞得他昏昏沉沉的。一根导管从他的手背连接到输液架。我希望他能说点儿什么，说几句精心选择的话，一位行将就木的父亲要对自己儿子说的话。但他什么都没说。我也没有。

我握住他的手,这让他看上去有些不自在,尽管如此,我还是没有松开。他灰黄的双手粗糙、干瘪,手背上的毛发如油墨一般,这双手在我的手中摩挲,带着同样一种奇怪的灼热,像极了我儿时拎的纸袋,它们的提手和重量把手掌磨得一阵阵灼痛。多数情况下都是十只纸袋,被整整齐齐地排放在桦树园路别墅的车库里,里面装满了这一周的回收废纸——《快报》、《晚报》、《每日新闻》、《瑞典日报》、《埃斯基尔斯蒂纳快报》、《南部瑞典日报》和一大堆体育杂志。在奥斯达的废品回收中心,我们把纸袋从车里拎出来,拖着它们走上一个高高的斜坡,把它们倒进一个散货集装箱里。爸爸在一块巨大的禁止吸烟的牌子旁点燃一根白金万宝路。他盯着下面乱糟糟的一堆废品说:"这里面有那么多该死的工作——所有的旅行、官方授权、采访、交谈、图片、文字、校对、夜间编辑,然后,很快这一切就变成了一堆臭气熏天的废纸。"

"你好,卡尔,我看,你今天精神多了。"

爸爸干咳了一声,回应护士道:"我想和我儿子一起抽根烟。"

"他叫托马斯,卡尔是他的中间名。"我紧接着说。

护士停下来,他四方形的身躯把浅蓝色的制服衬衫撑得满满的。他从口袋里拿出一张纸,打开,看了一眼说:"没错,应该是托马斯,你们是对的。"

"谢谢,你愿意承认这一点真是太好了。"爸爸回答说。他那雪姆兰省的口音和尖厉的嗓音,再加上他既机智又恶毒的回应,这一切令他像极了一条年老的喷毒眼镜蛇。

护士苦笑了一下，开始把一条患者升降机的皮带缓缓套入爸爸腿上。

"你再往里面找找，也许能找到点儿刺激的东西。"爸爸说。

"嗯，没错，哦，不，我在找皮带头儿。我腰背有伤，没法把你抱起来。"他说。

"不行的话我可以把他抱起来。"我说。

"没事，这样就行。"他说完，勒紧了几条皮带。

爸爸被安装在房顶的机器向上牵引，以坐姿悬挂在距离病床大约半米的空中，而此时，护士却从房间里消失了。

"这世上，有些人有脑子，有些人则没有。"爸爸说。

"他应该只是有些忙乱。"我说。

"是，不过，该死的，让我挂在这儿，他脑子被门挤了，显得那些残障福利中心里的智障都跟天才似的。"

"哦，爸爸。"

"哦什么？让我悬在这儿？"

"他难道不像克鲁托夫[1]吗？"我问。

"那个护士？"

"对，我觉得像，眼睛和脸颊有一点。"

"我没这么去想过，但现在你这么说了，我也觉得有点儿像，可克鲁托夫的脑袋并没有被门挤呀。"

"他难道不是在布伦弗卢体育俱乐部结束了自己的职业生

1　这里指苏联冰球运动员弗拉基米尔·克鲁托夫。

涯？"我问。

"他体重问题太严重了，这才是他退役的原因。他什么都吃，甚至吃掉了自己的职业生涯。"

"你吃饭怎么样？"我问。

他耸了耸肩。护士推着一把轮椅回来了，爸爸看着我说："克鲁托夫。"

我立刻转过身去看利维亚，她枕着手臂在睡觉。

爸爸被降到轮椅上时放了个屁。

"啊呀。"护士说。

爸爸摇摇头。

"这很正常。"护士接着说。

"是吗？"爸爸紧接着问道。

"是呀。"他回答。

"半裸地坐在一个升降缆椅上放屁？"

我打断了爸爸，问他把香烟放在哪儿了。

爸爸用简短的指令引导我穿过一条条过道："不对，对，好的。"

他恐高。我还是孩子的时候就不得不学会了给天花板上的吊灯换灯泡，因为他甚至不敢站到高一点的凳子上去，他对自己不敢换灯泡这件事束手无策，当我让房间亮起来时，他觉得我简直太能干了。我把轮椅停在那个细长的开放式阳台的墙边，爸爸把那里称为'吸烟场所'。我靠在栏杆上。我的右侧是圣约兰高中，钢化玻璃和钢筋水泥的现代主义风格建筑。再远一点的地方，我能看见爸爸以前的工作单位——属于《快报》和《每日新闻》的摩天大楼。

"别站那么近。"爸爸惊呼一声。

"利维亚系得很牢靠。"我边说,边收紧了婴儿背带的固定扣。

"一旦你摔下去,又有什么区别?"

我帮爸爸点燃一根烟,在离他有一段距离的地方坐下来。利维亚在吮吸、啃咬安慰奶嘴上的带子。爸爸的胳膊太瘦了,他在加勒比海那里买的镀金手表不得不戴到上臂上,否则就会滑下来。他斜眼看着我说:"下面的是什么树?是杨树吗?"

"杨树?"

"哦,我不知道。"他说。

"你没看到吗,莱奥娜,河岸边的白杨树,枝条已静止。"我回答。

"你喝多了?"他问。

"自三月份以来,我滴酒未沾。"我回答。

"那很好。"他说。

"这是一首诗里的话,安东尼奥·马查多,他在妻子莱奥娜去世之后写下了这首诗。"我解释说。

"哦,是吗,原来如此。"

"她英年早逝。"我说。

"我理解不了这种东西,诗歌。"

"谁又能理解呢?"我回答。

"那你为什么看呢?"他问。

"我其实并不知道为什么。"我回答。

"你也许应该和里面的那位克鲁托夫喝一杯。"

"嗯，也许。"我回答。

"我很喜欢歌词，但我喜欢的那种歌词必须有开头、中间和结尾。我要依照汤姆·T. 哈尔[1]给你取名字的时候，你妈妈开始有点儿怀疑，后来她听了他的歌词，没错，就像刚才说的：开始、中间和结尾。"他左手放在大腿上，继续若有所思地说道，"一杯金汤力，六份金酒、一片柠檬、汤力水，加冰。"

"要我给你弄一杯吗？"我问。

"不用。"他立刻回道。

"弄一杯来是很简单的事情。"

"不用，你坐下，我不想喝。"

"好吧，随你的便吧。"我说。

"比约恩·博格和托米·英格斯特兰[2]昨天过来待了一会儿，他们给我带来了报纸。我们以前每年见面两次，一起吃晚饭。"他说。

"爸爸，比约恩·博格对于你来说是什么？"

"什么意思？他是什么人？"

"你经常谈起他，他对你来说是什么人？"

"博格是个传奇人物，他是我们这个时代里最闪亮的巨星。"他回答说，听见我笑起来，他有点儿恼怒地看着我，"嗯，你怎

1　乡村音乐歌手 Tom T. Hall。

2　比约恩·博格，瑞典著名网球运动员。托米·英格斯特兰，瑞典著名体育记者。

么说？"

"我说不出来，但我能说出，博格对我来说是什么人，一个自己不会写东西的家伙。"

"评价太差了，你要对自己说的话谨慎一点。"他说。

"这是事实，相比之下，我更崇拜你，你写的东西比他打的网球更令我佩服。"

爸爸抄着手回答道："孩提时代，我非常善于心算。"

"哦，是吗，和我说的有关系吗？"

"没有，我只是突然想到了。"

"我总是有一种感觉，你说的话里有什么隐含的意思，也许是一种讥讽，而我太笨，理解不了。"我回答。

"你从来就不笨，但你的脾气导致了温室效应。"

"你太有意思了，爸爸，你知道吗？"

他弹掉烟灰，说道："前两天，你妈妈对亚米很生气。"

"是吗，好吧，为什么呢？出什么事了？"我问。

"嗯，很生气，你妈妈什么都没说，但亚米和伯利耶、汉斯、哈丽特一起坐在这儿，讨论他们要去参加哪个派对，他们要去哪里郊游。"

"嗯，我理解，不容易，她应该并无恶意，但这听起来确实有点儿太自我了，她似乎一直都是那种说话不过脑子的人。"

"别告诉伯利耶。"爸爸说。

"我为什么要告诉伯利耶呀？"

"你可能随时随地说出任何话来。"他回答。

我笑了起来。"有很多人是没办法承受这种情形的，人们不知道自己该说什么，或者该怎么说。我听说，莱拉是个内心坚定、值得信赖的人。"

"嗯，你想说莱拉什么都可以，她是个不折不扣的乡下老太婆，但是，她对你妈妈一直很好。"

"斯坦去世的时候，莱拉应该和我现在差不多大吧？"

"她当年比你现在要大一些。"爸爸说。

"嗯，不过她独自带着两个孩子。"

"他们当时已经成年了，那时候他们已经不住在家里了。"他指出。

"好吧，也没什么区别。我想说的是，或许只有经历过同样的死亡，你才有勇气面对一个处境艰难的人吧。"

"你还记得布阿奈斯吗？"他说。

"嗯，我当然记得。"我回答。

"那里总是下雨，不下雨的时候又开始蚊虫泛滥。"他说。

"我有一张那个时期你和伯利耶、汉斯三个人拍的照片，拍得很好的。你们站在一条手划小船上，很酷的样子，然后，我突然想到，照片上的你和我现在差不多大。"

爸爸轻轻笑了起来。"我们划船出去，多数情况下是为了图个安静，我们对钓鱼并不感兴趣，我们把那些假日称为'布阿奈斯比赛'不是没有理由的，十五个大人，二十个流着鼻涕的小孩，要共用一个茅房。嗯，没错，你还记得。但我们很开心，我们时不时也能钓上条狗鱼来，克里斯蒂娜做的狗鱼肉丸子好吃得不得了，还有乡村音乐，音箱从早到晚开着，*If Drinkin' Don't Kill Me（Her Memory Will）*，以及类似的歌曲，很经典，各种各样的派对，通往阁楼的梯子，你还记得吗？"

"嗯，我记得。"我回答。

"所有的人都睡在阁楼上，上床睡觉简直就是一场噩梦，梯子太他妈滑了，而且我已经喝醉了，还恐高。我很小心地往上爬，尽量不引起大家的注意，突然间，你和所有的孩子都穿着睡衣站在那儿指指点点的，嗯，真走运，都过去了。"

"我会怀念布阿奈斯的。"我回答。

爸爸咬着香烟说："我以前结过一次婚。"

"什么？"

"很多年前了。"

"好吧。"我回答。

"一个芬兰平面模特，她就是个色情狂，随时随地想做那个，那时，我已经老了，做不动了。我走出教堂的时候就对伯利耶说：'这维持不了一个星期。'"

"真的吗？"

"嗯，嗯。几乎被我说准了，那段婚姻维持了 3 个星期。"

"那你为什么要结婚呢？"我问。

"你应该知道的是，你妈妈比其他任何人都要好得多得多。"

"你告诉过她吗？"

"是的。"他看着窗外的玛丽山路说道。

"你现在感觉怎么样，爸爸？"我问。

"我曾经坐在一个特别有钱的倔家伙身边，他说'10万块赌下一辆出现的车是白色'。"

"那他真的是钱太多了烧得慌。"我回答。

"一切都是可以用来赌的。"

"是，嗯。"

"下一辆车是什么颜色的？你下多少钱的注？我是银行，一家特别可爱的银行，如果你说对了，我就给你十倍的钱。"

"我和利维亚赌100万，红色。"我回答。

爸爸向街上看去。"灰色。"他大喊道，"对不起，孩子，你刚刚输掉了你的公寓，真走运，幸好只是个玩笑。"

"你在想什么，老爸？"我问。

"没什么。"他回答说，他让我帮他再点一根烟。风很大，他不得不用双手拢住打火机的火焰。

"谁照看布瑟呢？"我问。

"法尔肯。"他回答。

"他现在还在什么球队做教练吗？还是彻底不干了？"我问。

"他每天看看电视，吃吃鸡蛋三明治。"爸爸回答。带着火星的烟灰在他头顶上飞舞盘桓。

"你累了吗，老爸？"我问。

"你妈妈不知道我知道。"他回答说。

"知道什么？"

"我为什么在这儿。"他说。

"嗯，妈妈不想说太多。"

"结束了。"他冲我点点头说道。

"嗯，是的。"我回答。

他低下头去看利维亚，她正在玩我的手。"你把她照顾得很好。"他说。

"谢谢，爸爸，嗯，我确实做得还不错。"

他从鼻子里呼出一口烟，继续说道："唯一能做的就是，崩溃，然后再重新站起来。"

"嗯，也许吧。"我回答。

他又一次低下头看着我的手。"汤姆·T。"

"嗯，爸爸？"

"你小的时候，喜欢坐在我腿上，用手掌摩挲我的衬衣领子。"

胡丁厄的钟表匠路 10 号，四楼。公租楼房的后方，可以看到线条柔和的小山丘。我还能隐约看到工厂区和胡丁厄中心的红砖墙。一切都被寒冷覆盖着。头顶高高的蓝天上挂着两条平行的飞机拖尾。这是 2002 年 3 月第一个非公休日的周一，公共信息及预警系统测试的日子。警报声四处响起，此起彼伏。这种声音令我感到毛骨悚然，必须查看一下时间和日期，确保不是真的核电站爆炸或者灾难发生。警报声在我的心中也唤醒了某种东西，一种类似巴甫洛夫式的条件反射，我立刻开始为我的未来担忧起来。这个下午，我的担忧比平时更厉害。我和艾莉不再联系了，我们的关系结束了。同时，我在大学的文学和哲学专业课程也结束了，一段长达四年的学习，有那么一点点有趣，但是毫无意义。

公寓里只有我和爸爸。妈妈去剧院看演出了，公司出钱组织的活动，她在地区政府下属的胡格房地产中介有限公司负责出租房屋。爸爸穿着灰蓝色的卡其裤，上身穿着带有《快报》标志性黄蜂图案的 T 恤衫。这些衣服已经不合身了，他穿在身上好像很费力的样子。衣服显得很沉重，已经洗掉了颜色，破破烂烂的，他的身体好像蜷缩在这些衣服里。我和爸爸上一次独处是很久以前的事情了。我在乌普萨拉读书期间，我们只是断断续续地偶尔联系。他坐在薄荷绿色的真皮扶手椅上，旁边是配套的薄荷绿真皮沙发。令人作呕的颜色，至少对于沙发来说很难看，它在对着所有其他颜色和其他沙发谩骂、叫喊，特别是对着我妈妈精挑细选的那些雅致得多的颜色。爸爸在二十世纪九十年代初购入这套沙发，对我而言，它华而不实，虚张声势。玻璃和樱桃木的桌子上放着一只陶瓷杯子，他一直不停地往里面加红古堡盒装葡萄酒。

"你需要钱吗？"他问。

"不需要。"我回答。

"那你来这儿干吗？"

"我就住在百米开外的地方，偶尔我会过来看看。"我回答。

他在用一根牙签剔牙，用枯瘦的指关节把嘴顶开。半闭着眼睛，他用牙签挑开牙床，在吊灯的光线下打量着那根血淋淋的牙签，随后把它放在桌上。"冰箱里有吃的，你要是饿了可以去拿。"他合上剪贴簿，拿出万宝路。

所有爸爸写过的文章都被剪下来，一丝不苟地贴进这些又大又沉的剪贴簿里，从他 16 岁为《埃斯基尔斯蒂纳快报》写的短讯，到那些他在《快报》头版发表的重磅文章。这些剪贴簿在他书房的书架上摆了足足好几米长。他点了根烟，带着他特有的晦涩难懂的微笑站了起来，那种微笑总是令我想要爬进他的怀里，他用蹩脚的英语引用了一段汤姆·T. 哈尔的歌词："朋友难觅，当他们发现你穷困潦倒时。"

我回到誓言路的家中，站在淋浴喷头下至少一个小时，然后，我坐在床沿，研究我浴巾包裹下的两条腿。我抚摸着自己那双骨瘦如柴的鸟一样的腿，它们是从爸爸那儿遗传来的，却不像他的那样有着漂亮、均匀的小麦色，我的双腿只是毫无生气的惨白，难看。我耳朵进水了，引起一阵嗡嗡的耳鸣声。我双手用力压住耳朵揉了揉，又晃晃头。我取来上衣，坐回床上，再次揉了揉耳朵，但耳鸣并没有消失。我仔细地聆听这种鸣叫声，最后我找到了一种节奏，一个音程，七秒钟沉闷的声音冲击，消失后留下十四秒钟的宁静。然后再次卷土重来，嗡嗡声减弱了，沉闷的声音冲击单独留了下来。成千上万的雾角声在我头脑深处，远远地飘了过来。

我在倾盆大雨中接听手机，雨水从伞下吹了进来。利维亚在防雨帽下咿咿呀呀地叫着。她挥舞着手臂。看上去，她好像张开了嘴，伸出舌头去舔那沉重的雨滴。

是卡琳的血液科医生弗朗兹·卡梅尔打来的。他解释说，他通常会在患者死后给患者最亲近的人打电话联系。"一个人在这个时候很容易开始琢磨，到底发生了什么，现在，也许你已经从中走出来一点点了，可以冷静看待，这时你心里的问题会越聚越多。"他说。

"是的，确实如此，谢谢。"我回答，我从一个车库房顶的临时避雨处朝医院的入口跑去。

"其实，我们最好还是见一面。"他说。

"眼下有点困难。"我回答说。

"你在考虑女儿的问题？"

"不仅如此。"我回答。

"女儿怎么样了？"

"利维亚很好，谢谢。"

"利维亚，没错，我还是可以告诉你，急性髓细胞白血病不遗传，这我知道，我妈妈曾经患上了急性髓细胞白血病，因此，我成为医生之后，第一件要弄明白的就是这件事。"

"你知道急性髓细胞白血病是怎么得的吗？"我问。

"我们现在还不知道确切的病因，在切尔诺贝利有很多关于急性髓细胞白血病的病例报告，在经历了原子弹的辐射之后，日本也是如此，还有文献记载，那些长期接触苯的人会患上急性髓细胞白血病，以前的加油站员工会大量接触到苯。"

"卡琳的白血病是否有可能是伽马刀引起的？"

"不会。"他回答。

"我觉得，你刚刚说过，你们不知道急性髓细胞白血病的确切病因？"

"就我所知，任何伽马刀都不会引发这种白血病，总体说来，环境因素是引发我们绝大多数癌症的主要原因，所有我们排放的化学物质都被动物和植物所吸收，然后它们又成了我们的食物。遗传当然会起到一定的作用，但汤姆，你似乎有不少问题，你把这些问题写下来，到我这里来一趟是不是更好一些？我们可以好好谈谈，而且我听不清楚你说的话，你的声音时断时续的。"

"我在一家医院，我爸爸正躺在姑息护理科的病房里。"

"你说什么？你说姑息科？"

"是的，在斯德哥尔摩医院。"

"你爸爸病了很久了吗？"

"他患有胃肠道间质瘤。"我回答。

"你说胃肠道间质瘤？"

"没错，胃肠道间质瘤。"

"胃肠道间质肿瘤？"

"爸爸称其为一个重达 2.5 公斤的异形物。"

"那是一种恶性肉瘤，他的瘤子长在胃里吗？"他问。

"你怎么知道的？"

"通常情况下会长在那里。他治疗多久了？"

"十年。"我回答。

"哦，那他挺了很长时间呢。你爸爸多大岁数？"

我在一个僻静的等候大厅里停下脚步，四周的墙壁上挂着一些抽象画，大理石地面，蓝色的长条皮沙发。我把雨伞上的水滴抖掉，双脚缓缓地从拖鞋里退出来，然后，我坐了下来。利维亚在啃我的手指，她还没有长牙，但是，她的下巴却有一股力道。

"66岁。谢谢你打电话过来，你这样做真的很周到。"我回答。

"我理解，你还有其他事情要考虑，置身其中，你本人感觉怎么样？"

"即使悲痛也总有尽头。"我回答。

"不过还是要说一句，胃肠道间质瘤同样也不会遗传。"

在医院唯一一间餐厅——赫斯餐厅，我买了一瓶可乐，然后紧赶慢赶，来到404病房。我从背包里拿出我的MP3转接音箱，把音箱放在桌子上，播放起汤姆·T. 哈尔的歌曲《老狗、小孩和西瓜酒》（*Old Dogs, Children and Watermelon Wine*）。妈妈坐在扶手椅上睡着了，她在打呼噜。我给利维亚脱掉衣服，把她放在爸爸身边。他搂着她，我把湿衣服挂在暖气上，他的目光一直停留在我身上。

壁炉台上放着天线已经坏掉了的收音机。它整整一天都开着，温布尔登网球四分之一决赛直播。房门挂着安全门链，虚掩着，朝着小船路的玻璃窗外，挺拔的松树高耸入云，在风中寂静无声，还有撒过肥料的耕田，潮湿的气息和霉斑。在白桦树的缝隙间，我看到海纳伦湖和湿漉漉的漂浮栈桥。

最近几年，爸爸在《快报》为比约恩·博格的网球大事记专栏捉刀代笔，每一次大型网球锦标赛，爸爸都以博格的名义发表文章。其实，最近一段时间，代笔写文章的人是我，爸爸的病让他太过虚弱，他已经没有力气动手打字了。

"好吧，那么这么写吧。"我高声朗读起爸爸电脑上我写的文稿，

"二十五岁，我结束了国际顶级网球赛事，对，二十五岁，既老，又年轻，将不适合的东西从生活中抹去，很简单，我对网球失望透顶，网球就是恶心，呸、呸。"

爸爸打断我："不行，你不能这么写，不能用'呸'，他不会这么表达的。"

"派对、伤病、罗蕾丹娜[1]？"我说。

爸爸用手揉搓着手臂，低声地自言自语道："恶心，呸、呸。"

"老爸，我努力写得像你，而你又在努力写得像比约恩·博格。"

他放下报纸，叹了口气："你让我出了一身汗，一秒钟从冰点到沸点。"空荡荡的壁炉被穿堂风吹得发出呜呜的哨音，他撇了下嘴，说道："好吧，见鬼，快点儿写吧。"

我结束了这篇大事记专栏文章，并署上比约恩·博格的名字。爸爸用校对人员极不友善的细致审读我的文章。最后他说："我打电话去和博格敲定一下。"他拿起手机，肩膀颤抖得厉害。博格没有接电话，他从来都不接。爸爸给自动语音系统做了一段留言，他站起来，从喉咙里挤出一点声音。"见鬼。"他喘着粗气，一把抓住裤子前裆开口，把阴茎掏了出来，用右手紧紧捏住。他急忙朝大门走去。有几滴尿滴了出来。站在门槛旁，他直接尿到了草坪上。"有个这样漏水的小皮条可不是什么有趣的事儿。"他说完，转头看着我继续说道，"以前，我的晨间勃起可以把我从床上给顶起来呢。"

---

1 比约恩·博格的前任女友。

博格在二十分钟后回了电话，他们寒暄了一会儿。爸爸把文章读给他听。读到一半，他突然停了下来，取下老花镜，右侧的眼镜腿有那么一秒钟钩在耳后，他不得不眨眨眼睛，不让左侧的眼镜腿扎到眼睛。他重复着："呸、呸。"他又补充道："该死，你有一次对约翰·麦肯罗这么说过，对吧？"爸爸的舌尖舔着上嘴唇。他重新戴上眼镜，双手拍着大腿，哈哈大笑起来。"经典的博格，太他妈好了，你会再一次收到一堆一堆的邮件，比约恩·博格，全球备受瞩目的专栏作家。"爸爸冲我竖起了拇指。我从屋子里溜了出去，然后听到爸爸的笑声直达地窖。

我拿来一瓶冰镇啤酒，躺在草地上的阳光躺椅上。我打电话给卡琳。

"嗨，亲爱的。"她回应道。

"还好吗？"我问。

"嗯，我应该在马尔姆雪平站下车，对吗？"

"你开玩笑呢？"

"我总是忘。"她回答。

"嗯，马尔姆雪平，我去那儿接你，到南泰利耶给我打电话。"

"我买了一瓶红酒和一束花，够吗？"

"你能来就很好了。"

"是不是太多了？也许只送花就够了？"

"没事，别纠结了，这样很好。"

"那太好了。"

"我想你。"我说。

"我也想你，可我们明天就见面了呀。"

"我人在这里的时候就会变得比较多愁善感，特别是现在他们搬到天拓之后，这里是唯一让我感觉还像家的地方。"

"是啊，就像高特兰岛对我一样。"她回答。

"没错，好吧，我晚些时候再给你打电话道晚安，我只是想看看，你是否一切都好。"我说。

"我们不能现在说晚安吗？我已经上床睡觉了。"

"几点了？"

"十一点。"她回答。

"哦，是吗，我以为才九点呢，好吧，晚安亲爱的，我想你，没有你我睡不好，我凌晨两点睡着，四点就醒了，因为你不在身边，我就吓醒了。"

"亲爱的，只是一个晚上呀。"

"为了更小的事儿我都能大哭一场。"我强调说。

"托马斯怎么样了？"

"还好，他只是看起来有些苍老，他现在看着像八十岁的人。"

"你每次见他都这么说。"

"嗯，该死。"我脱口而出。

"亲爱的？"

"好吧。"我说。

"你想什么呢？"她问。

"我不想谈论这个问题，你醒了给我打电话，晚安。"

"你生气了？"

"没有。"我回答。

"确定？"

"确定。"我说。

"我只想说，你经常为此感到难过，为他看起来苍老难过。"
她说。

"别忘了一醒来就给我打电话。"

"万一我醒得很早呢？"她问。

"如果明天是你把我叫醒的，那明天将会是美好的一天。"

"亲爱的，我会打电话的，吻你。"

"吻你。"我说。

"马尔姆雪平？"她又问了一遍。

"没错，你在马尔姆雪平下车，我留着络腮胡子，头上戴着
脏兮兮的棒球帽，我会拼命在那儿招手，你会认出我来的。"

我走进木屋的时候，爸爸正坐在那儿望着小船路。"你妈妈
和那只破狗出去多长时间了？"他问。

"我开始写作的时候，她出去的，一个小时也许？"我回答。

爸爸指着那件搭在餐椅背上的西装说："去给我把钱包拿来，
在内侧口袋里。"他有一个大到有些蠢笨的深棕色皮质钱包。他
立刻从钱包里拿出一样东西。一开始，我以为是张发票，但其实
是一张已经发黄了的折叠着的横格纸。他拿起来，抖了抖。"你
还记得这个吗？"他问。

"这是什么？"

他的嘴角抽搐了一下。"我写这个东西的时候 16 岁。"

"16 岁？"

"嗯。"他回答。

"我可能记得一点点，不，我不知道，我只记得两封信，一封是你写信推荐奶奶去工作的，另一封是写给希区柯克的粉丝崇拜信。"

"你真的可以成为一名不错的私家侦探，给希区柯克的信和给奶奶上司的信都是我亲手邮寄的，我不可能还保留着它们，我说，这封信是你写的。"

"我？"我惊讶地问。

"对，你。"他强调说。

"不对，你说这信是你写的。"我说。

"不是。"他回答。

"不是什么，哦，可你刚才是这么说的。"

"我这么说了？"他说着用手挠了挠耳朵。

"是啊，你说你写的。"我说。

"我今天太晕了，那我说错了。"

"没什么区别，那是封什么信？"我问。

他把纸打开，看着它说："你放弃冰球了，你写信给我，说我在比赛丑闻之后没有陪在你身边给你支持，丽娅也在那时和你分手了，不是吗？"

"那是封什么信？"我又问了一遍。

"你一直都有戏剧天赋。"他说。

"哦，是吗。"

"从电视播出的青年冰球系列赛的队长，到小酒馆里的生存问题，使用假护照，你以为我不记得了？"

"很显然啊。"我回答。

"你什么时候听过别人的话？"他问。

"我一边把你架到床上，一边还要安慰老妈的那一年，我11岁。别把你手里那张垃圾给我。"他又把纸折了起来，放回钱包里，摇摇头，但好像确实感到很开心，不是那种藐视的开心，而是发自内心的高兴。

"你钱包里一直装着这张纸吗？"我问。

他用指关节揉搓着手掌心，然后把手放在小腿上，他喘着粗气，突然果决地站了起来，他和我之间的距离变得如此之近。他的肩膀前后摇晃，好像他在犹豫是不是应该拥抱我一下，然而他没有这么做，只是轻轻地拍了一下我的脸颊。他的这个动作很笨拙，手指蜷缩着。"汤姆·T，捉刀人背后的人。"他说。

我决定读的第一本书是一本法国宣传册的瑞典语翻译版本，名为《一本关于自杀的书——动机和技术》。我在玛丽亚广场旁的一个二手书店发现了这本书，书名吸引了我。我支付了35克朗，但最后也只是随便翻了翻而已。我看不懂，书里堆砌了大量生僻词，我懒得去查那些词。这本书好像是两位《法国世界报》的记者在二十世纪八十年代写的，书中包含了大量怎么自杀又不会太血腥的建议，例如，吞下整整一杯苹果核。苹果核里含有一种物质，可以释放出致死剂量的氢氰酸。

那天下午，我穿过中产阶层社区，穿过一片片别墅区，草坪已经干枯，院子里时不时有一些用玻璃或塑料做成的装饰物品。现在是产业假期，那里空无一人。就在这时，一个空荡荡的厨房或是起居室里有灯光洒出。在胡丁厄的这些地区，这种情况并不罕见。插在插座上的计时器能描绘出一幅有人在家的景象，从而吓跑入室盗窃的小偷。我在背包里装满苹果，朝家走去。

晚上，我慢跑到胡丁厄车站，一辆缓缓进站的火车开来，我缩在连帽运动衫里，偷偷地溜过闸机。我从南部车站一路步行到骑士湾，在一个没有照明的码头停了下来。给妈妈和爸爸的告别信放在厨房的桌子上了。我在保鲜袋里把苹果核捏碎。整整一个晚上，我都坐在岸边，靠着系船桩，听潮水哗哗地拍打在岩石上。

爸爸喉咙里发出"咯咯"的声音，我听不清他说的话。紫色条纹的白色棉被拉到了他的下颌，那张棕黑色的、皮肤干巴巴的脸越来越没有生气，越来越触不可及。他让我去圣埃里克路上的自动提款机里取些现金。"给你老妈和莱拉买瓶红酒，还有两份《快报》和一份《晚报》。"他说。

"我可以付钱。"我回答说。

"你没钱。"

"几张报纸和一瓶红酒的钱我还是有的。"我回答。

"不行。"他说。

"可以的，我有钱。"

"别废话了。"他尖声说道。

我一把抓过放在床头柜上的钱包，朝里面看了看，用手翻着说："你有 1500 克朗。"

"都拿着吧，以防万一。"他回答说。

"或者你想让我用信用卡支付，这样你还可以留着这些现金？"

"嗯，这样最好。"他回答。

我在赫斯餐厅买了报纸和红酒，我把酒藏在上衣里，偷带了出来，因为当我询问服务员是否能把酒带到房间时，他脸上俨然一副认为我蓄意谋杀的表情。我坐在三楼和四楼之间的楼梯间里，在爸爸的钱包里寻找着。我的信被夹在两张名片之间，我一下子就认出了它，我看都没看一眼就把信撕成碎片，然后把纸片扔进电梯旁的垃圾箱里。不过，我呆呆地在那里站了很久。爸爸为什么 20 年来一直会随身带着那封信呢？

妈妈没有注意到我，她一动不动地坐在扶手椅上，双脚翘在脚凳上，目不转睛地盯着爸爸看。利维亚只穿着尿布趴在她胸口上睡着了。我把报纸和钱包放在爸爸近前。他也睡着了。红酒我放在窗边亲戚、同事和朋友送来的花束旁。我读了几张卡片。

"要是还能再过 20 年该多好。"妈妈说。

"妈妈？"我紧接着说。

"我很难过，没有他，我该怎么办？"

"车到山前必有路，妈妈。"

"他从皇后大街上的马克西姆咖啡屋朝我走来，好像还是不久前的事情，那可是二十世纪七十年代最炙手可热的餐厅呢。他说了一个假名字，说他是私家侦探，你知道他什么地方令我心动吗？”

“不知道。”我回答，但我忍不住微微笑了一下。

“气味，他的气味特别好闻。”她说。

“他有什么气味？”我问。

“他散发着托马斯的气味。”

“是啊，妈妈，我记得，我躺在你们俩中间的时候，闻到他身上蜂蜡唇膏和油墨的香气，我那时应该不超过5岁。”

“他一直都在用蜂蜡唇膏。”她说。

“妈妈，你们在一起睡了40年。”

“他经常出门，不是奥运会，就是各种世锦赛，但他总是会打电话回来，一天打好几次，我和他在一起特别有安全感。”

“是的，妈妈，他在你身边给你支持。”

“确实如此。”

“而你也陪在爸爸身边给他支持呀，一直如此。”我说。

她看着窗边的鲜花答道：“还有这些，那些记者以及他们见鬼的记忆、他们的旅行、他们宿醉的夜晚，还有那些运动员，感觉他们所有人都在把托马斯从我身边夺走。对不起，我有些混乱。”

“妈妈，他是你的托马斯，你和他在一起生活了40年啊。”

“是呀，孩子，你是知道的。”她把腿从脚凳上放下来说道，“你能抱利维亚一下吗？我想陪他坐一会儿。”

我抱着利维亚坐在扶手椅上。妈妈把额头靠在爸爸的嘴唇上。

*

自从我的心理治疗师六月初去度假之后，我就再也没有和她联系过了。

"你好，汤姆，我是丽斯洛特，你方便说话吗？"

"嗯，方便，我和利维亚坐在一块毯子上，她正在啃一根长颈鹿磨牙棒，你度假怎么样啊？"

"平静、惬意，每天早晨看好几个小时《每日新闻报》，我这个年龄的人觉得这很重要。"

"听起来很惬意的样子。"

"你们去高特兰岛了吧？你们是不是要去那里来着？"

"对，没错，但是，我觉得，也许我们改天再约个时间会更好些，可以吗？"

"可以，当然，如果你觉得这样更好的话，如果你愿意，我们可以现在就约个新的时间？"

"我不知道。"

"你怎么样，汤姆？"

"我今天没办法和你交谈。"

"你能说出来真是太好了，我能不能试着下周二同一时间打电话给你？"

"我爸爸情况不太好。"我说。

"哦，是吗，对，你说过他生病了，现在病情恶化了？"

"他的身体状况就像坐过山车一样，在卡琳葬礼那天，他身体差极了，绕着棺材行走时，他必须要人搀扶才行。可仲夏节前夜，他又精神好得很，我和他通过电话，他喝了些烈酒，和妈妈一起去了敦克的乡间别墅，我直言不讳地说，我感觉糟透了，可他回答说：'汤姆·T，总会有新的列车进站，总会有新的机会到来。'"

"嗯，汤姆，你的仲夏节过得怎么样？"

"我到利丁岛的斯文和丽勒摩尔家去了，我想离卡琳的墓地近一些，整个利丁岛都空了，我绝大多数时间都在看书。"

"你还是能从阅读中找到平静？"

"我可以不必去想我自己的破事。我躺在卡琳墓地旁的草坪上，那里风景很美，有树，有水，整个白天、整个傍晚我都在看书，利维亚偶尔会醒来，我喂她东西吃，我和她一起玩，我读了好多书，这就是我的仲夏节。你读过塞巴尔德的书吗？"

"没有，这名字听起来挺耳熟的。"

"他的小说会时不时出现在报纸的文化版面里。"

"也许就是这个原因吧。"她回答。

"在其中一本书里，他坐在酒店的窗台上，眺望一个公园，公园里所有的树都在一场暴风雨中被吹倒了，开着大型机械的人将树木连根铲起，锯掉树干，把它们统统运走，公园成了一片光秃秃的空地，只剩下起伏的土坡，他看到小草从泥土中冒了出来，他写道：'谁知道它们的种子已经深埋在地下多久了。'"

"很美，嗯。"她回答。

"我只是太累了，这和利维亚半夜睡得好不好没有关系。"

"汤姆，这并不奇怪，我其实很想提醒你，距离你失去卡琳已经过去 4 个月了，这期间，你做了爸爸。"

"这里的负责人说，他挺不过今晚了。"我回答。

过了好一会儿，丽斯洛特才回答："对不起，你说的是你爸爸吗？"

"对。"我回答。

"我不知道情况已经那么糟糕了，你现在和你爸爸在一起吗？"

"我已经在这里待了三天了。"我回答。

"汤姆，这也会带给你撕裂感吧，勾起你深藏心底的记忆？"

"我妈妈。"我说。

"哦，你妈妈？"过了一会儿她说道。

"这个时候，谈话让我感觉很吃力。"我回答。

"嗯，我明白，不急，慢慢来。"

"很难看出她到底有多难过。"我说。

"嗯，汤姆。"

"她把手放在爸爸脑后，用吸管给他喝果汁，她待在那儿，从他醒来一直到他下一次睡去。"

"嗯，他已经这么虚弱了？"

"给人的感觉就像是她这样照顾了他一辈子似的，他只会写文章、聊天，其他的事情都是她来做。"

"我觉得，这种场景很熟悉，这也许就是那一代人吧？"

"我很高兴，我还来得及看到他们之间的那种情感，能够参与其中，就那样看着他们就很美好，他们经常一起笑，额头抵着额头，我决定把这幅场景留在记忆里。"

*

　　我的日记本放在床上，我原本不是放在那儿的。平常我不写日记的时候，日记本就会被埋在床头柜上高高的一摞连环画报里。我翻看起这本日记，里面记载着我对爸爸不公正和酗酒习惯毫无保留的愤怒，记载着我们之间的微妙关系。他不仅无聊地用黑色马克笔标注出拼写和指代错误，还用自己直白的字体给段落写了评论，这将我们之间本来便为数不多的温存破坏殆尽。一块酒渍渗透了好几页纸。

　　媒体上所说的博彩丑闻源自爸爸于二十世纪八十年代末、九十年代初在《快报》上发表的一系列文章。爸爸坚称，瑞典曲棍球和冰球的一些比赛结果是事先内定好的。消息来自爸爸一个青年时代的牌友，此人与那个见不得人的世界有点联系，这些是爸爸告诉我的。在文章中，爸爸指出，黑社会贿赂收买博彩赢面大的俱乐部球队的关键球员，让他们在某些场次的比赛中表现不理想，因此黑社会应该至少骗走了国有博彩公司"博彩服务"3600万克朗。在文章印刷前，爸爸站在桦树园路家中的餐桌旁，指着自己宽大的额头说："未来马上就会有大批警力介入调查，这会成为轰动事件，相信我，它会让我获得年度记者大奖的。"

　　没有人走到幕前来承认。总检察长指控《快报》诽谤。尽管《快报》推翻了所有176项指控，但爸爸的同事们还是对他表示怀疑，就连最亲近的朋友也对他心存疑虑。这令我想到，马尔姆奎斯特一家在对抗全瑞典和整个黑社会。谋杀威胁也加深了这种感觉。两名保镖坐在一辆车窗贴膜的深色萨博汽车里，车停在我家屋旁的小路上，还有 3 名保镖在室内，他们为我们开关房子的大门。家里也充斥着战斗状态。

一天早晨，对讲机噼里啪啦地响了起来。两名保镖命令我们待在楼上没有窗户的客厅，我们跑上楼，被要求蜷缩在地板上，双手护住头，其中一名保镖已经拔出了枪。妈妈把我抱得很紧，她用手捂住我的眼睛，低声说："这只是一场游戏。"

我打开书桌上的电脑，开始寻找妈妈问起的一张照片——一张 2011 年新年在猎人路的家中拍摄的聚餐集体照。妈妈记得，哈丽特借了我的手机，给所有饭桌旁的人都拍了照片。于是，这成了卡琳和爸爸最后一张同框的照片。我觉得，妈妈记错了，我不记得有这回事。电脑里有上千张照片，而我的目光停留在一张爸爸 2003 年夏天拍的照片上，焦点虚了，构图也很差，一张我早就该删除的照片，我有很多那一时期更好的照片。爸爸穿着一件 V 领衫，坐在一把轮椅上，在胡丁厄医院入口的大厅里。金色十字架的链子挂在他的胸前。他没有刮胡子。眼镜架在刀刻般挺而直的鼻子上，眼镜腿伸进毛茸茸的耳朵后面。让我在这张照片停住的原因是他右眼下面的那道皱纹。它让我觉得，他会在下一秒钟冲我眨眼睛。

晚上，我等待体育广播和爸爸吸烟引发的咳嗽声停止，听到他从办公室传出鼾声。我藏在棉被下，溜进卧室，来到妈妈一侧床边。我摇醒她，问我能不能像狗狗庞贝一样睡在这里。她的回答总是这样："可以，但你得保证这是最后一次。"

我在浅棕色的地毯上躺下来，把手塞进腋下。如果爸爸躺在卧室，听见我进去就是另外一回事了。那时，他会去床头柜上摸索他的眼镜。他想要区分出我和那块浅棕色的织物。我把棉被裹得紧紧的。"汤姆，你这么大了怎么还这样！"他说。

"我害怕狙击手。"我尖声说。

"他们想杀的人是我，所以躺在这里更危险。"他回答。

庞贝的形象源自巴布鲁·林德格林的童话书中一条不敢自己睡觉的狗。我又继续充当了一年的庞贝，11岁的时候才结束这种行为。与此同时，对爸爸的谋杀威胁也不像以前那样危急了，保镖被撤掉了，取而代之的是一个巨大的红色报警按钮，他们嘱咐我说，只有在绝对紧急的情况下才能按那个按钮。报警按钮被放在一个铁皮盒子里，连接在厨房的电话线插孔上。我对它怀有极高的敬意，每天都绕着它走。即使出现紧急情况，我觉得自己也不敢去按那个按钮，而且我应该还会制止所有企图去按它的人。

我不再假扮庞贝睡在父母床边，改为在床头灯下阅读，通宵阅读。这种感觉就像我身处一个洒满亮光的单人帐篷中，阴影和黑暗还没有占据这里。我读《丁丁历险记》、《野蛮人柯南》、《幻影侠》。不过我看不了《超人》，《超人》会令我感到心悸。尽管他拥有超级的速度和力量，但还是有太多他想救却来不及救的人。我最喜欢看的还是《贝利瓦尔的地图集》。在那本地图集上，我用马克笔标记出我长大后想要去住的地方——图斯港、马埃岛、伊莎贝拉岛、南奥克尼群岛、亚伦（Yaren）、复活节岛、布韦岛。

岛屿对孩提时代的我来说很陌生，它们是旧的地图课本里充满异域风情的名字，是被浩瀚的、深蓝色的大海包围的几个黄色小点。我想象，那些岛屿都是未经开发的、安全的地方，没有动物，没有人类，什么都没有，我可以让岛上住进我喜欢的童话里的生物。

我被迫待在床头灯的光线里，每天晚上，一周接着一周。每次出去上厕所，我都会一路小跑。黑暗令我恐惧。我可以肯定，自己之所以都 11 岁了还会尿床，一定是黑暗的错，因为我从来不会在白天尿裤子。我跑着穿过没有照明的大厅，穿过厨房，沿着挂镜子的墙冲向厕所。

就在那里！在一间七平方米的屋子里，他坐在一团烟雾中。在尼古丁黄色的壁纸上挂着他和乒乓球运动员、拳击手、摔跤手、田径运动员、冰球球星、单人马车运动员以及网球传奇人物的照片。他在老式磁盘计算机上写稿子。即使我已经学会了恨爸爸，但我还是臆想，黑暗在他的手指周围弥散开来。他就是那个秘密的抵挡黑暗的守护者，用他的生命守护着我，他，连同那些岛屿、童话人物、浩瀚的大海、蔚蓝的海水、深渊、浪涛、太阳，都在守护着我。

404 病房外的大厅里敞开的窗边有一株半米高的锦葵，就在我坐的沙发后面。丛林路的家里也有一株类似的花。利维亚一边喝奶，一边瞪大眼睛看着它，它纤细的枝条随一阵风摆动，像一只巨大的昆虫扑向玻璃窗。利维亚的尿布变沉了，热乎乎的。我给她换上一块新的，找出一个干净的安慰奶嘴。我的电话里响起《我画我的船》，这个旋律和科林斯的声音让利维亚感到平静。在高特兰岛，她每天都伴着这首歌入眠。

今天早晨出门之前，我来不及看躺在门口脚垫上的信函，把它们一股脑都塞进背包里。我收到了一封告知书接收回执提醒。斯德哥尔摩地方法院的某位工作人员在这一行文字下方用绿色水笔画上浓重的粗线："如果您未能确认已收到该告知书，那么告知书可能以其他方式送达，例如：通过起诉人。"我翻看了厚厚一沓纸张，找到了告知书回执。斯德哥尔摩市政府有关部门以利维亚的名义提起诉讼。在案卷针对我的附件中这样写道："被起诉至地方法院，有义务回应原告的诉讼请求及案卷附件 1-4 中提及的问题。"上面还写着，我必须向地方法院提交一份我是否是孩子亲生父亲的书面说明。

在斯德哥尔摩中心火车站，妈妈目不转睛地盯着火车出发时刻表看。

"你生气了？"我问。

"没有，但我不应该让他自己开车走的。"她说。

"我们为什么没跟他一起去呢？"

"哦，不，你知道吗，我给他下了最后通牒，要么戒酒，要么滚出去，这是我对他说的。"她呼吸急促起来，情绪激动地说着，"到博斯塔德富人区那儿待着去，和他的网球过日子去。"她突然停下不说话了。她看着我，又说道："我们不应该在公开场合谈论这个。"

开往哥德堡的列车，座席三车厢，妈妈比对手上的车票和座位上方的号码牌。在车厢远端，躺着个身穿运动服的男人，他的双脚都放在座位上。他正在看报。除他以外，整个车厢都是空的。妈妈穿着浅蓝色牛仔裤，白衬衫，衬衫外面套着钩织的棉毛衫，袖口有绿松石色的腕套，头发烫成优雅的波浪卷。"我们到站后必须得快跑，我们还要坐西海岸干线，那趟火车 14 点 34 分出发，我们可不能误了那趟车。"

"你已经说过一百遍了。"我回答。

"这是我们的座位。"说完她坐了下来。她拍拍正对面的座位。

"我想站着。"我说。

"为什么？"她问。

"因为我想站着。"我回答。

她把行李拉到小桌子下面，列车缓缓驶离月台，她向窗外看去。"不管怎么说，还是很美的，斯德哥尔摩湾。"她说。

"我更喜欢斯科讷的比耶勒半岛。"我坐下来说道。

"这不是一回事，你从六岁开始就待在那里了，唉，那里有你的一半人生，天哪，时间过得可真快啊。"她叹了口气。

"你们会离婚吗？"

"我不知道，很复杂，他现在晚上睡不着觉，他身体很不好，博彩丑闻带来的一切令他身心俱疲，他已经不再是他本人了，他在胡乱自我治疗。"

"自我治疗？"

"没错，这确实是最合适的词。"她说着舒展了一下身体。

她眯起眼睛看着那个穿运动服的男人又说道："我们现在不该谈论这个。"

"昨夜我接电话的时候，他哭了，我说你睡了。"我说。

"他夜里打电话来了？"她急切地问道。

"我们谈论网球，他醉得一塌糊涂。"

"汤姆，说话别那么大声。"

"谁听啊，哪个该死的会在乎啊？"

"别骂人。"她说。

"好吧。"我回答。

她叹了口气，拉了拉上衣，问道："你为什么没告诉我？"

"我醒来的时候，你正坐在那儿和他说话呢，你们煲了那么长时间的电话粥。"

"嗯，他今天早晨来电话了，我们有一些事情要谈。"

"你们会离婚吗？"我问。

"这取决于他。"她简短地回答。

"我站你这边，他是个该死的酒鬼。"我回答。

"他病了，汤姆，这不是他的错，让他独自一人离开，我这么做其实不太合适。"她向前探过身子，拍拍我的脸颊。

"别这样。"我说着把头扭开。

"你和你爸爸一样，别人碰都不能碰你们，你们害怕亲近。"

"够了。"我回答。

"不久前，你还不肯放手松开我的裙子。"她说。

"你从来不穿裙子。"我说。

"我穿过的，不过这只是一种说法，人们就是这么说的，你很黏妈妈的。"

"那现在你打算怎么做？你们会在那儿吵架吗？"我问。

"我说过的，我们接他回家，他自己不能开车，我们开车接他回家，我们回家，我们不得不在那儿过夜，我们到那儿的时间太晚了，明天一早我们就出发，他不能自己一个人待在那儿。"

"网球赛下周才结束呢吧？"我问。

"不管怎么说，他现在也没办法工作。"妈妈回答说。

"你们会离婚吗？"

"宝贝儿子，你们是我的一切，我们走一步看一步吧，爸爸现在需要帮助，最近一段时间他承受的压力太大了，对我们所有的人来说这段日子都不好过。"她回答。

"他们在学校议论爸爸。"我说。

"是吗。"妈妈回答。

"我们手工艺课来了一个代课老师，他问了好多有关爸爸的问题，他说，爸爸善于胡编乱造，他说，这里根本没有博彩黑社会的存在。"

"不要听别人说什么，他们说过太多蠢话了。"她回答。

"他说，我们有保镖保护，是因为《快报》想要多卖出去一些报纸。"

"好孩子，别在意这些，人们都很天真，现在别再想这件事了，但是，我们回去以后，我得好好和你的老师谈谈。"她说完，把棉毛衫脱下来。她的脖子通红。

"不行，你不许去。"

"他不应该和你谈论这些事情，这和他没有半点关系。"她说。

"你不许去，否则我就不回去了，我不想这样。"我说。

"好吧，好吧，我们现在不谈这个问题了。"她说。

"天真是什么意思？"过了一会儿，我问道。

她用一次性纸巾擤鼻涕，吐出口香糖，把它扔到小桌子下面的垃圾袋里。"人们真的是愚蠢透顶。"她回答，然后继续说道，"最近一段时间，我想了很多。"她看向窗外。

"想我？"我问。

"想我们，想爸爸，想我，想发生过的一切。在我成长过程中，从来都没有过家，后来和你爸爸在一起才有了第一个家，我从来都没有过真正意义上的妈妈和爸爸，不像你。我成长在一个寄养家庭，我渴望成年，希望有一个自己的家，家是一个人所拥有的最重要的东西，一个真正的家。对不起，我现在脑子有点儿乱，我有点儿迷茫，天哪，我感觉我自己太可怕了，我不应该让他开车走的。"她抓起一张一次性纸巾手帕，按在鼻子上。

"你是被收养的？"我问道。

"不，我只是住在别人家里，不太好解释。"

"见鬼，爸爸就是个巨婴。"我说。

"不对，别这么说，汤姆。"她回答。

"他就是呀。"我说。

"我这儿红了吗？"她指着脖子问道。

"对，红了。"我回答。

"我平常很少用香水，我对香水过敏。"她说。

"那你这次为什么要用呢？"

"我让他一个人开车走，是不是很蠢？"她问。

"不知道，他肯定没问题的。"我回答。

"我们则不然，经济上我们会有问题，我们要住哪儿去呢？"

"打冰球会让我成为百万富翁的，你不用为钱着急，过不了几年，我们就会有很多钱。"我说。

"好儿子，我现在想什么就说什么了，对不起，我们累了，我们走一步看一步吧。"

"妈妈？"

"嗯，对不起，我有点儿混乱。"

"爸爸开车走的时候，不想让我跟他一起走吧？"

"不存在这个问题，无论如何，我都绝不会允许他带你一起走的，哦，不，现在我们必须得试着睡一会儿才行，不然就没精力了。"

"你睡吧。"我说。

"汤姆，把椅子靠背放下来，闭眼休息一会儿吧，我们需要睡眠。"她说。

"我不累。"我回答。

"这趟旅行距离很长，试试吧。"

"行了，我已经不是小孩子了。"我说着从背包里找出任天堂游戏机，开始选起游戏来。

妈妈戴上眼罩，把脚抬到座位上。"那我睡会儿，有事就把我叫醒，我反正也不会睡得很沉。"她说，但随后她把眼罩拉到下巴上，在包里翻了起来。"如果你想吃东西的话，在外侧的口袋里有三明治，有几个是猪肝酱配酸黄瓜的，那些锡箔包装纸上打着叉的是你的。"她说。然后她重新戴好眼罩，用上衣当枕头。"不行，现在我必须得睡会儿了，我累了。"

我们到达博斯塔德时，夜色已经笼罩了拉霍尔姆海湾。从那座小车站，我们乘坐瑞典国家出租车公司的汽车来到国王山路25号，那是我们去年租下的一栋白色二层楼坡屋顶别墅。前几次我们租的其他房子，距离海滩和大西洋海风很近。待在渔港让我感到很舒服，我喜欢躺在栈桥码头的尽头，喜欢用网子捞螃蟹，我能一连好几个小时坐在那里看流向豪维哈拉尔的海水，看往返于图斯科夫和哈兰德省的气象岛之间的渡轮。我对妈妈撒谎说我会游泳，我踩着马伦浴场游泳池底的釉面砖在水中游走，张开手臂，假装自己是马特·比昂迪。如果我愿意，我就可以跟着爸爸一起去中央球场的媒体工作区，和网球明星们握手。我恨爸爸崇拜他们，恨他把他们说的话认认真真地记录下来，恨他探过身对他们微笑。他们在红土地和草坪上的表现并不比我在冰上的表现更好，我也把这些话对他们说了，他们哈哈大笑，称我是可爱又自负的小家伙。爸爸把我拉到一边，低声说："汤姆·T，学会只听不说，让其他人胡说八道去吧，话说多了会显得愚蠢。"

出租汽车司机把妈妈的行李箱从后备厢里拿出来。房子的一楼亮着灯，但窗帘是拉着的。两三根小树枝和黄绿色的花粉落在爸爸的公务用车上，那是一辆红色的本田雅阁，停在屋外的小路上。

"汤姆，等等我，汤姆，你没听见我说的话吗？等等。"妈妈在我身后喊道，但我没有停下来，继续往前走，来到院子围栏里的草坪上，在吊床上坐了下来。她紧赶慢赶，跟了上来，尖声说道："儿子，你从来都不听别人说什么。"

"我只不过想找个坐的地方，我累了。"我回答。

"你坐了一整天了。"她说着，把箱子放在石板地上。她瞥了一眼窗户。

"那我们现在干什么呢？"

"我们打算来这里做什么，就做什么。"她回答说。她迈着坚定的脚步走到门前，按响了门铃，打开门，喊道："托马斯，我们来了，我们进去了。"

遗体告别仪式在高坡教堂的前厅举行，布满刮痕的棕色大理石地面、挂在一条条链子上的照明灯、黑暗的横条状屋顶。我把利维亚放进婴儿车里，给她盖好小被子，然后靠在一个写着"紧急心脏除颤器"的铁皮柜子上。汉斯和哈丽特、伯利耶和亚米、约兰、莱拉、来自埃斯基尔斯蒂纳的我姑姑和表兄弟姐妹们、斯文和丽勒摩尔，还有我的朋友哈塞、斯特凡、大卫和亚历克斯都来了。

他们站在拥挤的人群中，那里有一大群穿着沉重的黑色羊毛大衣、手里拿着小雪茄烟盒的大叔，还有几个人手里攥着便携金属小酒壶。这是正在消失的一代报业人，大耳朵、坑洼不平的鼻子、浓密的眉毛、挂在脖子上的松弛的皮肤，眼睛好像没有眼睑似的，总是带着评判的目光。一群难搞的大叔，我孩提时代就知道，他们似乎来自另一个世界。

他们中的一个人背对着我，和另外三个年老的记者或报纸主编在聊天。我听到他用一口特色鲜明的斯德哥尔摩口音说道："报业历史上最精炼的差评毫无疑问是阿尔夫·蒙坦写的，他看了拉格纳·弗里斯克的电影《奥萨-尼尔森飞上天》，一颗星也没给，随后只写了几个字的评论：'自由飞翔吧。'"他们的笑声像是抽烟过度的咳嗽。

几位年轻一些的记者站在另外一张桌子旁，他们穿着薄薄的西装在闲谈。"那是二十世纪七十年代的事儿了，在牙买加，对阵彼得·弗莱明的比赛还在进行，这时，博格转过身对看台上的马尔姆喊道：'马尔姆，我这里马上就结束了，要一托盘椰林飘香，我们20分钟后酒店房间见。'"

另一位记者回答说："那酒太腻了，他们那会儿和球星们都是朋友呢，你们想啊，有那么多东西从来都没写下来过，妓女、毒品、打架、流氓。我们只能站在隔离带外面看着，他们不想让你知道的，你就不会知道。"

斯特凡、哈瑟和亚历克斯站在我身旁。大卫和我姑姑在不远处。"阿汤。"斯特凡说。

"嗯？"我回答。

"说这些话，真的很抱歉，可这却能唤起人埋在心底的很多东西。我记起妈妈去世的时候，那已经是很久以前的事了，可是，唉。"

"嗯，是啊。"我回答，然后转过身对亚历克斯说，"斯特凡的妈妈莫妮卡总是在我们的老爸们去报道世界锦标赛或者奥运会的时候用儿童车推着斯特凡，亚纳是《快报》的传奇摄影师。"

"我知道，我认识亚纳。"亚历克斯说。

"他的秃顶令人过目不忘，印象深刻。"斯特凡说着，向远处他父亲那边看去，他父亲正在和伯利耶、约兰交谈。

"斯特凡当年对我的纽约警察局巡逻车模型很着迷。"我说。

斯特凡嗤嗤地笑了。

我继续说道："我把车藏起来，不让他看到，那辆车模是爸爸买给我的礼物，我不想跟斯特凡分享，我不想跟任何人分享。而妈妈和莫妮卡总是能找到它，妈妈希望我能慷慨一些。"

"小时候我总是很焦虑，如果他不让我玩那辆警车，那我就不和他一起玩了。"斯特凡说。

我补充道："最后，我把车埋在我们家后院的花坛里。斯特凡 30 岁生日的时候，我把那辆车送给了他，我藏了 25 年，就为了不让他玩那辆车。"

亚历克斯和哈瑟笑起来，斯特凡看起来有点儿难过。

"怎么了，斯特凡？"我问。

"我以前和约兰聊起来过一次。"他说。

"约兰是谁？"哈瑟问。

"托马斯最好的朋友，《快报》的一个老牌记者，他、老爸、托马斯，还有伯利耶在《快报》做同事的时间要多长有多长。"斯特凡解释说。

"哦，这样啊。"哈瑟说。

"约兰说了什么奇怪的话吗？"我问。

不过斯特凡反问道："他妻子什么时候去世的？"

"安娜-卡琳，应该是二十世纪九十年代初。"我回答。

"也就是说，那是很久以前的事了，"斯特凡继续说道，"他说起她，就好像她昨天才刚刚下葬一样。"

丽勒摩尔小心翼翼地挤了过来，和我的朋友们打招呼，拥抱我，然后俯身看着婴儿车。"小公主睡着了。"她说着，抬头看看我，继续说道，"4 个月了，你已经很有经验了。"

"谢天谢地，她还不知道自己都经历了些什么。"我看了一眼人群中跟在亚历克斯和哈瑟身后的斯特凡说。

"嗯，重要的是一直稳稳地看清前路，不要掉进沟里，只看好的地方，生活还要继续。"丽勒摩尔说。

"我不知道，在沟里至少还有花儿，路上却没有。"我回答。

"夏天的确有，但秋冬就没有了。"她说，"我总是忍不住要去摸摸她。"她用拇指和食指捏了一下利维亚的左手，又抬起头看着我说道，"对不起，我总是忍不住。"

"她是你的外孙女啊。"我回答。

斯特凡站在我面前，拍拍我的胳膊，摇了摇头。我看着他，想让他说点儿什么，于是他说道："是个美好的葬礼。"

"是啊。"我回答。

人群中一名年轻的记者走过来，询问有关博彩丑闻的事情，但我没来得及听明白他到底想说什么，因为就在这时，丽勒摩尔说，她和斯文打算趁着雨停的时候，先开车回家。

那名记者身材高挑，留着光洁的女士扣边发型，他说："也许很难回答吧，但 1977 年在伯明翰世界杯赛上的那场让球比赛，赛事的影响太大了，你老爸是全世界第一个把这揭露出来的人。"他的声音短粗刺耳，动作狂躁不安，他的眼皮在不停地跳。

"对不起，我有点儿累了，脑袋转不过来，你刚才的问题是什么来着？"我问道。

"理解，理解。"他说着朝远处看去。

"没关系，不要紧，你刚才问什么来着？"我继续说。

"也许我打扰到你了。"他说。

"你问什么来着？"

"哦，我问什么，嗯，你老爸在报业最辉煌的战绩，你觉得是什么呢？"

"博彩丑闻。"我说。

"是，我明白，没错，我听说当时情境非常危险，有保镖介入什么的。"

"事后我们也有保镖，事前也有，老爸可是个挑衅的高手啊。"我说。

"嗯，他当年工作的时候，是不是经常带着你到处跑？"

"没错，当然，我跟着他跑遍了整个欧洲，还有美国，网球、高尔夫球、冰球、足球、一级方程式，要什么有什么。我还听说，他宁愿盯着一辆罗马尼亚坦克，也不愿看利索夫斯卡亚扔铅球；一个同事的太太称他为'停不下来的倾盆大雨'，还有一个斯科讪的体育记者觉得他总是不停地写啊写啊，称他为'毫无天赋的写手参加的四百米'专栏'比赛中的五连冠'。"

"这太像马尔姆了，他太棒了，我必须得把这个记下来。"他说着，从西服内兜里掏出一个小笔记本，费力地记下了几行字，然后说道："我们有四页报纸全都是关于马尔姆的，你肯定已经看过了，但我们打算再做一页葬礼的，不会很大规模，但你知道，瓦尔德内尔自己选择了马尔姆，哦不对，你老爸。"

"我老爸对我来说也是马尔姆。"我插话说。

"是这样吗？"他问。

"从某些方面来说是的。"我回答。

"酷啊，可他写瓦尔德内尔的那件事真的要多大有多大啊，瓦尔德内尔讲述自己赌博成瘾。"

"哦，我不知道。"我回答。

"除了马尔姆，瓦尔德内尔不想和任何人说。"

"对不起，今天，从早到晚，事情真是太多了，我需要振作一下。"我说完，检查了一下婴儿车底架上的挂钩。

"理解，理解，我自己也累得浑身酸疼，我明白你还有很多其他的事情要做，不过我们结束后要去媒体俱乐部，只想告诉你，马尔姆的儿子永远都是受欢迎的。"他说。

"谢谢。"我回答。

他拍了拍我的肩膀。"所有的事情我都听说了，太令人难过了，难以置信，还有你老爸的过世。"

"谢谢。"我回答。

我推着婴儿车在人群中艰难前行，直到停在一位牧师和一个身穿带有《快报》刺绣黄蜂标识马甲的摄影师身后走不过去了。我在上衣口袋里寻找我的鼻烟盒。摄影师给他的尼康安上一个广角镜头。

牧师指着入口上方的玻璃说："那是一个 P 和 X 的结合体，是希腊语'基督'最前面的两个字母。"

"喔，没错，没错。"摄影师回答，他仓促地瞟了一眼大门口，似乎根本就没有注意到那个字母组合的图案。他在来宾中寻找可以拍摄的照片。

牧师转过身看着教堂的中庭，他瘦骨嶙峋的手臂停留在半空中继续说道："那里是图尔港的耶稣受难十字架，全北欧最大的，高 32 米呢。"

圣坛的墙壁上悬挂着这个巨大的耶稣受难十字架，简单而暗淡的泥土颜色，神奇得令人心情平静。妈妈坐在钢琴旁的一个板凳上盯着花环看，人们几乎注意不到她的存在。她身穿一袭黑衣，配短靴和白色衬衫，还有满头和衬衫一样白的头发。她的两根手指搭在左手手腕上。我产生了一种错觉，她正在测量脉搏跳动的间隔时长，就像爸爸教会我学习测算闪电和雷鸣之间的时间差一样。葬礼司仪牧师站在她身后不远处，看着音响师蹲在那里，把麦克风上的一根电线拖拽过来。

那些大叔中的一位向我伸出手来。他紧紧地握着我的手，不肯松开，同时声音低沉地说："节哀顺变，你父亲是他那个时代最有分量的体育记者之一。"

"非常感谢，谢谢。"我回答。

他松开我的手，点点头，戴上夹在腋下的黑色礼帽。他向教堂大门走去，用手里的雨伞当作拐杖拄着。我退后，低头看着地板，不想再与任何人对视，推着儿童车向圣坛走去。甬道上的地毯此前一直被我视而不见，我弯下腰，去抚摸它，粗糙的尼龙，冰蓝色的，天蓝色的，与卡琳的睡衣一样的颜色。我把儿童车停下，在爸爸浅色橡木棺材和妈妈后面两三排的椅子上坐了下来。

第五部

樱桃树下

50 毫克异丙嗪已经不再起作用了，我总是很早就醒来。我用手机照亮婴儿床。利维亚双手举在脑后，睡得很熟，她的鼻息平静、均匀。我踢掉被子，内裤尿湿了一片，还好床单没湿，一股氨水的气味。我站在淋浴间，手掌按在瓷砖上。我从衣柜里拿出一条新内裤，把一只多莱斯玻璃杯倒满水。爸爸的绝大多数黑胶唱片依然躺在纸箱里。炭黑色的唱片架显得与公寓格格不入、庸俗不堪，我不得不把它漆成了白色。我坐在沙发上喝水，周一凌晨两点半，无人可打电话聊天。双眼渐渐适应了黑暗。狭长的客厅一侧摆着一摞摞一米来高的书，另一侧是带着锚形挂钩的衣帽架。卡琳的大衣挂在一个衣架上。我把大衣塞进衣柜，关上柜门。虽然明天也许又会把它挂回衣帽架。我用手抬起一条腿，掰开小脚趾，足癣的伤口处有液体流出来，脚趾的指甲已经发黄、变色，变得疏松起来。

我从冰箱里拿出特百惠保鲜盒，其中一个里面装着黄瓜沙拉，另一个里面装着土豆，第三个盒子里是妈妈做的羊腿配炖小牛膝，外加西红柿、白葡萄酒、橄榄、百里香和月桂叶。我没有加热就吃了。一个花盆对面摆放着一张爸爸和我在卡西斯拍的合影，我们站在灯火通明的港口，被那些著名的岩石和黑夜包围着。我不想被拍进去，所以照片上的我撇着嘴，做了个鬼脸。在妈妈为我和爸爸在二十世纪八十年代拍摄的很多照片里，我们的眼睛都是红红的，闪光灯深深地钻进了我们的眸子里，我后来读到过，红眼是血管被看到了。这样的照片现在没有了，如今的照相机都有了防红眼功能。我拿着伊塔落·卡尔维诺的《美洲豹阳光下》躺在沙发上。这本书原本应该名为《五感官》，包含五个部分，每个感官一个部分。但他去世之前没能写完，于是书中只有三部分——味觉、听觉和嗅觉。只是我太焦虑了，什么都读不进去，我太累了，没力气做笔记。睡垫是浅灰色的，海绵橡胶质地。是我买来给卡琳在怀孕期间练瑜伽用的，但她从来都没用过。我把垫子拖出来，放在利维亚旁边的地板上，把我的枕头和被子从床上拽下来。我把手伸进婴儿床栏间的缝隙里。

你说外面只有七度，我回答说牛奶喝完了。过了不久，你拎着装满纱线的布袋子从风中回来了，你告诉我，风被飞蛾点亮成银色。你想要写一本书给孩子们看，记录下这一刻，我对你谨慎的热情表现出小小的不安，这使得你在每句话后面都加上了"也许"或者"没准"。

我没有跟你讲过莫瑟布兰路上的小松鼠，我当时把它忘了，当然，我从没真正忘掉过它，我只是很长时间都没有再想起了，但今天早晨，我给利维亚唱一首爱丽丝·泰格奈尔关于小松鼠的民谣时，它突然就闯进了我的记忆。我当年三四岁的样子，那只小松鼠躺在路边松树下的沟渠里，我想要叫醒它。我从土豆田里把妈妈找来，在我的记忆中，妈妈当时戴着一块变色的头巾，她比我现在还要年轻一些，她弯下身子看着小松鼠，说："它叫不醒了。"

我把电视机处理掉了，把报纸也退订了，我读那些你买来的书，思考每一页上你画下来的句子。我只是在手机上匆匆瞄一眼瑞通社的新闻，但就连这个我都几乎无法承受，我能听到喊叫声，听到雾角的报警声，我甚至会为数万里之外的一场小火灾感到害怕，我会立刻联想到鸟儿们边飞边被烧成焦炭的样子。

我有一张你的裸体照片，是孕后期在淋浴间拍的，你的右手伸进淋浴间的灯光里，手指张开着，仰头看着上方，胸部变大了，沉沉的，还有你的肚子，像一尊女神雕像。我迈步走出自己的衣服，走向你，走进原始的我，走进不完美的我。

最原始的、赤裸裸的爱情于我而言就是某些时刻，那时你会对我说："你经常谈起是什么让你不同于你父亲，但你是否想过，是什么让你和他相像吗？"我有时的确会和他一起回到胡丁厄区中心的烧烤摊去，回到蔷薇果树丛旁的野餐椅上，我们一起吃烤香肠酸黄瓜丁，一起喝刚从冰箱里拿出来的奶茶，我们谁都不说话。当我终于忍不住想问他点儿什么的时候，我的问题却被他咀嚼的声音给盖了过去，或者被我自己的吞咽给噎了回去。只有你了解我。你明白，为什么我会在大半夜看迈克尔·哈内克《白色丝带》的幕后花絮。那是一部为影片拍摄的纪录片，其中有一组镜头是关于导演指导一名演员如何诠释，在打开门的一瞬间，看到爸爸吊死在屋顶横梁上的一幕。这段指导时间不长，只有短短两三分钟，却吓得我内心平静下来。

我又开始"庞贝睡"了。我躺在利维亚婴儿床旁的地板上，她清晨五点左右便把我叫醒，好奇地捅捅我，如果我想再睡个回笼觉，她就会狠狠地拽我的鼻子，她笑得那么自然，那么天真无邪，让人没法生气。我跟你说起过，爸爸在乡下有一次是怎么称呼我和妈妈的，他握紧的拳头在空中颤抖。我希望他打我，碰我，但他只是怒吼、恐吓。他从来都没有打过任何人，他害怕暴力，但他也被暴力吸引，他保留了好几十年的重量级拳击冠军赛的录像带，摞在一起有一米半高。他说，卡修斯·克雷[1]优美的击打前无古人，后无来者。那时，我是个彪悍的恶魔，穿着我的冰鞋和短裤站在车库里，冲着砖墙练习左直拳和右勾拳，骨节坚硬起来，手腕也变粗了。一定是在同一个夏天，你在射击路上埋葬了你的小豚鼠索菲的那个夏天，你和你的父母一起讨论你写给它的诗。现在，我感觉不好的时候，偶尔仍然会用尽全力狠命往墙上打，释放出那些让人重获平静的喊叫。

爸爸出事之后，妈妈和爸爸便再没有回过博斯塔德，一年后，他们在船舶路买下一栋乡间别墅。爸爸对雪姆兰省感到很亲切，那是他的家乡，有田地、树林、鸡油菌、叶状苔藓、铁锈红色的林间小湖……我怀念以前门廊上吹过的大西洋的海风，但我还是适应了新地方。我偷了一瓶克斯肯可瓦伏特加，拿着爸爸的《瑞典文学院编词典》坐在小湖海纳伦的漂浮栈桥上，书页中飘来阵

---

1 拳王阿里的原名。

阵烟草的味道，绿色的蝈蝈在叫，明亮的夜空[1]犹如一间巨大的阅览室，我学会了两个新单词——乳头状突起和突起瘤状物。几天前，妈妈卖掉了那栋乡间别墅，她急于脱手，卖得很便宜，她需要钱。

刚刚起床的时候，你的气味最强烈。你在小厨房停下脚步，伸了个懒腰，向窗外的钓鱼者眺望去。过了一会儿，我爬进了你所在的浴缸，水漫了出来，你的脚趾抵在我的大腿上，膝盖露在泡沫外，你看着我，对我说，在死亡面前的确存在一种独特的真实状态，那是一种侵蚀掉一切保护、直至一个人被迫直面生命、放弃所有对怜悯的期待的真实状态。我当时不理解你的意思，我现在理解了，可你已经不在了，一种知觉和意识以外的空洞，什么都没有，我已经学会了在放弃期待的冰冷中生活。

没过多久，你就醒了，你发现我不在床上，你在客厅的地板上找到了我，我背对着暖气片躺着，这么多年之后，你知道，这时最好只是静静地坐在我身边，不要碰我，甚至不要开口问我。

每天在勺子里滴五滴维生素 D。利维亚吞了下去，她的两只手伸进了酸奶里。"不对，利维亚，不能这样，吃的东西不能玩儿。"我说着，用湿纸巾给她擦干净。我把她从椅子上抱下来，她紧紧地抓住我的脖子。她跌跌撞撞地走到装玩具的篮子前，把上面的小熊和积木块扔掉，研究起一个丽勒摩尔送给她的娃娃来。我擦洗她刚才坐过的那块地板，把她剩在碗里的酸奶吃完。她在地上拖着娃娃走过来。"爸爸。"她说。"嗯，宝贝？"我回答。

---

1 瑞典由于纬度高，夏天夜晚天不黑。

她想要爬到沙发上。"爸爸。"她又喊道。"利维亚，你自己可以的。"我说。然后，她爬了上去。

我现在可以一边推着利维亚的儿童车，一边开关朝向丛林路的大门了。她的背已经可以挺直了。院子里有一个电镀的自行车架。很多车从去年夏天起就没有再用过了。车胎的一部分已经被埋进了碎石子里，需要重新打气。在橡树林间，落着一层厚厚的干树叶。只有一辆自行车是那么与众不同，在车把上缠着木槿紫色的塑料玫瑰花。"看。"利维亚说。她目不转睛地盯着那辆自行车。"嗯，爸爸昨天跟你说过，你的记性可真好，利维亚，你还记得，对不对，妈妈的自行车。"我给利维亚戴上有帽檐的太阳帽，扣上春装外衣的扣子。外衣是我冬天在斯德哥尔摩城市宣教公益组织位于鹿角街上的二手商店买的，旧了，但不破，也许来自卡琳和我出生的那个年代，奶白色，带着褪色的红色花朵图案。

我扔掉装着虾皮和尿布的垃圾袋，在丛林路的人行道上停了下来，内心拒绝那条通往马尔姆之家幼儿园的近路——右转，沿着高坡教堂，步行一刻钟到达。于是我向左拐，绕路走了一个多小时，路过辛那湾公园的冰激凌售卖亭，走在环路和鹿角街的大榆树下，路过妈妈刚刚搬去居住的宝剑街区。公园草坪上散发的难闻气味比餐厅的垃圾桶还要浓重。利维亚在风中抬起下巴，垃圾忽上忽下地飘着，沙子漫天飞舞。"飞机。"她看着天拓丛林公园的树冠说道。我在她面前蹲下来，对她说："你知道吗，利维亚，这是爸爸心目中最漂亮的东西，它的名字叫'冷凝带'，是飞机的喷气拖尾，爸爸小时候就很喜欢看它们。"她开心地笑了，因为这时我正在冲她微笑。"利维亚，今天爸爸就不陪你一起待在幼儿园了，你会和乌拉、伊雅，还有其他小孩子在一起，那里会开一场世界上最有意思的大派对，你们会流着鼻涕，往彼此身上扔玩具，我去接你的时候，你可能已经一团糟了。"她拽下太阳帽，把它扔在地上，我捡起帽子的时候，她咯咯地笑了起来。"利维亚，这不好玩儿，好吧，有一点点好玩儿。"

有一次我和利维亚一起散步的时候，我停在一面交通广角镜前，位置在你父母高特兰岛房子外的那个急转弯处。我从斜上方看到自己，我身上笼罩着一层浓重的忧伤，就像我从布勒哲尔和戈雅的艺术作品中看到的那种阴郁。我不再是个头发稀少的人了，最近一年，我的头发掉得厉害，谢顶已经成了我的标志。我变成一个骨瘦如柴的人，我有了灰色的胡子和灰色的胸毛，如果我们在埃里克谷游泳池的深水泳池再次相遇，你一定认不出我来。

那是夏末，我们一起游了四个来回，你不喜欢氯气的味道，但我喜欢。自行车筐里装着一瓶夏布利干白葡萄酒、瑞士硬奶酪、一只烧鸡和大西红柿，四周笼罩着浓浓的雾霭，你为一大早就喝酒感到羞愧，而我回答说，无论何时何地都是喝酒的最佳时机。你的脖子上挂着水珠，我们什么都不想，什么都不缺。

三周后，我坐在米卡餐厅的一张餐桌旁，在麦当劳收据的背面，草草地写下两行字。你在旁边的建筑物里做手术，窗外下着雨，真正的倾盆大雨，神经中心在雨水的重压下发出沉闷的巨响。很久之后，我才将这几行诗发表出来，但它们在诗歌集里收录的位置不对，它们蜷缩在所有怪物一般的诗句中，显得那么不起眼。我偶尔会想起它们，不是每天夜里都会想，但经常会。我真的很想让时光退回 2004 年 8 月 29 日，坐在那个写下这几句话的汤姆身边。"不是大雨，倾泻而下；是湖水，无声上涨。"我应该没有力气去安慰那个他，但我想对他说，这两句话，对十年以后的汤姆有着极其重要的意义。

我换尿布，洗衣服，去超市购物，把购物袋系在儿童车上，给背包里装上蔬菜和水果。我做饭，给她洗澡，吸尘打扫，我听阿格丽希对肖邦的诠释和奇科里尼对萨蒂的诠释，但我最终又回到里赫特录制的贝多芬《钢琴奏鸣曲全集》。我擦地板，她可以骑在我的肩上，我和她说话，告诉她为什么我要做手里正在做的事情，就像一个体育评论员。她聆听，她理解，她有幽默感，她学会了很多话，不过有些话她还说不出来。比起《天线宝宝》，她更喜欢宫崎骏的动画片，比起简单绘本，她更喜欢陈志勇的童话。我意识到，她很有天赋，不过，我觉得主要还是因为她需要亲密感，她喜欢与人交流，善于感受别人的情绪，就像你一样。她注意到，如果我也喜欢那部片子或者那本书，我就会更投入一些。我支付账单。我只能在她睡着之后写作，时间不长，最多两三个小时，时间再长我就撑不下去了，我会抱着电脑睡着。有一天，她发高烧，半夜发抖、惊醒，她在床上又拉又吐，我自己也得了冬季呕吐病，可我不得不起来洗床单，我趴在地上刷洗马桶，我努力想要给她喂进去一点水，我拿来湿毛巾，用一件 T 恤给她扇风，把所有灾难的念头深深埋起来，全留给自己。终于，她病好了，我给她换尿布、采购、做饭、安慰她、给她洗澡，我揉搓着那一头金发，为她剪指甲，吸尘打扫，给花盆里更换新的花泥。我在网上读到干扰荷尔蒙和繁殖系统的塑料，这种塑料会影响孩子的神经系统，我觉得自己是个不负责任的父亲，然后扔掉了所有我怀疑有害的塑料制品。她喊我，但我现在累了，我从来都没有这么累过，我甚至没有力气去拿放在书架最上层的书，我用脚把玩具赶到房屋的角落，我上厕所后忘记冲水。我打开冰箱，站在白色的冰箱内壳前，冷气扑面而来，15 瓦的灯泡发出冷冷的光。

我经常做噩梦，梦里，利维亚不见了，哪里都找不到。我一下子坐起来，喊你的名字，我大吼着她不见了。我知道，我梦到的是她还不存在的那段日子。那时，你还在。我现在分不清，什么是噩梦，什么不是。最近一段时间，我好几次从梦中惊醒，我知道，那是对急救护士的恐怖记忆，那个南部医院的护士，他把我挡在病房外面，偷走了我们的时间，在最宝贵、最重要的时刻。在梦中，我与他在人造冰的宇宙空间中单独遭遇，我扔下冰球棍，摘掉手套。

你妈妈经常发短信来联系一下，她会写"发过来个生命迹象我会感激不尽，这段时间很容易担心"。我并不会像你一样对她的不安感到恼怒，我会回复"我们一切都好"。有时，我会在丛林路的大门上输入新生儿科的密码，这串数字已经融入了肌肉的记忆中。你能理解吗？我想念在卡罗林斯卡的那段日子，给我帮助的助产士和新生儿科的护士们，陪我睡在一号家庭病房的朋友们，我哭的时候他们也陪我一起哭。还有那些长长的走廊，总是通往某件重要之物。

利维亚难过的时候，眼泪流得诡异地慢，这常让我想起液体玻璃。她是如此真实、美丽、天真无邪，她有一种微笑，不仅给我肯定，也肯定了与我有关的一切，好的或是不好的。当她抬起眼睛看着我，仿佛已经认识我一生一世。你知道，我爱她，用我们两个人的力量去爱她，可即便如此，我还是感到，最好的已留在我身后，而最重要的却在我的前方。有些夜晚，我只想赤身裸体躺在山洞里，就像胡丁厄的米盖尔一样，蜷缩起来，躲进母体里，闭上眼睛，好像未曾出生时一样。我把手放在你的胸口，请求你不要称之为悲哀。

我说："嘘。"

然后我说："我做的有关你的白日梦很美。"

太阳升起的时候，利维亚醒来了，她坐起来，我在她口中名叫"爸爸"，她又在喊我了，我没有时间思考，也来不及感受。就像你一样，她会注意到生活中细微的事物，一片溅出的油渍中五彩缤纷的色彩频谱，扫帚手柄上的苜蓿苔藓，我胳膊肘上的一道划伤，屋顶水晶灯之间的一根蜘蛛丝，就连生锈的瓶盖对她来说都充满了魔力。她知道，你的照片极其珍贵，那些摆在我床边的、我每天都会道早安和晚安的照片，她会拍拍那些照片，而我也学会了说"宝贝，你做了什么，爸爸都不会生气的"。

我站在一块城镇租用私家菜地前，调整儿童车的把手。四个女人坐在树下的一张桌子旁，她们说话时声音很大，四个人都有着一头花白的短发，戴着黑色的墨镜。她们好像刚刚吃过早饭，我看见，桌子下的草地上放着两个玫瑰红葡萄酒的空瓶子。利维亚已经知道了，在百合岛大桥的桥墩间她能听到回声，她高声地呜呜叫着，聆听着大桥的回答，她把头歪向我，想要我也喊一喊试试。柳树弯下腰，探向水面，微风中，细长的柳条扫过人行道。我推着儿童车，在柳条间一路飞奔，利维亚双手紧紧抓着儿童车的把手，我一直冲向水面上的漂浮游泳池。"再来。"她说。

　　我从口袋里掏出纸巾，把她的鼻子周围擦干净。"不要，爸爸。"她说着把我轻轻推开。她盯着雷默斯岛大桥下的绿头鸭看。船舶俱乐部的栈桥边刚刚下水的小木船那里飘来阵阵木焦油和松节油的气味。利维亚想要往水里扔一片粘在儿童车上的柳叶。我帮她一起扔了出去。

　　上周四，我在你的电脑上找到一封已经动笔书写的信，日期是 2012 年 1 月。那几行字是你和她的直接对话。

　　你在我肚子里动了。外面的天灰蒙蒙的，没有雪，大部分都已化成了雪水，但春天马上就要来了，那时你就来了！我觉得，现在你还不太会踢我，大多数时候你只是在翻身。你活动挺频繁的，特别是在我安安静静躺着的时候。

　　记住有意义的东西并不难，我和这封信融为一体，就像有一天，女儿也会和这封信融为一体，就像你们曾经本就是一体那样。

她光着身子，跳进草坪喷淋器的水雾里，她叉开腿，站在连翘丛后撒尿；在一个昆虫罐里，她养了一只黑蚂蚁；她想要往手指上贴创可贴；我喜欢她自言自语地假装扮演各种角色，喜欢听她独自玩耍时发出的声音。我卸掉了儿童自行车的辅助轮，在她身后小步跑着，就像你爸爸在你身后跑着一样。她画画，请我把这些画邮寄给她。

我从未像现在这样恨过，没有对象、没有意义，每一次我都想要去理解它，把它用语言表达出来，定义它，控制它。我会失声痛哭，害怕吵醒利维亚，尽管我在另外一个房间。我用手捂住眼睛，我听到自己说："只是一场幻梦。"

我也请求你不要称之为悲痛。

其他女人会走进利维亚的生活，会在她生日的时候拥抱她，给她人生忠告；未来还会发生很多很多事情，我们会搬离丛林路，去另一个街区、另一座城市、另一个国家；她会爱上一个年龄比她大的女孩或男孩，她逃学、在注满水的深坑里游泳，坐在房顶抽大麻；很长一段时间，她都不会问起你；她从国外打来电话，她说，她觉得自己看到了你；她会爱上你的衣服，在你的大衣里发现一张发票，而开具发票的那个店铺早已不复存在；她会觉得我啰里啰嗦，而且不够公平；她会引用西蒙娜·德·波伏娃的话，她还会用被子蒙住头。

她会说："嘘。"

她还会说："我经常梦见妈妈。"

就这样，她满35岁了，她穿着红底白点的连衣裙结婚了，她

有着如你一样纤细的手指，我松开她的手时，恍惚觉得那就是你
的手；时光荏苒，她逐渐老去，我们的女儿，拄着拐杖，穿过石
灰白色的突堤码头，向那栋石屋走去，她把猫咪放出来，自己走
了进去。她看着你，心想，这张照片真的很老了。

　　幼儿园位于一座十七世纪的古老建筑中。古香古色的瓦片，
沙黄色的水泥墙面，入口处是白色的圆形石柱。这里自从二十世
纪四十年代起就是幼儿园了。父母和孩子从楼后面进去。院子一角，
一株樱桃树上白色的花朵肆意盛开。在小小的门厅里，我套上浅
蓝色的鞋套，抱着利维亚来到"青蛙"班。利维亚的小鼻子抵着
我的脖子。

　　其中一位年老、有经验的老师乌拉看到了我们。"早上好，
利维亚。"她说着把头凑近利维亚。利维亚斜眼看着她，她继续
说道："早上好，利维亚的爸爸。"

　　"你好。"我回应道。

　　她从钉在墙上的书架上拿出一个文件夹，书架下面的沙发上
坐着两个穿着尿布的小孩子。他们目不转睛地盯着利维亚和我看。
"我们只是想和你确认一下，如果我们找不到你，那我们可以联
系谁呢？"她问。

　　"你们应该直接联系我。"我回答。

　　她看上去有点儿困惑。

　　"利维亚的奶奶或者姥姥，我可以肯定，我给过你们电话号
码，你们的登记表上没有吗？"我问。

她看了一眼文件夹。"没有，似乎没有。"

我把利维亚放下来，她立刻就想要我把她再抱起来。我慢吞吞地走到桌边，她紧紧抓住我的腿。"我相当确定，我给过你们电话号码。"我说。

"哦，是吗，可是，我们只有你的电话。"

"好吧，好吧，我写在这旁边吗？"我问。

"可以，没问题。"她回答说。

"你好啊，利维亚。"另一位班上的老师伊雅说，"你有没有什么特别喜欢的歌曲，有没有喜欢的歌手？"

"《我画我的船》，雪莉·科林斯的，还有妮娜·西蒙，有好多，琼妮·米切尔。"我说。

伊雅的笑声打断了我，她仰着脖子，张着大嘴笑起来。"我想问的是儿歌，《小熊睡觉了》或者《头、肩、膝盖和脚指头》这一类的。"她的头发乌黑光亮，看起来比乌拉小20岁的样子，她们两人都矮矮的、胖胖的。

"我知道。"我回答。

"我想，我们在组织唱歌活动的时候，可以从一些你比较熟悉的歌曲开始。"她冲着利维亚做了个鬼脸说道。

"哦，是吗，好吧，真不错，哦，不，我真的不知道。"我回答。

"那我们就像往常一样吧。"她说完，拍了拍利维亚，然后回去给坐在沙发上的孩子讲故事去了。

利维亚紧紧地抱住我。乌拉十指交叉放在肚子上，请我跟她去。

她来到一个衣帽间，站在一面挂满了孩子们画作的墙旁。她拉出一只蓝色的塑料保管箱说道："这个是利维亚的，你最好带些可更换的衣物过来，额外的裤子、上衣，最好还有雨衣，雨靴也要，下完雨，院子里都是稀泥。"

"儿童车筐里有换洗的衣服。"我说。

"你最好能自己把衣服放进保管箱，我们可不想去翻你的包。"她说。

"好吧，好，好，可我没带雨衣来，我需要立刻回去取吗？"我问。

"不用，明天带来就好了，只是以防万一用的。"

"好吧，当然，嗯，我还有件事想问。"我们穿过大厅，向院子走去，这时我开口说道。乌拉停下脚步，看着我。我继续说："我读到过，这以前曾经有过一家纺织工厂，往这里倾倒过化学品，你听说过吗？"

"我不知道，我们已经请人检测过这栋房子很多次了，这没有危险，至少在幼儿园里没有。"她回答说。

"利维亚会把她看到的东西放进嘴里。"我强调说。

"孩子们都会这么做，没事，没有危险，就像我刚才说的，我们请人检测过这栋房子很多次了。"她低头看着满是沙子的土坡，用脚踩了踩，继续说道，"这里只有土。"她看着利维亚的眼睛说道："真高兴，你会在爸爸工作的时候到这里来。"

利维亚吐了吐小舌头，脸蛋泛起一片绯红。

"我手机会一直保持开机，有什么事情的话只管给我打电话，我就在附近，最多十分钟就能过来。"我说。

她冲着我的鞋子点点头，对利维亚眨了眨眼说道："利维亚，你爸爸把鞋套忘了。"我立刻摘下鞋套，正要往门厅里走，她说道："你给我就好了。"

"哦，是吗，好吧，谢谢。"我回答。

她把鞋套塞进芥末黄色的风衣口袋里，捶了我的背一拳说道："这样就好。"她弯下腰对利维亚说："你是个喜欢和人交往，而且特别有安全感的小姑娘，你会在这里有好多新朋友的，我们这里还有好天气哦，这里会特别特别好。"

我蹲下来，拥抱利维亚。"宝贝，现在，爸爸要回家工作了，但我就在附近，爸爸只离开一小会儿。"我说。

乌拉把利维亚抱起来，利维亚的小嘴紧紧地闭着。"我们要不要和爸爸挥手告别呢？"乌拉问。

在幼儿园的栅栏门旁，另一个班的老师拦住了我。"利维亚的爸爸。"

我冲他点点头。

"你需要填写这张表格，告诉我们你打算什么时间休假。"他说着递过来几张订在一起的纸，"我们从第29周到第32周闭园，如果你需要在那一时段把孩子送到幼儿园，那我们有很多合作幼儿园可以安排。"

"我们应该哪儿也不去。"我回答说。

"你想好之后填完了交给我吧，但最好本周就能给我。"他说。

"好的，谢谢。"我说完把栅栏门的插销插好。我打开儿童车的遮阳篷。

乌拉抱着利维亚站在碎石子路旁的围栏边。利维亚似乎不知道该怎样挥手告别，她目不转睛地看着我，我突然想起来，我还从没有离开过她，我们之间从来都不曾需要挥手告别。

在安德士-雷默路的石墙边，我再次停下脚步，和她挥手告别，然而她们两个已经走了。我摘下墨镜，眯起眼睛，看着院子、沙坑小推车、小桶、玩具汽车、秋千、拿着跳绳的幼儿园老师、锥形桶、滑梯和三轮车，到处都是孩子。然后，我看到她站在那里，穿着那件花朵图案的夹克，戴着她的太阳帽，帽檐松松垮垮地垂下来。她站在樱桃树下朝我挥手。

本书中文简体版翻译资金由瑞典艺术委员会资助

This translation has been published with the financial support of Swedish Arts Council